배인환 수필 선집

짧지만
긴 사연

배인환 수필 선집

짧지만
긴 사연

글 배인환

리북

나는 문청文靑 시절에 소설가가 되고 싶어서 10년을 투자한 일이 있다. 소설가가 시인보다 윗급이라고 생각한 게 아니라, 전업 문인으로 우뚝 서려면 시보다 소설이 나을 거라고 생각해서였다. 그래서 그런지 나는 아직도 산문에 대한 애착을 버리지 못하고 있다. 그 결과 시인이라는 명함을 가지고도 시집보다 산문집이 훨씬 많다.

백과사전을 보면 수필은 "형식의 제약을 받지 않고 개인적인 서정이나 사색과 성찰을 산문으로 표현한 문학 양식"이라고 되어 있다. 즉, 수필은 문인이 아니라도 쓸 수 있는 무형식의 글이라고 할 수 있다. 그렇기에 수필가로 등단하지 않았다. 수필을 쓰면 쓸수록 내 체질에는 수필이 더 잘 맞는 형식의 글이라고 생각하게 되었다. 그래서 나는 수필에 무한한 애착을 갖고 있다.

모처럼 친구를 만나면 주변을 정리하고 있다고 말한다.

통장도 하나만 남기고 전부 없앴고, 사진도 거의 없애 버렸다. 책도 얼추 정리되었으니 이제는 글을 정리하는 것만이 남았다. 그러니 수필 선집을 내기로 하였다.

또한, 전자 기기의 발달로 독서 인구가 대폭 줄어드는 지금, 수필 선집을 내는 것은 독자에 대한 일종의 서비스라고 생각한다. 이 선집에는 주로 다음 수필집들에서 작품을 간추렸다.

1992년 『하늘에서 숲에 비를 뿌리듯』
2007년 『아버지의 원두막과 어머니의 유품』
2014년 『부처님 마음』
2015년 『메일과 수필』
2018년 『시인의 수필과 에스프리』

작품을 고르는 데 힘이 들었다. 자기 자신의 작품을 추려내는 것은 결코 쉬운 일이 아니다. 따라서 이루어질지 모르지만, 언젠가 이 세상을 하직할 때 수필 전집을 내야겠다는 생각을 하게 되었다.

2022년 봄 빈계산기슭 금수재에서
배인환

5 • 작가의 말

1

겨울에 대하여

그리운 내 고향

고향에 대한 노스탤지어는 고향을 떠난 공간적인 격리감 뿐만 아니라 흘러가 버린 시간에서도 오는 것 같다. 과거로 흘러간 시간과 더불어 어린 시절의 고향은 사라졌기 때문인지도 모른다.

어떤 기회로 고향에 가보아도 고향을 느낄 수 없는 것은 나만이 갖는 소외감 때문일까? 혹은 우리 모두가 실향민인 현대인들의 공통된 운명인가?

실질적으로 고향이 있든 없든 간에 고향은 그리움의 모태이다. 불씨처럼 마음속 깊이 자리 잡고 있는 그리운 고향은 무엇에 비유할 수 있을까? 그렇다. 고향은 어머니이다. 고향이란 유년의 추억들이 곱다랗게 간직되어 있는 바다이기 때문이다. 바다가 언제나 살아 움직이듯이 고향도 살아있는 실체이다.

내 고향 금산은 대전에 이웃해있다. 금산이란 이름은 산이 비단같이 아름다운 고장이란 뜻이다. 그만큼 내 고향은 아름다운 고장이다.

고향에 대한 추억은 '고향 마을'로 좁혀지는 것이 보통인 것 같다. 나는 금산읍의 한 귀퉁이에서 태어나 40여 년을 그곳에서 살았다.

내가 고향에서 가장 좋아했던 것은 봄이면 진악산進樂山에서 불어오는 맑은 바람이었다. 그 바람에 수북이 쌓였던 골짜기 눈은 거짓말처럼 없어지고 겨울이 갔다. 마을 뒤로 흐르는 꼬불꼬불한 작은 시냇물, 지금은 폐수가 흐르는 그곳에서 우리는 미역을 감곤 했다. 맑은 물이 흐르던 그 냇가에는 고기도 많았다.

끝없이 펼쳐져 있던 인삼밭들. 그곳에서 열심히 일하던 고향 사람들의 모습. 가을이면 풍요로운 들을 바라보며 코스모스가 핀 길을 혼자 거닐었다.

대학입시 공부를 하던 성공암. 그곳에서 내려 보던 새벽 안개. 마치 천상의 나라에서 굽어보는 듯한 착각을 느끼게 했던 안개에 싸인 읍내. 단오 때가 되면 연꽃이 피어오르는 향기가 진동하던 탑선리 연못 둑에 그네를 매고 처녀들이 그네를 타곤 했다. 우리 논이 바로 옆에 있어서 그 모습을 자주 보았는데 댕기를 땋아 내린 처녀들의 분홍치마와 노랑저고리가 보기 좋았다.

이맘때쯤에 망초꽃이 지천으로 피는 고향의 뒷동산은 우리들의 요람이었다. 그곳에서 봄이면 삘기를 뽑아 먹으며 온갖 놀이를 했고 여름밤의 금가루를 뿌려 놓은 듯한 밤하늘의 별을 바라보며 꿈을 키워 왔다.

고향을 떠난 지도 10년이 훨씬 넘었다. 대학을 졸업하고 다들 원하는 서울 생활을 마다하고 부모님 곁으로 내려온 고향이었다. 그런 고향이기에 고향을 떠나고 싶지 않았다. 그런데도 나는 고향을 떠나 살고 있다. 삶의 세찬 파도는 내가 그곳에 안주하게 두지 않았다.

밤하늘의 별들을 바라보던 친구들은 다 어디 있을까. 그들은 지금 무엇을 생각하고 있을까? 나처럼 가끔 고향을 생각하며 그리움에 젖어 있을까? 어머니의 친구들, 아버지의 친구들도 대부분이 저세상으로 떠나 버렸다. 과연 나를 알아보는 고향 사람들이 몇이나 있을까?

나를 반겨 줄 사람이 있든 없든 간에 정년퇴직을 한 후 고향에 가서 살고 싶다. 고향의 바람과 햇빛은 나를 반겨 줄 테니까.

새내의 추억

고향에 대한 아련한 추억에 잠길 때마다 '새내'를 회상하지 않을 수가 없을 정도로 새내는 나의 어린 시절과 떼려야 뗄 수 없는 긴밀한 관계가 있다. 읍내에 살았던 나는 2킬로미터쯤 떨어진 새내에 놀이를 자주 갔다. 우리가 새내강변이라고도 부르던 새내는 강이라고 부르기에는 너무 작고 내치고는 큰 내였다.

새내에는 넓은 모래밭과 매끄럽고 동글동글하게 수마된 자갈들, 알맞은 수량의 맑고 투명한 냇물, 그 속에 살고 있는 수많은 종류의 물고기들, 봄이 되면 종달새와 물새들의 노래, 그들의 높고 푸른 공중으로의 비상, 도마뱀과 모래 웅덩이를 만드는 개미귀신들, 미술 시간에 쓰는 공작용 찰흙, 서리할 수 있는 크고 넓은 밀밭과 감자밭들, 뒹굴기에 알맞은 푸른 잔디 둑들, 봄나물들인 쑥과 냉이와 달래들, 들판에 피어오르는 아지랑이와 비온 후에 솟는 무지개. 새내에는 이렇게나 우리 또래 어린이들의 흥미를 일으키는 것들이 무진장하게 많았다.

더욱더 좋은 점은 새내에서 조금 떨어진 마을에 같은 반 아이들이 4명이나 있다는 것이었다. J, H, S, K는 나보다 두세 살 위였지만 나의 절친한 친구들이었다. 나는 사시사철 하교하기가 바쁘게 그곳에 갔다. 허술한 우리 집 사립문에 들어서자마자 어머니에게 놀러간다는 말과 책보를 동시에 내던지고 가난하지만 마음씨 착한 그들이 있던 마을로 내달리는 일이 종종 있었다.

새내에서 우리들의 놀이는 계절에 따라 달랐다. 봄철에는 들불놀이에 재미를 붙였고, 보리가 누우렇게 익을 무렵이면 산딸기나 오디를 따먹고 여치를 잡았다. 잡은 여치는 밀대로 집을 만들어 그 속에 넣어 키웠다.

여름철에는 고기잡이와 헤엄치기에 빠져 있었다. 여름의 긴 해에 중노동이나 다름없던 놀이는 금세 우리 배를 비워버렸다. 그럴 때면 우리는 감자밭에 들어가 감자를 서리했다. 감자 서리 뿐 아니라 밀 서리, 콩 서리, 수박 서리에 앞장서는 아이는 H였다. 지금은 어림도 없는 일이지만 그 당시는 서리를 해도 임자들이 별 말이 없었다. 주린 배에 먹는 감자는 꿀맛이었다.

가을이 되면 감이나 밤을 따먹거나 미꾸라지를 잡아 팔았고, 겨울철에 눈이 수북이 내리면 멧새를 잡으러 온 내와 산과 들을 누볐다. 그러다 기온이 뚝 떨어져 얼음이 얼면 썰매

타기를 빼놓을 수 없었다. 썰매놀이를 즐기다 보면 정신이 팔려 점심도 굶고, 옷은 항상 더럽혀지고, 물에 젖어 어머니에게 야단을 맞곤 했다.

친구들과 놀이 못지않게 즐거웠던 것은 누나와 함께 가는 나물뜯기였다. 사내였던 나는 나물 대신 토끼나 돼지풀을 뜯는 일이 많았다. 풀을 뜯다가 싫증이 나면 누나와 그녀의 친구들이 나물을 뜯고 있는 곳에 가 심통을 부리곤 했다. 나물 그릇에 검불을 집어넣거나 개구리를 잡아넣기도 했다. 때로는 댕기를 잡아당기기도 했다. 그녀들은 퍽 온순했으나 가끔은 화를 참지 못해 나를 집단 구타하는 일도 있었다. 그럼에도 그녀들의 노랑 저고리와 분홍빛 치마는 아름다웠고 길게 땋아 내린 머리댕기가 멋있었다. 그녀들의 속삭임은 싱그러운 보리밭가로 퍼졌고 까르르 웃는 웃음소리에 봄새들이 놀라 멀리 날아갔다.

이렇게 놀기를 좋아했으니 공부는 뒷전일 수밖에 없었다. 집에서 책보를 풀어본 일이 별로 없었지만, 위로는 돌 때 죽은 한 명의 형과 누나, 아래로는 동생들이 둘이나 죽었기 때문에 그저 귀하기만 해서인지 집에서 공부를 하라는 말을 한 번도 들은 일이 없었다. 좀 우스운 이야기로 학교에서 공부하고 집에서도 공부하면, 공부를 못할 리가 없고 그렇게 해서 공부를 잘해도 아무런 자랑거리가 못된다고 생각했다. 어쨌든 골치 아픈 공부에 비하면 수많은 놀이들은 너무 황홀했고 재미있었다.

이렇게 공부를 안 하던 나의 등수가 쑤욱 올라간 일이 있었다. 그것은 내 노력이 아닌 전쟁 덕이었다. 내가 5학년 2학기 때 전쟁이 일어났다. 그때 2학기가 있었는지 없었는지 잘 모르지만 6학년 올라갈 무렵이었다. 그때는 학기 초가 미국식을 따라 9월부터 시작되었다. 적 치하의 3개월, 우리 집은 산중으로 피난을 갔고 적의 마수로부터 벗어나 수복된 학교는 2개였던 우리 학년의 학급이 채 한 학급도 채우지 못하게 되었다. 많은 학생들이 죽고 흩어지고 폭격으로 알거지가 되어서 학교를 다닐 수 없었기 때문이었다. 공부를 잘했던 학생들이라고 전쟁을 피할 수는 없었으니 자연히 내 등수는 올라갈 수밖에 없었다.

그러나 전쟁은 나에게 진정 슬픈 추억을 안겨 주었다. 그렇게나 다정했던, 항상 붙어 다니다시피 했던 H가 폭격으로 죽은 것이었다.

그해 한가위 날 오후, 천변 잔디밭에서 야구 놀이를 하던 아이들을 훈련 중인 북괴군으로 오인한 미군기가 휘발유를 뿌리고 폭격을 해서, 그곳에서 놀던 아이들이 몰살을 당한 사고가 있었다. 놀기를 좋아하던 H가 그곳에 빠질 리가 없었기에 H는 그만 변을 당했다. 그곳에 있던 J는 구사일생으로 살아남았고, 나는 피난 중이라 그곳에 갈 수가 없었다. S, K도 성묘 가느라고 놀이에 빠졌기 때문에 화를 면했다.

H가 없는 우리의 놀이는 김빠진 맥주가 됐고 그렇게 아름다워 보이던 새내의 모든 자연들이 시들해 보였다. 특히

20여명의 아이들의 생명을 빼앗아간 그 장소에는 가기가 싫었다. 누가 지어냈는지 비가 오는 밤이면 귀신들이 야구 놀이를 하다가 방망이로 사람을 때려 죽인다는 소문이 돌아 도저히 그곳에 갈 수가 없었다. 그러다보니 자연스레 새내에 놀이가는 일도 드물어졌다. S와 K가 학교에 다니지 않기 때문에 나를 피하는 것도 그곳에 대한 정이 떨어지는 이유 중 하나였다.

전쟁 후의 우리는 이전의 순진무구했던 우리가 아니었다. 새내가 전쟁에 오염된 것과 마찬가지로 우리의 마음도 이미 전쟁에 오염되었다. 우리들의 놀이가 전혀 달라진 것이 그 예이다.

전쟁 전 우리들의 놀이는 자연을 대상으로 하는 놀이가 대부분이었다. 그러나 전쟁 후의 놀이는 일종의 '전쟁놀이'인 마을 대항 싸움이었다. 우리는 하루가 멀다 하고 이 마을 저 마을과 싸웠다. 팔매질하기에 알맞은 돌과 폭격으로 타버린 빈터에서 주어온 깨어진 솥을 돌처럼 잘게 깨어 싸움에 이용했다. 이 쇠붙이는 땅과 수평으로 던지면 곡선을 그리며 멀리 날아가는 폼이 여간 근사한 것이 아니었다. 머리가 깨어지고 얼굴에 상처가 나도 전쟁놀이는 멈출 줄 몰랐다. 싸움을 위해서 화약과 병으로 사제 수류탄을 만들었고 총도 만들었다. 그러나 그것들은 우리에게 핵무기처럼 위험해서 전쟁놀이에는 쓸 수가 없었다.

사제 수류탄을 가지고 놀다가, 그것이 터져 몇 사람이 피

투성이가 되어 병원에 실려 가는 불상사가 발생한 후에도 전쟁놀이는 계속되었다. 그러나 그토록 끈질겼던 전쟁놀이도 우리가 중학교에 들어가고 철이 좀 들며 자연스레 하지 않게 되었다.

이제 새내에 얽힌 추억은 아련한 꿈속의 세계처럼 다시는 가볼 수 없는 시절이 되고 말았다. 가끔 고향을 생각할 때마다 요람 같은 새내가 떠오르고 그 추억에 잠기는 것도 지천명의 나이에 이르렀기 때문일까? 쓸쓸한 생각이 가슴속에 낙엽처럼 쌓인다.

나의 청소년 시절

나의 청소년 시절을 회상하면 토머스 하디의 <국가가 붕괴하는 시기에>를 생각하게 된다.

홀로 쟁기질을 하는 사람이
천천히 침묵의 걸음걸이로 밭을 간다.
비틀거리며 선잠에 꾸벅이는 늙은 말과 같이
그들이 걸어 갈 때에

불꽃 없는 한 가닥 연기가
쌓여져 썩은 풀 더미에서 피어오른다.
비록 왕조가 지나갈지라도
아직도 이들은 변함없이 진행된다.

저 건너 처녀와 그녀의 애인이
휘파람을 불며 지나간다.
그들의 이야기가 끝나기 전에
전쟁의 기록들은 어둠 속으로 사라진다.

이 시의 세계에서와 같이 전쟁 중에도 인간의 원형적인 삶은 계속된다. 어느 시기나 마찬가지로 농부들의 밭갈이와 청춘 남녀의 사랑은 변함이 없다. 전쟁 중인 50년대 초와 그 후유증으로 심한 몸살을 앓고 있던 시기에 청소년기를 보낸 나에게도 나름대로의 삶은 있었다.

손을 뻗치면 아직도 닿을 것 같은 그 추억들은 벌써 삼사십 년 전의 옛 이야기로 퇴색되어가고 있다. 하긴 문명의 흐름으로 보면 삼사십 년은 꽤 긴 시간이다. 그때는 초가집과 호롱불로 상징되는 궁핍한 시골 생활이었지만 정서와 꿈은 무진장했다.

싱그러운 여름밤의 야경. 마당에 멍석을 깔고 모깃불을 피우고 드러누워 바라보던 밤하늘, 남북으로 하늘을 가로지르는 은하와 무수한 별들의 속삭임, 모깃불이 타는 냄새와 연기, 요정처럼 날고 있는 반딧불 등이 신비감으로 내 가슴을 가득 채웠다. 그리고 눈 내리는 겨울밤에 들려주던 할머니의 옛날이야기는 지금의 TV 화면을 통해 전달되는 감동보다 훨씬 습기가 있고 어머니의 가슴만큼이나 넉넉했다.

아무래도 내 청소년 시절에 대하여 이야기한다면 독서를 빼놓을 수가 없다. 자율 학습도 과외 수업도 없던 시절이라 시간은 남아돌았고 따분한 공부는 뒷전으로 미루었다가 시험 때에나 하기 일쑤였고, 운동은 본래 싫어하는 성격에다 오락 시설도 없던 시절이라 책 읽기에는 딱 좋은 여건이었다. 책이 부족하다는 점만 빼놓고는.

닥치는 대로 책을 읽었다. 밤을 새우며 읽었다. 슬픈 대목이나 감동을 주는 장면에서는 눈물을 찔끔찔끔 짜며 책을 읽었다. 밤에 공습경보 사이렌이 울리면 담요로 방문을 가리고 책으로 호롱불을 병풍처럼 에워싸고, 그 희미한 불빛으로 세계문학전집을 읽었다. 그 귀중한 책을 호롱불에 태우기도 하면서. 아침에 세수를 하면 그을음으로 콧구멍이 시커멓고 세숫물도 몹시 더러워졌다. 때로는 코피를 쏟는 일도 더러 있었다.

그 당시 나는 실존철학에 심취했으며 정신을 존중했고 물질을 능멸했다. 법대나 상대에 간다는 사람을 무조건 멸시했다. 시인이 되겠다는 꿈을 몰래 간직하고 시를 열심히 썼다.

도스토옙스키, 니체, 카프카, 헤세, 사르트르, 카뮈, 릴케, 발레리, 엘리엇 등을 좋아했다. 그 중에서도 도스토옙스키를 가장 좋아했고 그의 파란만장한 생애를 동경에 찬 눈으로 바라보았다. 그의 처녀작인 <가난한 사람들>을 모방해서 소설을 써 보기도 했다.

그러다보니 그 시절의 나에게는 친구가 별로 없었다. 마을 친구들은 말할 것도 없고 학교에 가 보아도 급우들의 수준이 형편없다고 생각했다. 그들의 이야기가 유치해서 상대도 안했다. 그들이 보기엔 내가 별나라에서 온 놈으로 보였을 테지만. 심지어 선생들도 별거 아니라고 생각했다. 그렇기에 말이 없어지고 고독할 수밖에 없었다. 냇가의 둑과 산과 들로 칸트를 생각하며 책을 옆구리에 끼고 미친 사람처럼 헤맸다.

종교에 관심이 있어 교회에도 나가 보았다. 정통을 자랑하는 천주교였다. 겁도 없이 예순이 넘은 노 신부와 종교 문제로 대판 싸움(?)을 하고는 교회에 발을 끊었다.

청소년기에 누구나 경험하는 첫사랑에 대한 경험도 빼놓을 수 없다. 그때는 그것이 첫사랑인지 뭔지도 잘 몰랐지만, 나에게도 애틋했던 소녀가 있었다. 『좁은 문』의 알리사와 같이 눈썹이 고왔던 그녀는 이웃에 사는 가냘픈 소녀였다. 그녀도 문학을 좋아해서 우리는 자연스레 가까워질 수 있었다. 내 청소년기를 온통 푸른빛으로 물들여 놓은 그녀와의 긴 만남에도 손목 한 번 제대로 잡아 보지 못한 아가페적 우정은 결국 풋사랑으로 끝나고 말았지만 그 아련한 추억이 못내 그립다.

누구에게나 청소년기가 인생의 황금기듯이 별 볼 일 없던 평범한 나에게도 많은 꿈을 꾸게 해주었던 참으로 귀중한 시기였다.

FM과 나의 가족

셋방살이를 전전하다 겨우 집 한 채를 장만해서 고등학교에 다니는 아들을 이층으로 올려 보냈다. 이층이라야 미니 이층으로 여름에는 한증막처럼 무덥고 겨울에는 냉동실처럼 추운 곳이었으나 아들은 그저 제 방이 생긴 것을 좋아하였다. 그나마 옥상에다 두꺼운 스티로폼과 슬레이트를 얹고 안벽에도 스티로폼을 대어 도배를 했더니 좀 나아지긴 했다.

그곳에 내가 보물같이 여기는 책들을 진열해 주었다. 세계문학전집, 한국문학전집, 시집들과 철학서적, 일본서적, 러시아 문학작품들, 문학참고서적과 문학잡지들. 젊은이들이 전파 매체에 정신을 온통 빼앗기는 요즘 같은 시대에 내 아들은 책을 읽어주고, 책을 좋아하는 사람이 되었으면 하는 간절한 바램이었다.

그러나 세대차라고 할까. 아들은 애비의 염원을 완전히 배반했다. 그 녀석은 FM의 방송과 기타, 학교 공부에 모든 시간을 투자하고 책은 몇 권 읽지도 않았다. 이층에는 카세트 테이프만 늘어가고 아들의 입에서는 듣지도 보지도 못한 마돈나, 신디 루퍼, 브루스 스프링스틴, 브라이언 아담스, 듀란 듀란, 프린스 등 외국 가수들의 이름이 거침없이 나올 뿐 아니라 철자까지도 외우고 있었다.

그러더니 아들은 아래층에 있는 고물 전축을 고쳐서 올려놓았다. 서재가 이제 완전히 음악실로 바뀌고 만 것이다. 하긴 아들은 중학교에 다닐 때부터 FM을 들으면서 공부했고, 독서를 열심히 하면서 학교 공부는 할 수 없겠지.

이번에는 딸애들의 방으로 책들의 일부를 옮기며 동화책과 위인전들도 사 주었다. 딸들은 아직 중학생이기에 수준 높은 책들은 볼 수 없겠지만 그래도 책과 친해지고 책을 벗 삼아 자라주었으면 하는 바램은 아들과 마찬가지였다.

요즈음 아이들은 도시에서 살건, 농촌에서 살건 학교 공부가 과중하긴 하지만 책을 볼 수 있는 시간은 짬만 낸다면 얼마든지 있다. 그러나 딸들도 FM에 도취되어서 애비의 바람을 외면하고 말았다.

아내는 어떤가? 아내도 역시 나이에 걸맞지 않게 아이들과 마찬가지로 FM 방송에 도취되어 일을 할 때뿐만 아니라 언제든 라디오를 끼고 산다.

요즘 젊은이들의 우상은 우리가 젊은 때의 우상과 전혀 다르다. 우리가 젊었을 때의 우상들은 니체를 위시한 실존주의 철학자들과 발레리, 엘리엇, 릴케 등의 시인들. 사르트르,

카뮈, 조이스, 카프카 등의 작가들이었다. 그런데 요즈음의 젊은이들의 우상은 톱 싱어, 영화배우, 탤런트, DJ, 스포츠맨 등이다.

나도 역시 음악과 영화에 미친 시절이 있었다. 벌써 까마득한 옛날 같은 60년대 초였다. 인생에서 가장 낭만적인 대학 시절. 나는 점심은 굶어도, 옷은 군복에 검정 물을 들인 작업복이었어도 명동과 광교 부근에 있는 영화관과 음악 감상실을 누볐다.

르네상스, 돌체, 뉴우월드에서 엘비스 프레슬리라든가 클리프 리처드를 만났다. 샹송과 칸초네, 재즈에 넋을 몽땅 빼앗겼다. 영화관으로는 일류 극장은 못가고 그 당시 대학생들이 잘 다니는 명동, 경남, 우미관의 단골이었다.

이들 극장에서 수준 높은 외화들을 두 번도 모자라서 세 번까지 보는 일도 있었다. 거작으로는 <벤허>, <바람과 함께 사라지다>, <자이언트> 등이 있고, <모정>, <애수>, <콰이강의 다리>, <욕망이라는 이름의 전차>, <태양은 가득히> 등의 수준 높은 명화와 <흑인 오르페>, <남태평양>, <사운드 오브 뮤직> 등의 음악영화도 좋았으며 누벨바그의 명화 <연인들>. 기술하자면 끝이 없다. 주연 배우들의 이름은 희미하지만 감명 깊었던 장면들과 주제곡들의 선율은 아름답다 못해 황홀했다.

FM은 확실히 대중을 사로잡는 마력을 가지고 있다. 노래는 못해도 음악을 듣기 싫어하는 사람은 아마 없을 것이다.

인간의 정신이나 육체는 근본적으로 리듬을 타고 났다고 한다. 아니, 비단 인간뿐만 아니라 자연과 우주가 내부 깊숙이 리듬을 지니고 있다고 한다. 따라서 그 율동을 즐기고 몸과 정신 속에 숨겨진 리듬을 발굴해 내는 것은 모름지기 인간의 특권일 것이다. 이러니 음악을 싫어할 수가 있겠는가?

각박한 현실에서 현대인의 정신적 고향이 되어주는 FM 방송이 있다는 것은 얼마나 다행한 일이냐!

미수 잔치

미수＊壽란 88세를 말한다. 쌀 미＊자를 팔십팔로 풀이해 생각한데서 유래되었다고 한다. 어쨌든 미수는 따로 말이 있는 만큼 뜻있는 시기임이 분명하다. 평균 수명이 연장되었다고는 하지만 인간이 한 세기 가까이 산다는 사실이 쉬운 일인가!

우리 가족은 금년 정초에 아버지의 미수 잔치에 대하여 이야기를 나누었다. 아버지가 88세 되는 생일이 바로 동짓달 열엿새 날이기 때문이었다. 그러던 것이 이일 저일 바빠서 잊고 있다가 서울 동생에게 전화를 받고 나서야 이 일을 구체적으로 계획하기 시작했다. 동생은 미수 잔치를 아무나 하는 것이 아니니 자랑도 좀 할 겸 크게 잔치를 열자고 말했지만, 아버지가 자식들 주머니 사정을 잘 아시는지라 극구 반대하셨기에 우리는 아버지 몰래 이 일을 추진할 수밖에 없었다.

그러나 형제 중에서 돈을 많이 번 사람도 없고 특출하게 출세를 한 사람도 없어서 결국 우리는 요새 유행하는 것처럼 아버지와 어머니 친구분들 몇 분만 초대해 보통 사람들의 보통 생일잔치에다 선물이나 해드리기로 했다.

맨 먼저 오 남매가 10만 원 20만 원씩 돈을 모아 아버지의 한복을 한 벌 장만했다. 어머니는 이미 한복이 여러 벌 있으니까 스웨터를 사드리기로 했다. 또 아버지의 구두를 한 켤레 맞추고, 비밀스레 금반지도 해드리기로 했다.

평생을 검소하게만 살아오신 어른이다. 금을 몸에 지녀보신 일이 없다. 지금이야 아이들 백일잔치에서부터 금을 받지만 옛날 어른들이야 그런 호강을 해보기가 쉽지 않았다. 아버지의 수연 잔치 때는 내가 대학을 다녔고 동생들 역시 줄줄이 학교에 다녔기 때문에 집에 돈이 붙어 있을 새가 없었다. 이렇게 하나씩 계획을 추진해 가면서 우리 집은 조금씩 들뜨기 시작했다.

다음은 제일 중요한 날짜를 받는 일이 남아 있었다. 아버지의 생신이 음력으로 동짓달 열엿새니까, 양력으로 하면 88년 1월 5일인데 그렇게 되면 오 남매 중 서울에 사는 둘째 내외, 누님, 여동생 식구들이 참가를 못해 1월 2일로 날짜를 좀 당길 수밖에 없었다. 이렇게 하면 신정을 쇠러 온 서울 손님들이 아버지의 미수 잔치를 보고 돌아가기가 쉬울 테니까.

남은 것은 음식 장만으로 그것은 며느리들의 차지였다. 주동은 맏며느리인 아내의 책임이었다. 이웃에 사는 막내며느리가 좋은 보조자 역할을 하며 10여 일간을 정성을 들여 음식을 장만했다.

잔치 때 입을 옷은 아들들과 사위는 정장, 딸과 며느리들은 한복을 입기로 했다. 여고에 다니는 손녀 둘도 한복을 구해서 입히기로 했다. 꼬마들의 옷은 다 갖출 수가 없어서 자유복으로 정했다.

신정에는 가게들이 문을 닫을 것이 뻔하기 때문에 그믐날에 꽃바구니를 사오고 생일 케이크도 주문했다. 꽃바구니는 미리 가져다가 습기가 많은 욕실에 두었다. 꽃가게 주인은 겨울철이라 꽃값이 좀 비싸다고 말했다. 미수 잔치에 쓸 거라니까 가게 주인도 덩달아 좋아하며 빨간 카네이션과 장미, 국화꽃과 글라디올러스, 안개꽃과 잎사귀가 싱싱하게 달린 상록수 나뭇가지로 꽃바구니를 정성을 다하여 만들어 주었다. 생일 케이크는 가까운 빵집에 주문했는데 잔칫날 아침에 배달해주겠다고 약속을 했다. 서울 손님들이 잔치를 마치고 올라갈 기차표도 일찌감치 예매해놓았다.

그믐날 오후가 되자 형제자매들이 전부 모였다. 집안은 시끄러워지기 시작했다. 꼬마들 때문에 물건들이 한군데 놓여있을 수가 없었다.

우리 가족은 당일 일찍 일어나서 상을 차렸다. 우선 꽃바구니와 생일 케이크를 아버지 쪽으로 놓았다. 떡과 과일, 손녀들이 양배추에 요지를 꽂아서 만든 과자. 그곳에는 대추, 당근 조각, 살짝 꼬부라진 소시지, 건포도 등이 주렁주렁 매달려 있었다. 도토리묵과 송화가루다식, 밤다식, 식혜와 수정과, 집에 있는 화분도 두어 개 놓았더니 훌륭한 상이 되었다.

상을 차린 후에 아버지와 어머니를 모셔다가 앉히고 촛불을 켜고 술을 따라 올린 후 절을 드렸다. 준비한 금반지를 아버지의 왼손 무명지에 끼워드렸더니 아주 좋아하셨다. 어림짐작으로 맞춘 금반지가 꼭 맞는 것이 신기할 따름이었다. 아이들은 신이 나서 이리 뛰고 저리 뛰고 야단법석이었다.

오후에는 남자, 여자 편을 나누어서 윷놀이를 하였다. 5판 3승으로 규칙을 정하고 윷을 놀았으나 남자들이 한 판도 이기지 못하고 패해서, 다시 7판 4승으로 규칙을 고쳐서 했는데도 남자들이 한 판도 못 이기고 졌다. 지는 편이 저녁밥을 짓기로 한 경기였으니 남자들이 이길 리가 없었다.

저녁을 먹고는 큰 방에 전부 모여 앉아 노래를 불렀다. 노래는 꼬마들부터 거꾸로 시작했는데 차츰차츰 위쪽으로 차례가 되어 전부 다 노래를 해야 했다. 대구에서 올라온 사종형수님까지도 노래를 불렀다. 그중 최고는 둘째 며느리로 가수 뺨치게 잘 불렀다. 아버지는 둘째 며느리에게 선물을 주셨다. 노래가 다 끝나자 이번에는 춤을 추기 시작했다. 전축을 틀고 전등을 핑크색으로 바꾸어서 분위기를 조성하자 어머니와 아버지까지 춤을 추셨다. 장남인 나는 아버지를 업고 둘째 아들은 어머니를 업고 춤을 추었다. 우리 집안이 이렇게 신나게 놀아본 적은 이번이 처음이었다.

이렇게 우리는 아버지의 미수 잔치를 호화롭지는 않아도 정성 들여 해 드렸다. 내년에도 또 무슨 핑계를 대서라도 이런 잔치를 해야겠다. 우선 봄에 가족 소풍 계획부터 짜야겠다.

겨울에 대하여

　'하얀 겨울에 떠나요'라는 구절의 유행가가 인기를 얻은 때가 있었다. '하얀 겨울'과 '떠난다'는 의미가 내포하는 환상적인 서정과 언어의 결합이 빚어내는 마력과 최 모라는 저음 가수의 감미로운 음성이 그 당시 청소년들을 사로잡았다. <겨울여자>라는 어느 인기 작가의 소설이 베스트셀러가 된 적도 있었고, 그 작품은 영상화되어 오래 상영되기도 했다. 지금도 여주인공 역을 맡은 장미희의 청초한 마스크와 그녀의 연기를 기억하는 사람들이 많이 있을 것이다.

　'겨울여자'란 도대체 어떤 여자를 말하는가. 이는 분명 생소한 언어이다. '봄처녀' '여름사나이'라면 어느 정도 우리의 상식에 어울리는 단어이지만, '겨울여자'라고 한다면 우선 떠오르는 것은 얼음처럼 차가운 여자 같기도 하고, 모든 풍상을 다 겪고 잎조차 털어버린 나목 같은 여자 같기도 하고, 눈처럼 포근한 여자 같기도 하고, 추운 겨울날 겨울 바다로 혼자 여행을 떠나는 여자 같기도 하고, 여행길 허름한 커피숍에서 혼자 커피 잔을 티 테이블에 놓고 앉아있는 여자 같기도 하다.

『겨울바다』라는 시집이 몇몇 시인들의 손에 출간되기도 했다. <겨울공화국>이라는 시를 쓴 민중 시인도 있었다. 이 시에서 말하는 겨울의 의미는 이해하기가 그렇게 어렵지 않다. 가수 박인희의 <겨울바다>라는 노래도 있었다. 박속처럼 깨끗한 그녀의 음성은 듣기에 좋았다.

문예작품에서 이야기하는 겨울의 의미는 무엇일까? 이미 겨울 단어는 사전적인 뜻을 뛰어넘어 설명을 불허하는 영역에 가있다고 느껴진다. 원래 우리가 가지고 있던 겨울과는 다른 의미, 다시 말하면 물이 술로 변하듯 변질되어 있다.

6.25를 겪은 사람들에게는 겨울하면 먼저 떠오르는 것이 전쟁 중의 혹독하게 추웠던 지긋지긋한 피난살이일 것이다. 그런 겨울을 경험한 사람에게 겨울은 좋은 인상으로 기억될 리 없다.

하지만 세월이 흐름에 따라 겨울의 이미지는 많이 변모했다. 요즈음의 겨울은 피난살이 때와는 달리 낭만의 낱말로 둔갑하고 있는 것 같다. 그 의미가 어떻게 변질되었던 간에 겨울이라는 단어가 자꾸 쓰이는 이유는 겨울이 갖고 있는 원래의 뜻인 비정과 냉혹이 현대 사회를 살아가는 인간들의 의식과 일맥 상통하는 점이 있기 때문인 것 같다. 현대인들은 정이 많은 사람보다는 비정한 사람……, 애슐리보다는 레트와 같은 사람을 선호하는 경향이 있다.

　나는 겨울밤을 좋아한다. 일 년 중 할머니의 이야기를 들을 수 있는 때가 기나긴 겨울밤이었고 밤참을 먹을 수 있는 것도 겨울밤이었기 때문이다. 눈 내리는 겨울밤은 한층 더 운치가 있다. 김광균의 <설야>를 읽은 후에는 눈 내리는 겨울밤을 더 좋아했다.

　　어느 먼-곳의 그리운 소식이기에
　　이 한밤 소리 없이 흩날리느뇨
　　처마 끝에 호롱불 여위여 가며
　　서글픈 옛 자췬 양 흰눈이 내려

　　하이얀 입김 절로 가슴에 메여
　　마음 허공에 등불을 켜고
　　내 홀로 밤 깊어 뜰에 나리면
　　머언 곳에 여인女人의 옷 벗는 소리

　　희미한 눈
　　이는 어느 잃어진 추억의 조각이기에
　　싸늘한 추회追悔 이리 가쁘게 설레이느뇨
　　한줄기 빛도 향기도 없이
　　호올로 차디찬 의상衣裳을 하고
　　흰눈은 내려 내려서 쌓여
　　내 슬픔 그 위에 고이 서리다.

눈 내리는 겨울밤의 서정을 이보다 더 빼어나게 표현한 시는 국내뿐만 아니라 국외에도 없는 걸로 알고 있다. 시를 모르는 사람도 이 시를 읽어보면 이것이 시라는 느낌을 갖게 될 것이다. 나 역시 처음 이 시를 읽은 후 시에 대한 열병에 들떠, 주체할 수 없는 감정에 며칠이고 서울 시내의 밤거리를 하염없이 방황했다. 때맞추어 첫눈이 펑펑 쏟아졌다. 네온등 불이 부옇게 비치는 눈 내리는 대도시의 겨울밤은 무척 서정적이어서 내 영혼을 사로잡고도 남았다.

겨울의 꽃은 눈이다. 눈이 있음으로서 겨울은 사랑받는다. 눈을 좋아하지 않는 사람이 있을까? 열대 지방에 사는 사람들은 눈을 보지 못해서 불행하다.

구정을 지난 후 엄청나게 많은 눈이 내렸다. 강원도 산간 지대에는 눈이 2미터가 훨씬 넘게 쌓인 곳도 있었단다. 2미터가 넘게 내리는 눈을 한 번 보고 싶다. 그런 눈을 실제로는 본 일이 없다. 다만 영화에서 멋있는 장면을 본 일이 있다. 눈은 러시아의 눈이 유명할 것 같다. 러시아의 소설을 명화화한 <전쟁과 평화>, <카라마조프의 형제>, <닥터 지바고> 등의 영화에서 눈 내리는 멋있는 장면을 본 기억이 있다. 특히 <카라마조프의 형제>의 맏형인 드미트리 역의 율 브리너가 그의 연인인 그루센카를 만나러 갈 때, 그의 외투 위에 내리던 눈이 잊혀지지 않는다. 목화송이만 한 함박눈이 내리던 그 화면은 무엇이라 말할 수 없는 감동을 주었다.

그러나 눈이 항상 좋은 것만은 아니다. 다른 자연 현상과 마찬가지로 눈도 양면성을 가지고 있다. 아름다움만큼 그에 못지않은 엄청난 파괴력을 지니고 있다. 눈이 오면 늘어나는 교통사고뿐만 아니라, 비닐하우스나 인삼밭의 발을 파괴해서 많은 피해를 입힌다. 게다가 요즈음 내리는 눈은 산성 눈이라고 한다.

우리가 젊었을 때 겨울은 김승옥의 『1964년 겨울』이라는 소설이 써진 '60년대식 겨울'이었다. 그런 분위기의 겨울이었으니, 우리들이 갖고 있던 겨울에 대한 생각을 짐작할 수 있으리라 믿는다.

요즈음 겨울은 너무 따뜻하다. 겨울답지가 않다. 겨울에도 청승맞게 겨울이 우는 것처럼 비가 내린다. 사람들의 입에서 불평이 거침없이 튀어나온다. 사람들은 춥기를 바라고 있고 비 대신 눈을 원하고 있다.

겨울이 오면 봄도 머지않으리라는 셸리의 시구가 있다. 그러나 이런 겨울이니 봄다운 봄이 올지 한 가닥 근심이 마음을 스친다.

짧지만 긴 사연의 편지

세계적으로 가장 많은 편지를 쓴 문인은 내가 아는 범위에서는 라이너 마리아 릴케이고, 비문인으로는 루스벨트 대통령의 영부인이였던 엘리너 루스벨트 여사이다. 이들은 평생에 3,000통 이상의 편지를 썼다고 하니 정말 어마어마한 양이 아닐 수 없다.

젊은 베르테르가 샤를로테에게 보낸 문학적인 향기가 물씬 풍기는 편지는 읽는 이로 하여금 눈물을 흘리게 한다. 또한 시몬에게 보낸 레미의 애절한 사랑의 편지는 무한한 감동을 주고도 남는다.

이러한 편지들! 이런 편지들은 문학이라 불리기에 조금의 부족함도 없어 보인다. 이런 최고의 수준의 편지가 아니더라도 편지는 늘 우리들의 메마른 가슴을 적셔주고 답답한 마음을 확 뚫어주는 청량제가 된다.

일생동안 편지를 보관하는 사람은 행복해 보인다. 자기가 쓴 편지이든 남에게 받은 편지이든 간에. 낙엽을 주워 책갈피에 끼우듯, 그것이 하찮아 보일지라도 그 일을 하는 사람은 행복해 보인다. 편지를 보관하는 사람의 마음이 지극히 아름답기 때문이다. 실제로 편지를 보관하든 안 하든 간에 누구나 험난한 일생을 살아가면서 잊을 수 없는 편지 몇 통은 마음속이나 서랍 속에 간직하고 있다.

나에게도 잊을 수 없는 편지가 몇 통 있다. 실제로 내 서재 깊숙이 보물처럼 보관하고 있는 편지도 있고 이미 없어졌지만 마음속에서 곱게 간직하고 있는 무척 아쉬운 편지도 있다. 이런 편지들을 가끔 꺼내어 읽어보는 것이 나의 취미이기도 하다. 내가 타인에게 보낸 편지들도 나처럼 보관하는 사람이 있을까? 이런 생각이 들 때도 있다. 그러나 이내 쓸쓸함이 차오른다.

어릴 때부터 편지 쓰기를 좋아해서 수없이 많은 편지를 주고받았다. 억울한 사정이나 진지한 말, 은밀한 마음속 비밀을 직접 말로는 못하고 편지를 통해서만 할 수 있던 퍽이나 내성적인 성격 때문이었다. 지금도 그 못쓸 성격은 변하지 않고 그대로 남아 있다. 가만히 생각해 보면 이러한 고질적인 성격은 결국 내가 문학을 하는 동기가 되고 말았다. 누군가에게 하소연하고 싶은 욕망, 그러면서도 말 못하는 심정은 자연히 글로 쓰게 되었다.

내가 쓴 편지의 대부분은 다음과 같은 것들이었다. 밤을 지새우며 친우 민과 나누었던 우정을 담은 편지, 이별한 친구에게 쓴 편지, 대야동성당에 가 있던 누나에게 띄웠던 편지, 젊었을 적 고난의 한때였던 군대 생활을 하면서 일주일에 한 번 꼴로 어머니나 아버지, 형제들에게 띄웠던 편지. 역시 군대에서 약혼녀인 지금의 아내에게 한꺼번에 몇 장씩 썼던 편지. 왜 그때는 그토록 눈물겨운 사연들이나 그리움이 많았는지 모르겠다. 이러한 편지들의 특징은 젊고 혈기 왕성했던 청년시절의 모습이 그대로 드러나고 있다는 것이다.

내게 가장 인상 깊었던 편지들은 대부분 제자들에게서 온 편지들이었다. 더러는 미지의 독자들에게서 온 편지들도 있다. 그러나 독자들에게서 온 편지들은 아직은 내게 감동을 주지 못한다. 제자들에게서 온 편지는 여학생들의 것이 대부분인데, 대전 변두리 학교에 있었을 때, 매일 아침이면 어김없이 교무실의 내 책상 위에 놓여지던 편지가 있었다.

낙엽이 하나 둘 지기 시작하던 가을 무렵부터 시작해서 겨울 방학에 들어갈 때까지 계속되던 90여 통의 편지는 많은 사연과 에피소드, 우울과 고독, 눈뜨기 시작하는 사랑같은 것들이 적나라하게 표현되어 있는, 지금까지 나에게 온 가장 긴 편지였다. 이 편지가 바로 J의 편지였다. 꼭 남자처럼 생긴 J는 중학교 1학년 여학생이었는데 그 애는 보기보다 조숙했고, 환경이 불행해서 어린 나이에 인생에 대한 수많은 사연을 가슴속에 묻어 두고 살고 있었다.

J의 편지를 읽다 보면 내가 키다리 아저씨가 되어가는 착각을 느끼곤 했다. 그만큼 그 애의 편지는 제루샤 애벗의 편

지처럼 문학적이고 아름다운, 사춘기 소녀의 편지였다. 글쓰기를 무척 좋아했던 그 애는 외할머니와 같이 살았는데 고아나 다름없는 처지였기 때문에 시를 쓰는 나를 어떤 동경의 대상으로 삼았던 것 같다.

그 당시 나는 그 애의 편지를 받는 것이 무척 행복했고 주위 사람들 역시 나를 부러워했지만 한편으로는 그것이 고통스럽기도 했다. 나는 지금도 J의 섬세한 마음이 담긴 90여 통의 편지를 따로 내 서재에 보관하고 있다. 그 애는 여상을 졸업하고 취직 전선에 나가 바삐 살아가는지 이제는 편지가 오지 않는다.

누구나 가장 잊을 수 없는 편지는 뭐니 뭐니 해도 서로 사랑하는 연인들끼리 나눈 편지일 것이다. 나에게도 예외일 리가 없다. 그러나 그런 이야기가 담긴 편지는 아직은 마음속 깊이 비밀로 묻어 두고 싶다.

그런 편지 말고 내가 평생 잊을 수 없는 편지가 있다. 내가 진정 잊을 수 없는 편지는 잡지사에서 온 짧지만 긴 사연의 편지이다. 그것은 25년이란 긴 세월동안 일편단심 기다리고 기다렸던 편지였기 때문이었다.

문학을 하는 사람에게 잊을 수 없는 편지라면 아무래도 당선 소감이나 천료 소감을 써 보내라는 신문사나 잡지사에서 날아오는 편지나 전보, 전화일 것이다. 더욱이 나는 문학에 대한 오랜 짝사랑을 해오던 터라 그 편지는 한없이 소중한 편지가 되고 말았다.

가을도 지나고 빈들에는 싸늘한 바람만이 겨울을 재촉하고 있던 그 해. 논두렁이나 산기슭에 핀 들꽃들도 시들어가고 을씨년스런 나뭇가지들이 지나치도록 파란 가을하늘을 향해 항복하듯 앙상한 손을 들고 있을 무렵, 초상집에 갔다 밤 11시가 가까운 시간에 무거운 발길을 끌고 집에 왔을 때, 아내가 흥분된 어조로 편지가 왔다면서 봉투를 내밀었다.

현대시학 주간이셨던 전봉건 선생의 특이한 필체로 쓰인 편지, 겨우 원고지 한 장 분량의 편지지만 아직도 우리 집의 가보로 보관하고 있다.

원로 문인들의 육필 원고의 편지도 몇 통 가지고 있다. 나의 스승이신 구용丘庸 선생의 편지는 항상 감동을 안겨준다. 마음이 흔들리고 어지러울 때면 나는 늘 선생님의 편지를 꺼내 읽어본다. 그 편지들은 종교인들의 기도문처럼 나의 격랑이 심한 마음을 잠재워 준다. 선생님은 글뿐만 아니라 붓글씨나 펜글씨도 명필이시다. 그리고 명필인지 악필인지 잘 구별이 안 되는 월주 오영수 선생의 편지도 두어 통 가지고 있다.

또 시집을 출판해서 딸을 키워 출가를 시키듯 우송을 했을 때 보내준 문인이나 친구들의 편지는 한 장도 버리지 않고 잘 보관하고 있다.

이제는 편지를 쓰지 않는다. 편지를 쓸 대상도 많이 없어졌다. 마땅한 대상이 없는 만큼 나의 편지는 대상 없이 쓰는 시 한 편, 수필 한 편이 되고 말았다.

짧은 시, 짧은 수필. 그러나 내 입장에서 볼 때는 긴 사연의 편지를 수시로 띄워 보낸다. 물론 답장은 없다. 그래도 좋다. 종이배를 접어 이별을 실어 먼 바다로 띄워 보내는 심정으로 나는 이런 편지를 내 생이 다하는 날까지 쓸 것이다. 이것을 나의 숙명이라 생각하고.

제자의 내방

부처님이 오신 4월 초파일 날 뜻밖에도 20년 전에 가르친 제자가 방문을 했다. 20년 전 까마득한 기억의 저편에서 내 앞에 불쑥 나타난 Y는 내가 해변가의 조그마한 여고에 있을 때 가르쳤던 졸업생 중 한 사람이다. 바다의 해조음과 갯내음을 한꺼번에 몰고 온 그녀의 내방은 풋풋한 햇과일 같은 신선함을 주었다.

요즘에는 '선생은 있고 스승은 없다. 학생은 있고 제자는 없다.'라고 말한다. 그러나 이 경구는 어디까지나 일반론일 뿐, 우리가 살아가는 세상에는 옛날만은 못하지만 그래도 스승과 제자 사이의 아름다운 인연은 얼마든지 있다.

나에게도 수많은 졸업생 중에서 Y만큼은 '제자'라고해도 무방하리라. 풍문으로 들은 바로 그녀는 결혼해서 자녀를 둔 중년의 주부가 되었다고 했다. 그런 그녀가 가족들과 즐길 수 있는 시간과 절에 갈 절호의 기회를 접어두고 보잘것없는 옛 선생을 방문하는데 시간을 할당했다. Y가 온 길은 마음뿐만 아니라 현실적으로도 수백 리나 되는 먼 길이었다. 그러니 어찌 반갑지 않을 수가 있을까?

Y가 찾아올 거란 낌새를 전혀 못 차린 것은 아니었다. 그녀는 금년 스승의 날에 축전도 치고 또 전화도 했었다. 그녀는 정말 오랜만에 전화를 걸어 나를 찾아온다는 말을 했었다. 그러나 나는 그것을 그냥 지나가는 소리라고 생각했었다. 학생 시절의 그녀라면 찾아오고도 남았겠지만 가정을 가진 중년 부인인 그녀가 이제는 많이 변했을 것이라 생각했기 때문에 그냥 지나가는 소리로 알았다.

20년이 넘는 교편생활 중에 여고 3학년을 지도한 일은 Y 때가 처음이자 마지막이었다. 그때가 교사 생활을 시작한 바로 다음 해였기 때문에 정열적인 것은 사실이었다. 하지만 빈 깡통처럼 정열만 있었지 여고 3학년을 지도할만한 능력은 솔직히 없었다. 요새 말로 그녀들이 잘 봐주어서 교직 생활을 했다는 말이 타당하리라.

그 때 Y는 나이에 걸맞지 않는 깊은 사고와 감각을 중시하는 문학 소녀였다. 문학을 좋아하는 여고 3학년인 만큼 방황과 내적 갈등이 심했다. 공부 시간에 창밖을 내다보는 경우가 많았다. 가끔 문학 이야기를 해준 것이 가슴을 울렸던 건지 그녀는 나에게 접근해 왔다. 그녀는 신혼인 우리 집을 자주 방문해서 아내의 눈총을 받기도 했다. 그러나 워낙 명랑하고 사교적인 그녀인지라 아내의 눈총 따위는 아랑곳하지도 않았다.

그녀는 거침없이 많은 이야기를 했다. 지금은 희미해져 버린 기억 속의 이야기들이지만 인생의 문제, 죽음의 문제, 사랑의 문제 등 무게가 있는 수수께끼 같은 이야기들이였다. 그녀의 집요한 질문에 나는 대답을 못해 쩔쩔맸고, 그러는 내가 그녀에게 어떻게 보였을지는 모르겠다.

어쨌든 다음 해 그녀는 그 바닷가의 여고를 졸업했고 나 또한 그곳을 떠났지만, 그녀는 그 후 칠팔 년간은 계속 내게 편지를 보냈고, 편지보다 전화가 더 손쉬운 시절이 되자 전화를 가끔 걸었다. 학교를 졸업한 후에도 그녀의 편지는 생사의 문제가 늘 음산하게 깔린 퍽 염세적인 것이었고 때로는 너무나 당돌해서 도무지 종잡을 수 없는 것이었다. 어떨 때는 그 편지들이 복잡한 수학 문제처럼 귀찮기까지 했지만, 그런대로 매력이 있어서 안 올 때는 몹시 기다려졌다.

그랬던 그녀가 환경이 바뀌었는지 어느 샌가부터 연락이 단절되었다. 나는 그렇게 되는 것이 당연하다는 생각을 이미 다른 여학생의 경우에서 경험했다. 그렇기에 '여학생 제자들이 가지고 있는 공통점을 그녀도 가지고 있겠지.' 하고 생각할 수 있었고, 자연스레 그녀를 잊어버렸다.

무슨 영문인지 잘 모르지만 내가 옮겨간 학교마다 어려운 인생 문제로 나를 괴롭히는 학생들이 몇 명씩 꼭 있었다. 그 때마다 나는 원숙한 카운슬러처럼 기꺼이 대화의 상대가 되어주었고 그들과 허심탄회하게 대화를 나누는 것이 재미있었다. 그러던 것이 나이를 먹고 모든 일에 의욕을 상실하면서 그런 대화가 싫어졌다. 그 대신 술을 드는 기회가 많아졌다. 술은 정신을 흐릿하게 만들고 타협심만 생기게 했다. 나이도 나이고, 술도 술이지만 살아가면서 생기는 잡다한 인생 문제들은 사람을 늙게 하는 촉진제가 된다.

그날도 볼 일이 좀 있어 잠깐 외출했다 집에 돌아왔더니 아내가 Y에게서 전화가 왔다고 말하며 부산하게 청소를 하고 있었다. 좀 자세히 말하라니까 Y가 역까지 와서 전화를 했다는 것이다. 아내도 그녀를 알고 있었다. 아내는 그녀의 이름을 알고 있었다. 이름뿐만 아니라 얼굴도 성격도 목소리까지 기억하고 있었다.

택시라도 타고 왔던 건지 Y는 금세 우리 집 가까이 왔다고 했기에 전화를 마치고 마중을 나갔다.

오랜만에 보는 Y는 중년 부인의 풍모가 완연했다. Y는 몸이 불어서 75kg이나 나간다고 말했다. 그 말라깽이 같던 애가 부티가 났다. 그러나 그녀는 어떤 꾸밈도 없는 수수한 차림이었다. 손톱에 매니큐어도 칠하지 않았고 흔한 금반지, 목걸이도 눈에 띄지 않았다.

그녀가 나를 보고 맨 먼저 한 말은 너무 많이 변했다는 것이었다. 그러니까 너무 많이 늙었다는 것이었다. 내 흰 머리카락을 보고 물 좀 들이라고 말했다. 그녀는 이렇게 거리낌이 없는 성격이었다. 그 성격이 하나도 변한 것이 없었다. 우리는 금새 시공을 초월해서 해조음이 들리는 옛 교정으로 갔다.

그곳에는 때 묻지 않은 추억들과 싱싱한 젊음이 곱다랗게 간 직되어 있었다.

어떻게 내 소재를 알았느냐고 물었더니 Y는 몇 군데 추적 전화를 했다고 말했다. 교육청과 몇 군데 학교로 전화를 했더니 가르쳐 주더란다. 내가 무슨 문제 교사로 오인되었겠다고 말하자 우리는 마주보며 웃었다.

나는 그녀가 이민이라도 간 줄 알았었다. 이렇게나 행동적인 그녀가 그토록 오래 소식을 끊고 지냈다는 것을 도저히 믿을 수 없었기 때문이었다. 그러나 그녀는 그저 결혼해 아들 딸 하나씩을 두었을 뿐이었다. 큰딸애가 국민학교에 다니고 아들은 유치원에 다니며, 남편이 조그마한 개인 사업을 하고 자신은 직장에 나가기 때문에 경제적인 여유가 있고 생활이 안정되었다고 말했다. 그러나 되돌아보니 공부를 하지 못한 것에 대한 후회와 무어라 설명할 수 없는 공허가 가슴속에 생기고 정신적인 갈등이 심해져 여행도 할 겸 이렇게 내려왔다는 것이었다.

나는 그녀가 남편에 대한 불만이 있어서가 아닌가 하는 의문이 생겼으나 그것은 이내 나의 기우로 판명되었다. 그녀는 내가 묻기도 전에 진지한 말투로 남편은 보기 드물게 이해력이 있고 또 그녀를 끔찍이 사랑한다고 말했다.

Y는 마치 어린 소녀처럼 반백살인 내가 좋아하든 말든 동기 동창들이 어떻게 결혼을 해서 살고 있는지를 쭉 엮어 나갔다. 그것은 대부분 옛날을 회상하는 이야기였는데 내 기억

에는 전혀 없는 이야기들이었다. '이렇게 망각할 수가 있을까?' 의심할 정도였다. 그녀의 말은 다분히 꿈같은 이야기였다. 깊은 추억 속에서 잠자고 있던 긴 이야기가 끝나자 그녀는 이런 이야기도 했다.

"학생들에게 영어 단어 하나 가르치기보다는 가슴에 와 닿는 이야기를 해주세요. 그러면 60명 전부는 아니겠지만 한 교실에 대여섯 명은 그 말을 알아들을 거예요."

그날 6시가 좀 넘어 봄날의 긴 해가 서쪽으로 기울 무렵, Y는 기차를 타고 떠났다. Y가 떠나자 나는 쓸쓸함을 느꼈다. 그녀가 떠나 버려서가 아니라 중한 병을 앓는 환자가 의사를 찾듯 나에게 찾아온 그녀에게 과연 내가 얼마나 위안이 되었을까 하는 의문 때문이었다. 그녀는 실망하고 떠난 것이 확실했다. 그녀가 중년이 된 지금 그녀의 마음을 채워 줄 수 있는 것은 이미 나에게 하나도 없기 때문이었다. 그렇게 그녀는 갖고 있던 여고시절의 환영마저 나에게 되돌려주고 가 버렸다.

그러나 Y는 그 후에도 나에게 전화를 자주했고 또 심심하면 예고도 없이 나를 불쑥 찾곤 했다.

차와 술

너무 복잡다양한 시대이기 때문에 무어라고 콕 꼬집어 말할 수는 없지만 요즈음은 음료의 시대, 그중에서도 차와 술의 시대인 것 같다. 매일같이 쏟아져 나오는 음료는 그 가짓수를 다 셀 수 없을 정도이다.

더 자세히 말해 보자. 현대는 차의 시대인가 술의 시대인가. 차의 시대인 것 같기도 하고 술의 시대인 것 같기도 하다. 옛다, 모르겠다. 둘의 시대라고 해 두자. 둘의 시대라고 해 두는 것이 여러모로 무난하겠다. 차와 술이 없던 시대가 유사 이래 있었는지 없었는지 잘 모르지만 요즘처럼 차와 술이 우리 생활에 깊숙이 들어온 시대도 없었을 것 같다.

거리를 걸어가다 보면 눈에 밟히는 것이 찻집이고 술집이다. 물론 규모 면에서야 단연 술집이 더 크고 웅장하고 고급이지만, 찻집도 분위기가 좋은 곳은 얼마든지 있다. 그런 곳에 가서 아름다운 여인과 클래식을 듣는 호강을 인생에서 가장 아름다운 시간이라고 말하는 것을 부정할 수 있는 사람은 하나도 없을 것이다.

일반적으로 남자가 술을 애호한다면 여자는 차를 좋아한다. 술은 무엇인가. 물에 알코올을 탄 음료이다. 순수한 물이 아닌 알코올이 들어 있는 신비한 물이다. 마실 수 있는 물이다.

알코올은 $2CH_3CH_2OH$의 분자식을 갖고 있는 화합물로 마시면 취한다. 취한다는 것은 정신이 몽롱해져서 무엇에 홀린 것처럼 제정신을 가누지 못하는 상태를 말한다. 이러한 상태에서 인간은 적나라하게 본성을 드러낸다.

차 역시 별반 다르지 않다. 물에 커피 분말을 탄 것이 커피이고 인삼 분말을 탄 것이 인삼차이다. 녹차도 있고 유자차도 있고 칡차도 있고 율무차도 있다. 지구상에는 각 민족이 선호하는 수십 수백 종의 차가 있을 것이다.

차에는 대부분이 카페인이 들어있다고 한다. 백과사전을 찾아보았더니 '카페인은 분자식이 $C_8H_{10}N_4O_2$, 구조는 3개의 메틸기를 가진 크산틴이다. 홍분성 성분 백색의 연한 결정이며 따뜻한 물에 잘 녹는다.'고 쓰여 있다. 카페인은 피로를 풀리게 하고 기분을 전환시켜 준다.

인체는 70%가 물로 되어 있다고 한다. 따라서 매일 2ℓ 이상의 물을 마셔야 생명이 유지된다고 말한다. 그러니 물을 마시긴 해야 하는데, 그냥 물만 마시기기는 무료하니 알코올이나 카페인을 타서 마시는 것이 아닐까?

여자는 차의 향기에 약하고 남자는 알코올의 유혹에 약하다. 세파에 시달린 심신을 안전한 항구와 같은 술집이나 음악이 흐르는 찻집에서 쉬고 싶은 심정은 남녀가 공통으로 가지고 있다. 남녀라고 해서 다를 수가 없기 때문이다.

'차와 음악'이면 '술과 노래'라고 말해야 맞을 것이다. '차와 노래', '술과 음악'이라면 이상하다. 차는 듣는 음악이고 술은 부르는 노래이다. 차가 정적이라면 술은 동적이다. 그렇기 때문에 차는 여성적이고 술은 남성적이다. 그러나 지금의 시대는 유니섹스화되어 남자는 여성화, 여자는 남성화되어가고 있다. 그래서인지 술을 좋아하는 여성들이 늘고 있다. 내 여자친구들도 나보다 술이 센 사람들도 있다. 나는 여자들이 술을 마시는 것을 좋아하는 편은 아니지만, 그래도 맥주집에 가서 맥주 한두 잔 정도는 하는 여자들과 대화가 잘된다.

찻집에서 이루어지는 대화와 술집에서 나누는 대화는 사뭇 다르다. 찻집의 이야기가 실리적이라면 술집의 이야기는 훨씬 낭만적이고 퇴폐적이다.

차는 시간과 장소의 구애를 받지 않는 특성이 있다. 아침에도 마실 수 있고 저녁에도 마실 수 있다. 근무 중에 사무실에서도 마실 수 있고 거리에서도 마실 수 있다. 반대로 술은 차에 비해 많은 시간과 장소의 제약을 받는다. 참된 주객이라면 대낮에는 술을 마시지 않는다. 가정에서도 좀처럼 혼자 술을 마시는 일은 없다. 물론 반가운 친구의 방문을 받는다면 술대접이 상례이지만 그것도 근무 중에는 허용되지 않아 몰래 할 수밖에 없다.

중들은 술이 마시고 싶으면 술을 곡차라고 하며 마신다. 퍽 교활한 어법이지만 그 말이 밉지가 않다.

일본의 문화는 다도茶道문화이다. 그래서 그런지 그들의 문화는 아름답고 예쁘고 섬세하지만, 실리적이고 얄팍하다. 빈 찻잔처럼 속이 없다.

미국 문화로 대표되는 것이 코카콜라, 햄버거, 커피가 아닐까. 미국인들보다 외국에 먼저 상륙하는 것이 이것들이었다. 중국과 소련에도 제일 먼저 상륙한 것들이 코카콜라와 햄버거였으니까.

커피의 향기는 확실히 매력적이다. 그 향기 때문에 커피를 애호하는 사람들이 많다. 그러나 커피 빛깔은 그다지 아름답지 못하다. 커피 빛깔은 흑장미를 연상하기도 하고 반대로 피를 연상하기도 한다. 내가 본 어떤 글에서는 서양인들이 커피를 마시기 시작한 이유가 사람의 피 대용품으로 마시기 시작했다고 쓰여 있었다. 전쟁터에서 승리의 축배로 적장의 피를 마시던 호전성의 연장으로 이해된다. 이것의 사실 여부는 둘째치더라도 그렇게까지 뜬구름 잡는 해석은 아닌 것 같다.

커피를 지독하게 좋아했던 친구 Y가 생각난다. 그는 우리나라 최고의 도시인 서울에서 태어나 서울에서 고등교육까지 받았지만 각박한 도시 생활에 지쳐 전원생활을 동경했고, 결국 시골에 내려와서 과수원을 경영하는 멋쟁이였다. 그는 하루에도 몇 잔씩 커피를 마셔야 했고 커피 단지에 빠져 죽는 것이 평생소원이라고 할 정도로 커피를 좋아했다. 지금은 그와의 연락은 끊어졌지만 커피를 마실 때마다 생각나는 친구이다.

몸이 부서져라 부서져라 하고 술을 마시던 선배들의 기개는 다 어디가고 차를 좋아하는 남자들이 많아지고 있다는 사실은 서글픈 일이다. 남자다운 남자들이 줄어들고 여자 같은 남자들이 늘고 있다는 징조이기 때문이다. 차만을 마시는 남자들은 암사나이다. 그러나 나도 요즈음은 술보다 차를 선호하는 편이다. 시대에 순응하는 것일까. 나이가 많아지고 있기 때문일까. 여하튼 사는 재미가 없어지고 있다. 차 한 잔의 재미밖에 못 갖는 현대인들.

집 순례

나는 지금 15층짜리 고층 아파트의 13층에 살고 있다. 이곳으로 이사 온 것에는 나름대로의 이유가 있다. 남들은 여인네들의 등쌀에 끌려온 경우가 많은 모양인데, 나는 그와는 반대로 내가 이곳으로 이사를 오자고 해서 온 것이다. 그렇다고 내가 나이에 걸맞지 않게 아파트를 아주 좋아해서 온 것은 아니다. 핑계 없는 무덤은 없다고 했던가, 어디에든 다 사연이 있는 법이다.

내가 어린 시절에 살았던 집은 초가집으로 지금은 찾아보기도 힘든 문자 그대로의 초가삼간이었다. 그런데 지금 생각해보면 그 초가집이 내 기억 속 가장 좋은 집으로 남아 있다. 여름에 덥지 않고 겨울에 춥지 않은, 그래서 낮잠 자기에 그렇게 좋을 수가 없는 집.

그 다음은 기와와 함석으로 지붕을 한, 좀 나은 집에서 살게 되었다. 매년 지붕을 해야 하는 어려움은 덜었으나 여름에

덥고 겨울에는 추운 집인데다, 비가 내리는 여름철에는 시끄러워서 낮잠이라도 잘라치면 잠을 잘 수 없었다.

도시에 나와서는 단칸 셋방살이를 오래했다. 아이들이 커지자 독채 전세를 살았다. 그러다 보니 이사의 횟수가 많을 수밖에 없었다. 내 나이 50에 이사한 횟수가 18번이었다. 그리고 아내는 나와 비슷하게 17번이었다.

그 다음은 양옥집에서 살았다. 작은 양옥이었다. 직장생활 15년 만에 산 집이었다. 초가나 기와집, 양철집에 비해 좋은 집이었다. 그러나 슬래브집이라 여름에는 덥고 겨울에는 무척 추웠다. 물론 기름을 많이 때면 따습겠지만 그런 경제적인 여유도 없고, 아내의 내핍적인 가정 경제 운영방식 때문에 항상 추웠다.

사람의 욕망은 끝이 없다고 했던가. 우리는 이집 저집 전전하다 보니 도시의 이곳저곳에 높이 솟는 아파트 쪽으로 시선이 자꾸만 가기 시작했다. 우리 부부는 성격이 반대인 것 같다. 나는 좀 사치스런 편이고 우리 집사람은 실리적이다. 형제들 역시 아파트를 권했다. 그러나 우리는 노부모를 모시고 있기 때문에 모든 것이 편리한 아파트는 그림의 떡이 될 수밖에 없었다. 나는 평소에도 부모님이 살아계시는 동안은 아파트로 이사를 가지 않으리라 굳게 결심했다. 다행히 아내도 아파트 생활을 동경한다든가 하지 않아 얼마나 마음 편한지 몰랐다. 아내는 당시 살고 있던 집에 만족하고 있었다.

우리가 그 당시 살았던 집은 집장사의 집인데, 첫 작품이라 보기는 거칠고 모양새가 없지만 튼튼한 편이었다. 그러나 지은 지 10년이 다 되어가자 잔고장과 고쳐야 할 것이 늘어나기 시작했다. 무엇보다도 온돌이 문제였다. 파이프가 구리가 아닌 주석 계통의 파이프이기 때문에 10년 정도 되면 부식되어 누수 현상이 일어난다고 했고, 우리는 그것을 금세 체감할 수 있었다. 또한 불을 많이 때도 온방이 되지 않았다. 방을 뜯어 온돌을 고친다는 것은 비용도 많이 들뿐 아니라 생각하기조차 머리가 아픈 일이었다.

세 아이들 모두 대학에 들어가자 돈이 주머니에 붙어 있을 새가 없었다. 중등학교 평교사의 봉급이라야 별 것이 아니기 때문이었다. 더욱이 아들놈만은 지방대에 보내기가 싫어서 서울 쪽으로 쫓았더니 더 쪼들렸다.

그렇기에 하는 수 없이 나는 공개 경제를 운영할 수밖에 없었다. 공개 경제가 무엇이냐 하면 봉급을 타와서 식구들을 모아놓고 필요한 돈을 가지고 가라고 하는 방법이다. 이렇게 했더니 아이들이 집안 형편을 알게 되어 정말 필요한 돈만을 가지고 갔고, 돈을 아껴 쓰는 버릇을 들이기 시작했다. 공부를 열심히 해서 장학금을 타오는 것도 좋은 현상이었다. 나는 아이들이 타온 장학금에는 손을 대지 않고 자신이 번 돈은 자기의 것이라는 원칙을 철저히 고수했다. 자칫 잘못했다가는 그들의 공부에 대한 열정을 식히는 결과를 가져올 것이 두려워서였다. 그럼에도 우리 부부는 은행카드를 만들어서 수시로 카드를 들고 은행에 들락거릴 수밖에 없었다. 한 달한 달 살기가 어려웠다.

아파트 분양가가 치솟자 신청자가 적어져 3순위도 신청을 받은 일이 있었다. 이때 공짜 돈이라도 벌까 하는 요행으로 신청했는데 8대 1의 높은 경쟁률을 뚫고 당첨이 되었다. 나는 지독히도 운이 없는 사람인데 아직도 어찌된 영문인지 모르겠다. 이런 경우를 호박이 넝쿨째 떨어졌다고 하는 건지. 그 당시는 아파트 당첨이 대학 들어가기보다 더 어렵다는 이야기가 공공연하게 나돌던 시기였다. 당첨된 아파트는 방이 4개짜리라 좀 비쌌다. 돈이 없어서 서울 동생에게 빌려다가 계약을 하고 평생 처음 집을 담보로 은행 대출을 받는 등 야단법석을 떨었다.

그렇게 계약을 하고 나니 우리 집은 '프리미엄'이 붙기 시작했다. 700에서 1500, 2000, 4000만원으로 오르고, 일 년도 채 지나지 않아 아파트 값이 분양가의 3배까지 치솟았다. 마음이 부풀기 시작했다. 아! 이런 마음으로 투기를 하는구나 하는 생각이 들었다. 내가 어쩌다가 여기까지 왔구나, 이런 자신이 무척 초라했다.

사람이란 변소에 갈 때하고 갔다 온 후하고 다르다더니 당첨이 되니까 마음이 흔들리기 시작했다. 아파트에 들어가 살고 싶은 생각이 고개를 쳐들었다. 평생 부모를 모시느라고 고생하는 아내가 불쌍하다는 생각이 들었다. 때마침 아들이 대학을 졸업하고 학문을 하겠다고 대학원에 들어가 목돈이 필요했다. 아버지는 맨주먹으로 우리 형제들을 대학 공부까지 시키셨는데 나는 하다못해 교사라는 직업이라도 가지고 있지 않느냐. 아이들의 공부를 위해서라면 집을 팔아서라도 유학까지 보내겠다는 것이 우리 부부의 평소 생각이었다. 그러나 한편으로는 부모님들께 말년에 불효하는 것 같아서 마음 한구석이 어두웠다. "부모를 따르자니 자식이 울고 자식을 따르자니 부모가 운다."는 말이 그 당시의 내 마음을 단적으로 표현하는 말이었다.

우선 아내와 의논한 다음 부모님께 말씀을 드렸다. 부모들은 아들의 고통을 잘 아는지라 아파트에 가자고 말씀하셨다. 결국 우리는 집을 처분하기로 했다. 집을 팔면 분양을 받고도 돈이 좀 남을 것 같았기 때문이다.

고민 끝에 계획을 세워 이사 준비를 하고 있을 때 아내가 이사를 반대하고 나섰다. 이유인즉 아파트에 가서 살 자신이 없다는 것이었다. 거기에는 다 부자들만 사는데 우리같이 가난한 사람들은 수준차에 숨도 편히 쉬지 못할 것이라고, 그렇게 살기보다는 정든 이곳에서 마음이나 편하게 살겠다는 것이었다. 결국 아내를 달래는데 석 달이 흘러버렸다.

집을 팔고 또 전셋집으로 이사를 했다. 그리고 일 년이 지나서야 겨우 이 아파트로 이사를 올 수 있었다.

자가용도 없이 시작한 아파트 생활을 한 마디로 말하자면 불균형이었다. 이사를 자주 하다 보니 헌 가구들은 전부 버릴 수밖에 없었다. 그러다보니 우리 가정은 자연스레 역사를 잃어가는 가정이 될 수밖에 없었다. 도시의 집시들처럼 우리 가족도 떠돌아다니는 유랑인의 대열에 서게 된 것이다.

그나마 다행인 것은 아파트라고 해서 전부 사치스런 사람들만 사는 곳은 아니었다는 것이다. 자가용이 없다고 시비를 거는 사람은커녕 여러 가지 편리한 점이 더욱 많았다. 아내도 아파트 생활에 빨리 적응해 갔다. 또한 우리의 생각보다 노인들에게 아파트는 그렇게 나쁜 곳이 아니었다. 물론 불편한 점도 많았지만 노인당이 잘 운영되고 있어서 오히려 도시의 단독 주택보다는 여러 가지로 좋았다. 어머니는 출근하다시피 노인당에 다니신다. 아버지도 가끔 노인당에 가시지만 어머니만큼은 아니다. 할아버지들이 많지 않은 것도 이유이고, 아버지가 귀가 잘 안 들려서 남들과 대화가 잘되지 않기 때문이다.

돌이켜 생각해 보면 이만하면 많은 집에서 살아본 셈이다. 초가집, 전통기와한옥, 양옥, 아파트, 단칸 셋방, 단독 전세.

정년퇴직을 하면 물이 흐르는 개울가에 초당을 짓고 싶다. 그리고 그런 곳에서 자연을 벗 삼아 살고 싶다. 그런 곳에서 살고 싶은 꿈에 젖어 있다. 또 그런 후에는 영원한 나의 집으로 이사를 가겠지…….

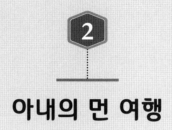

아내의 먼 여행

아내의 먼 여행

아내가 여행을 간단다. 그것도 이역만리 미국 땅으로. 게다가 남편인 나하고 같이 가는 것이 아니라 주부대학 동기생들 몇 명과 간단다. 그녀는 여행을 별로 좋아하지 않는 여자로, 그저 살림만을 알뜰하게 하는 여자였다.

그녀는 우리 집으로 시집온 후 몇 번의 당일치기 여행을 빼놓고는 여행다운 여행을 해본 일이 없었다. 그런 그녀가 낯설고 물설고 산설은 이국땅 미국에 간단다. 안 설은 것이란 하나도 없는 이역 수백만 리 밖 미국 땅에. 영어라고는 Good morning 정도밖에 모르는 그녀가.

나는 아내에게 이 이야기를 처음 들었을 때 거의 졸도할 뻔 했었지만 겨우 정신을 붙잡을 수 있었다. 한 집안의 가장으로서 어떻게 해야 할지를 판단해야 했기 때문이다.

아내는 몇 년 전부터 몸이 안 좋았다. 뚜렷하게 아픈 곳은 없었지만 소화를 잘못시키고 잠을 설치기 부지기수였으니,

자연스레 몸이 야위어갔다. 남들은 살을 뺀다고 에어로빅이니 수영이니 법석을 떨지만 그런 것들을 일체하지 않는 아내가 40kg까지 여위어가니 덜컥 겁이 났다. 감기 한 번 걸리지 않던 그녀인데. 결국 아내는 종합병원의 문을 두드리게 되었다. 그러나 다행스럽게도 아무 이상이 없다는 결과가 나왔다. 병명을 붙이자면 신경성이란다. 여자들이 갱년기에 한 번씩은 경험하는 그런 병이라고 말했다.

아내는 모든 것이 허망하다고 했다. 어딘가 멀리 떠나고 싶고 남편이나 자식도 그렇게 중요하다는 생각이 들지 않고 이 세상에 중요한 것이 하나도 없는 것 같다고 말했다. 마치 죽음 직전에 놓인 사람 같은 기분이라고. '바람이 들어도 잔뜩 들었구나.' 하고 생각했다. 늘그막에 애인이라도 생겼단 말인가? 40대의 여자를 누가 위기의 여자라고 했던가.

아내의 말로는 이번 여행은 미국에 있는 무슨 교회에서 여행을 주관하는데, 왕복 항공료 정도를 제외하면 낼 돈이 더는 없다고 했다. 나는 싼 게 비지떡이라고 생각했다. 게다가 교회에서 주관한다는 점이 영 마음에 내키지 않았다. 나는 살아오면서 사이비 종교의 피해자들을 너무 많이 보았다.

그러나 그녀는 싸다는데 오히려 상당한 매력을 느꼈고 교회이기에 오히려 안심하고 있었다. 이렇게 우리는 생각하는 방향이 완전히 반대였다.

누구누구 가느냐 묻자, 주부대학 동기생들 20여명과 대전에 있는 다른 사람들 20여명, 도합 40명이고 전국적으로는

200명쯤이라고 말했다. 그래도 믿을 수 없다니까, 웬 놈의 의심이 그렇게 많으냐고 반박했다.

어느 날 그녀는 입센의 <인형의 집>의 노라 이야기를 하면서 눈물을 철철 흘렸다. 이렇게 되자 참으로 판단하기가 어려웠다. 남자들이란 여자의 눈물 앞에서 약해지는 법이다. 나도 예외일 수는 없었다. 결국 나는 새장에 갇힌 새를 날려 보내는 심정으로 아내의 먼 미국 여행을 승낙하고 말았다. 어쩌면 커다란 비극의 갈림길이 될지도 모르는 이 결정을 그놈의 눈물 때문에 하고 말았다. 사실 내가 그 승낙을 얼마나 후회했는지 모른다. 그렇다고 남자가 되어서 뱉은 말을 다시 주워 담을 수는 없고.

그렇지만 한편으로는 그 무렵의 아내가 무언가 많이 변한 것처럼 보였고, 어디 먼 곳으로 떠나는 경험을 해본다면 아내의 병에 많은 도움이 될지도 모른다는 기대를 품기도 했다.

그러나 솔직히 말해서 가장 결정적인 승낙의 이유는, 이것이 그녀에게 주는 마지막 선물이 될지 모른다는 생각을 했었기 때문이다. 그 당시 나는 아내가 죽을지도 모른다는 생각을 종종 했었다.

결정을 하고 집안 식구들에게 이야기를 하니, 어머니는 별로 반대하지 않았지만 동생 내외와 누나가 걱정을 했다. 나와 아내를 지극히 생각하는 말이었다. 요즈음 사이비 종교가 얼마나 많은지 아냐고, 차라리 먼 훗날 우리 내외가 같이 가라는 것이었다. 그러나 나는 가족들의 진심 어린 충고의 말을 귀담아 듣지 않았고 아내도 별로 좋아하지 않는 눈치였다.

　결국 아내는 이런 걱정들을 뒤로하고 같이 가는 동료들과 여러 수속을 밟기 시작했다. 아내와 같이 미국에 가는 사람들의 면모를 자세히 살펴보니 각양각색의 직업을 가진 사람들의 부인들이었다. 변호사 부인, 대학 교수 부인, 의사 부인도 있었고, 또 부부끼리 가는 사람들도 있었다. 이러한 사람들의 면모는 나의 긍정과 부정을 증폭시켰다. 의심을 하다 보면 끝이 없었고, 그러다가도 설마 하는 생각에 마음이 놓이기도 했다. 내 이런 걱정은 아내에겐 전혀 닿지 않았는지 아내는 오랜만에 얼굴에 화색을 띤 채 모든 준비를 척척 마치기 시작했다. 아내의 여행에 대한 집념과 열정은 이미 시위를 떠난 화살과 같았다.

　아내는 소양 교육을 마치고, 비자가 나오고 하더니 결국 여행길에 올랐다. 새장을 빠져나가는 아내의 행동이 그렇게 미울 수가 없었다. 때마침 세상 사람들에게 이미 잊혀진 오대양 사건이 몇 사람의 자수로 연일 신문에 대서특필되고 있었다. 대형 비행기 사고도 잦았다. 떠날 때 나는 아내의 손을 꼭 잡고 무슨 일이 있더라도 돌아와야 한다고 말했다. 아내는 나의 의도를 전혀 이해하지 못하는 것 같았다.

　먼 여행을 떠난 아내가 없는 밤을 혼자 지내는 내 심정은 참으로 종잡을 수 없는 것이었다. 한편으로 생각하면 그렇게 평화스러울 수가 없었지만 그렇게 쓸쓸할 수도 없었다.

　아내를 보낸 후에 나는 부모님에게 심한 꾸중을 들었다.

여편네 단속을 허술하게 한다는 이유에서였다. 나는 이런 경우에는 묵비권을 쓰는 것이 상책이라는 것을 잘 알고 있었다.

여행을 떠난 지 삼일이 돼도 아내에게서 아무런 연락이 없자 나의 마음은 불안으로 휩싸일 수밖에 없었다. 연일 오대양 사건은 무시무시한 속도로 파헤쳐지고 있었다. 나는 사이비 종교의 함정이 이 세상에 얼마나 많고 심한지를 알고 있었다. 이제와 생각해 보면 영어를 전혀 모르던 아내가 미국에서 한국으로 국제전화를 한다는 것이 얼마나 어려운 일이었는지를 깨닫게 되지만, 그 당시의 나는 아내의 무소식에 얼마나 화가 났는지 아내가 돌아오거든 절대로 대문을 들어서지 못하게 하겠다고 하루에도 수없이 다짐했다.

그렇게 아내에 대한 걱정과 그리움이 수십 번도 더해진 한밤중에 전화벨이 울렸다. 전화벨 소리만 들어도 아내의 전화라는 것을 알 수 있었다. 지금 어디에 있느냐니까, 뉴욕이란다. 또렷한 아내의 목소리에 모든 원망과 걱정이 사라지는 순간이었다. 아내의 목소리에는 내가 했던 모든 걱정 따위는 하나도 섞여 있지 않았다. 그녀는 여행이 무척 즐겁다고 말했다. 과연 미국은 축복받은 나라라는 첫인상을 받았다며 나를 사랑한다는 말을 대담하게도 건넸다. 먼 나라 미국의 전화통에 대고, '미국에 가더니 대번 달라졌구나.' 하고 생각했다. 저절로 안도의 한숨이 나왔다. 나는 그날 밤만큼은 편히 잠들 수 있었다.

그러나 바로 다음날이 되자 또 다시 불안은 뱀처럼 대가

리를 쳐들기 시작했다. 오대양사건은 더욱더 무서운 사건으로 전개되고 있었다. 땅에 묻힌 시체들이 발굴되고 있었다. 그것도 우리 고향 금산으로 가는 쪽에서였다. 양의 탈을 쓴 늑대들이 세상에는 너무 많다.

또 3일이 지난 후에서야 아내에게서 전화가 왔다. 이번에는 나이아가라 폭포가 있는 호텔이라고 말했다. 아내는 전화하기가 어렵다는 말과 하와이에 들르기로 해서 2~3일은 더 걸릴 거라는 말을 천연덕스럽게도 건넸다. 어디 아픈 곳은 없느냐니까, 기분이 좋아서 아무 데도 아프지 않단다. 식사도 잘 하니까 아무 걱정 말란다.

아내의 세 번째 전화는 아내가 집을 떠난 지 10여 일이 지난 후에 걸려 왔다. 이번에는 어디냐고 물으니, 라스베가스라고 말했다. 그랜드 캐니언은 구경했지만 하와이에 가는 비행기 표는 구하지 못해서 이틀 후에는 집에 갈 수 있다고 말했다. 나는 아내의 기분은 생각지도 않고 비행기 표를 구하지 못한 것이 참 잘된 일이라고 말했다. 아내도 이제 집이 그리워져 돌아가고 싶다고 말했다. 그리고 이제 집에 올 때까지 전화를 안 할 테니까 양해해 달라는 말도 했다. 나는 알았다고 말하면서 그녀의 무사 귀국을 빌었다.

아내는 아내가 말한 대로 무사히 귀국했다. 아내는 서울에서 무사히 도착했다고, 대전에는 몇 시에 도착한다는 전화를 걸었다. 나는 부모님들의 눈치를 볼 새도 없이 버스가 도착할 시간에 맞춰 두 딸과 함께 마중을 나갔다. 아내는 왜 나왔느냐고 핀잔을 줬다. 체통을 차리라는 말이었다. 아내의 먼 여행은 무사히 끝났고, 아내는 여행을 통해 많은 견문을 넓혔다. 그 덕인지 그녀의 병도 서서히 양호해지기 시작했다.

나는 아내의 여행에 대해서 너무 소심했던 자신을 뉘우칠 수밖에 없었다. 그러나 내가 했던 모든 불안들은 나와 같은 중년의 남편들이 갖고 있는 공통점이며, 그 불안들을 통해 내가 그녀를 얼마나 사랑하는가를 다시 한 번 깨달을 수 있었다.

마리안느

시내에 있는 커피숍 '마리안느'에서 목요시 낭송회를 개최하는데 이번 12월 14일에는 임강빈 선생의 요산문학상 수상 기념회를 같이 한다고 했다. 이번 시낭송회는 선생의 수상을 축하하는 뜻에서 개최하기로 했는데 임강빈 선생의 제자들과 나와 같이 요산문학상 수상식장인 부산까지 내려갔던 시인이자 평론가인 리헌석씨가 주관하는 것 같았다. 나는 임강빈 선생을 교감으로 모시고 있고, 또 그는 내 문단 선배이기 때문에 여러 가지로 많은 도움을 받고 있다.

나는 주최 측으로부터 임강빈 선생의 경력과 요산문학상 수상을 말해 달라는 부탁을 받았다. 나는 말을 잘못하고 또 남들 앞에 나서기를 꺼리는 성격이라 사양했으나 결국 그들의 간곡한 부탁에 설득을 당하고 말았다.

우리 학교 여교사협의회에서는 꽃다발을 준비하고, 시낭송도 하기로 했다. 그리고 주임교사 몇 분도 참석하기로 정해졌다. 5시에 퇴근하자, 식이 시작하는 7시까지 시간이 남았기에 '소문난 집'이라는 술집에서 술을 한 잔씩 들고 7시에 맞춰 회의장에 도착할 수 있었다.

그곳에는 이미 이런 일이 아니면 만날 수 없는 그리운 얼굴들이 많이 와 있었다. 운장 선생을 비롯한 많은 문인들이 와서 성황 속에 식이 시작되었다. 전영관 시인의 인사말 다음 내 차례가 되자 나는 다음과 같이 말했다.

안녕하십니까? 배인환입니다. 기라성같은 선배 동료 시인들이 여기 많이 오셨는데 제가 감히 임강빈 선생님에 대해서 말씀을 드리는 것이 송구스럽기 그지없습니다. 저는 운이 좋아서 금년 3월부터 임강빈 선생님을 교감으로 모시고 근무하게 되었습니다. 그래서 지난 11월 16일 오늘의 시의 리더인 리헌석 시인과 같이 부산에 가서 요산문학상 시상식에 참석했습니다. 따라서 임강빈 선생의 경력과 요산문학상 수상에 대한 주변이야기를 간단하게 하겠습니다.
우리가 다 알다시피 임강빈 선생은 충남 공주에서 태어나셨습니다. 집안은 전통적으로 학문을 하는 집안이었으며 특히 조부께서는 기호학파의 거두였다고 합니다. 그리고 선친께서도 학문에 조예가 깊으신 분이었다는 이야기를 서울에 있는 인물연구사 사장이며 평론가인 임중빈 씨에게 들은 일이 있습니다. 그러나 선생님이 7살 때 어머니를 여의는 슬픔에 직면했습니다. 그 후 공주사범대학 국문과를 졸업하시고 전쟁과 휴전 직후인 56년도에 혜산 박두진 선생의 추천으로 『현대문학』을 통하여 화려하게 시단에 데뷔했습니다. 1969년 첫 시집 『당신의 손』을 상재한 후 『동목』, 『매듭을 풀며』, 『등나무 아래에서』. 금년에 내신 제5시집 『조금은 쓸쓸하고 싶다』를 출간했습니다. 선생님의 60평생 그리고 34년간이라는 긴 시작詩作 생활 동안 우리가 눈여겨 볼 것이 네 가지 있다고 보겠습니다.

첫째는 선생님이 7살 때 어머니를 여의신 사건이 시인이 되는 결정적인 모티브가 되지 않았나 하는 것이고요. 둘째 선생님이 시단에 데뷔한 것이 56년도인데 첫 시집을 낸 것이 13년 후인 69년이라는 점입니다. 이것은 선생님이 시단에 데뷔하고도 13년이라는 긴 세월을 시 공부를 하고 갈고 닦아서 첫 시집을 낸 것입니다. 선생님이 시가 얼마나 어려운가를 익히 아시고, 그리고 얼마나 정성과 뜸을 들였는가를 알 수 있습니다. 요즈음 데뷔와 동시에 시집을 들고 나오는 사람들이 많은 현실에 비교해 보면 말입니다. 다음은 선생님은 5권의 시집 이외에 단 한 권의 산문집도 없다는 사실입니다. 이것은 선생님이 오로지 시에만 전심전력을 다했다는 것을 단적으로 말하는 것입니다. 끝으로 66년 첫 시집을 상재하기 전에 이 고장에서 주는 충남문학상을 수상하신 것 이외에 단 한 번도 문학상을 수상한 일이 없다는 것입니다. 우리나라 문학상이 지금은 폐간되고 없지만 『소설문학』이라는 월간지에서 보니까 300여 개가 넘는답니다. 그렇다면 선생님의 연배와 시작 경력으로 볼 때 적어도 네댓 개는 이미 타셨어야 한다는 사실입니다. 이것은 선생님이 상에는 초연했고 문단 정치와는 근본적으로 멀었다는 점을 간접적으로 말해 주는 것이라고 생각합니다.

이상 경력을 말씀드리고 다음은 요산문학상에 대해서 말씀을 드리겠습니다.

우리가 알다시피 요산樂山은 일제강점기부터 소설 활동을 줄기차게 해온 낙동강의 파수꾼이라고 불리워지는 김정한 선생의 호입니다. 1983년 부산에 있는 소설가협회에서 요산의 문학정신과 투철한 민족정신을 기리기위해서 발의를 했고 84년 그 당시 부산일보 사장였던 권오현 선생이 중심이 되어서 제정한 상인데, 1회 수상자는 소설가 하근찬, 2회는 시인 문병란, 3회 소설가 윤정규, 4회 김원일, 5회 평론가 구중서, 이번 6회는 우리 임강빈 시인이 수상하게 되었습니다. 이 수상자의 면모만 보더라도 우리나라에서 문학에 족적을 남긴 분들이며 지방에 있지만 큰 상이라는 것을 알 수 있습니다. 다음은 수상 이유를 읽어 드려야 되겠는데 글자가 너무 작고, 시간관계상 팸플릿으로 대신하겠으며 요점만 말씀드리면 선생의 시가 좋다는 것과 시인의 정도를 걸었다는 점, 향토문학을 묵묵히 지켜왔다는 점입니다.

그리고 임 선생의 수상소감을 언급하지 않을 수가 없습니다. 그것을 다 기억할 수는 없고요. 요약해서 말씀드리면, 임강빈 선생은 지금까지 순수시를 써 왔다. 철학이나 곰팡내 나는 학문을 완전히 배제하고 남은 순수한 것, 시만을 붙들고 늘어졌다는 말과 깨끗한 상을 받게 되어서 기쁘다는 말을 여러 번 하셨습니다. 이 말씀은 요산의 정신에 연유된 깨끗함과 문단정치에 오염되지 않은 상이라는 말로 받아드려졌습니다.

이상 두서없이 임강빈 선생님의 약력과 요산문학상에 대한 말씀을 드렸습니다. 긴 시간 들어주셔서 감사합니다.

내가 말을 마치자, 우리 학교의 송인준 선생이 기념패와 꽃다발 증정식을 진행했다. 그 다음에는 임강빈 선생의 시와 그 제자들의 축하시 낭독으로 이어졌다. 특히 우리 학교 이윤숙 선생의 시낭송은 전문가를 뺨칠 정도였다. 그 시를 적어본다.

가을에

가을이 한 뼘 다가서면
천수답에도 벼는 익어가리
밭이랑에
배추 속은 차오르리
가을은 넉넉한 명령형인가
이슬은 영롱한 소리를 낸다
섬돌 밑에 귀뚜리
휘영청 아직도 운다
친구여
파스텔 화집 속
가을의 손은 크다
아침에도
밤에도 벌레소리
혼자서
전부를 갖고 싶어한다.

마지막으로 임강빈 선생님의 인사 말씀이 있었는데 그 내용은 다음과 같다.

이런 곳은 따분하고 재미없는 시간이다. 날씨도 고르지 못한 이 시간에 여기까지 온 하객에게 감사를 드립니다. 축사를 해주신 분, 또 시낭송을 해주신 선배 후배 시인에게 감사드립니다.
이현석 시인이 이것을 추진했을 때 완강히 거부의 뜻을 분명히 밝혔다. 그러나 나의 의도와는 달리 이 낭송회가 이루어졌다. 내가 싫어하는 것을 왜 이렇게 하느냐? 전화 통화도 안했다.

오늘 안 나올까 생각도 해보았는데 안 나오면 내 꼴이 무엇이 됩니까? 그래서 7시 조금 넘어서 나왔습니다. 내 선친께서 자주 하신 말씀이 기억나는군요. 교주교슬이라는 말씀은 고지식하여 조금도 변통성이 없이 꼭 달라붙는 소견을 비유하는 말입니다.

외골수로 서정시만을 고집했습니다. 그런데 요즈음 다른 사람도 서정으로 돌아가는 것 같아 시의 고향은 서정시가 아니냐 하는 생각이 들고요. 내 고집도 어지간하구나……. 왜 시를 쓰느냐? 그 고생스러움 - 삶의 공허를 메우기 위해서, 고독의 구제행위로, 그러나 시란 자유를 원한다. 시란 인간을 해방시키는 정신이다 이런 모토를 늘 가슴에 새겨두고 외골수로 서정시만 써 왔다. 실험시, 참여시, 난해시에게 눈을 돌려보려고도 했다. 그러나 잘 안되더라. 그것은 체질 때문이 아닌가.

시 써서 돈 버는 것도 아니고 명예가 올라가는 것도 아니다. 인간을 해방시키려는 자유, 그것이 시를 쓰는 목적이다. 내가 할 수 있는 일이 있다면 보다 더 좋은, 시 읽는 사람의 가슴에 닿는 시 한 편이라도 더 써야겠다는 생각이다.

식이 끝난 후, 우리는 빠짐없이 모두 식당으로 가서 소주를 들며 잡담을 하다가 헤어졌다.

...
호수 같은 선생님

선생님을 생각하면 참 호수 같으신 분이란 생각이 든다. 호수도 그냥 호수가 아니고 영봉에 만년설을 이고 있고 산록에는 침엽수림이 울창한 산영을 담고 있는 호수 말이다. 내가 이렇게 선생님을 호수에 비유하는 것은 선생님이 타인을 대할 때 늘 잔잔한 호수 같은 분이시기 때문이다. 나는 가끔 남성이신 선생님에게서 모정을 느낀다. 이 같은 선생님의 고매한 인격은 잔잔한 호수의 모습도 보여주지만, 선생님의 시 정신은 히말라야 산맥의 고봉처럼 높고 심오해서 접근을 거부하고 때로는 사납기조차 하다.

내가 이런 선생님을 처음 뵌 것은 1959년 봄 4월 첫째 월요일인가, 둘째 월요일인가이다. 비원 쪽에서 꽃향기가 물씬 풍겨오고, 울담 밑의 개나리가 노오랗게 피고, 명륜당의 그 크고 우람한 은행나무의 무수한 가지에서 잎들이 다투어 피어날 때쯤이다.

당시 신입생이던 우리들은 석조 본관 1207호 강의실에서 교양 국어 시간의 교수님을 기다리고 있는데 30대의 젊고 바람에 흔들릴 것 같이 날씬한 교수님이 들어오셨다. 그분이 바로 구용 선생님이셨다. 그때의 나는 대학 교수에 대한 호기심이 강했던 촌놈인지라, 첫 강의시간에 첫 번째로 뵌 분인 선생님이 여러 가지로 인상 깊었다.

그렇지만 선생님과의 첫 대면은 조금 어설프게 끝났는데, 선생님은 들어오시더니 아주 작은 목소리로 무엇인가를 이야기하고 나가셨기 때문이다. 그 시간은 아주 짧아서 1분도 안 되었던 것 같다. 나는 무어라 말씀하셨는지 제대로 듣지 못했기에 옆에 앉아 있는 같은 과 학생에게 물어보았더니 자기도 잘 모르겠지만 아마 교과서 소개를 하신 것 같다고 했다.

선생님은 그 다음 주부터 본격적인 강의를 시작했다. 자세히 본 선생님의 첫인상은 타고난 재능을 갖고 있는 분 같았다. 좀 검은 얼굴이지만 골격이 섬세하고 살이 없으며 눈이 아주 인상적이었다. 전체적으로 볼 때 나이보다 훨씬 젊어 보였다. 이 시간부터 선생님의 진가가 유감없이 발휘되었다. 어디서 그렇게 해박한 지식과 기지와 유머가 쏟아져 나오는지 모를 일이었다. 한마디로 명강의였다. 그 후 나는 영문과 학생이지만 선생님의 강의라면 4학년이 배우는 강좌든 뭐든 염치불구하고 신청해서 들었고, 강의를 신청하지 못한 경우에는 도둑 강의를 들었다.

중고등학교 때 막연히 문학에 뜻을 두고 있었지만 소월의 시와 소설 정도만 읽던 나는 선생님으로부터 아폴리네르, 막스 자코프, 발레리, 릴케, 엘리엇, 오든 등의 대시인들과 다다이즘, 큐비즘, 쉬르레알리즘 등의 문학사조를 배웠고, 우리나라 모더니즘 시인들과 초현실주의 시인들, 낭만주의 시인들, 또 한용운과 김광균에서 이상을 거쳐 전봉건까지 알게 되었다. 이처럼 나는 선생님에게 시를 배우며 '이 세상에 문학밖에 할 것이 없구나.'하는 여간해서 완치가 안 되는 문학병이 들고 말았다.

그러나 나는 성격 탓에 강의만 열심히 들었을 뿐, 재학 중에 선생님을 찾아뵙고 개인적으로 이야기를 나눈 일은 단한 번도 없었다. 당시의 내게 선생님은 너무 높은 분이라 감히 접근할 수가 없었다. 졸업을 앞두고 시 몇 편을 써서 선생님께 보여드리고 싶어 기회를 보다가 그것도 못 보여드리고 『현대문학』에 보내 김현승 선생의 시선후감에 나오는 정도였다.

그 시선후감 옆에는 모 여대생의 등단소감이 실렸었다. 다른 사람은 시인이 되는 판에 시선후감에나 나오는 자신이 한심해서 한동안 시는 집어치웠고, 결국 나는 영어 공부도 재대로 못하고 문학도 못하는 어중이가 되어 대학을 졸업하고 말았다.

그 후 선생님과 인연을 맺게 된 것은 아무래도 문학의 끊을 수 없는 마력 때문이었다. 군대에 갔다 오고 또 직장을 잡고 결혼도 하다 보니 나이는 이미 서른이 넘었다. 그렇다고 문학을 버리기에는 30대도 너무 젊은 나이였다.

1970년 봄, 나는 선생님을 내 고향 금산에 모시는 영광을 가졌다. 읍내에 있는 학교 교사들이 주축이 되는 금요음악회라는 모임이 있었는데, 그 모임의 사업으로 일 년에 한 번있는 저명인사 초청 강연에 선생님을 모셔오기로 결정을 본 것이다. 내가 선생님이 재직하고 있는 대학 출신이고, 또 선생님을 모셔오자고 제안했기 때문에 그 일을 맡기로 했다.

먼저 서울에 올라가서 전화를 드렸더니 예의 그 부드러운 저음의 목소리가 흘러나왔다. 8년 만에 들어보는 그리운 목소리였다. 선생님은 아주 자세히 집의 위치를 설명해 주셨고, 동선동 한옥으로 가슴 떨리는 첫 방문을 하게 되었다.

선생님께 내 소개를 하고 문학 공부의 뜻과 초청 건을 말씀드렸더니 쾌히 승낙하셨다. 우선 작품을 보여 달래서 가져간 단편을 보여드렸다. 그 당시 나는 교사가 하기 싫어서 소설가나 되어 살아야겠다고 생각했다. 그때는 신인 소설가들이 제법 각광을 받던 때였다.

선생님은 그 해 어머니날 서울에서 먼 길을 오셨다. 대전에서부터는 비포장도로라 더욱더 험난했다. 예정대로 김영보 교장 선생님댁으로 모셨다.

김 교장 선생님댁은 읍내에서 가장 큰 저택이며 양반집의 구조로 본채와 별당, 사랑채가 있고 많은 꽃과 정원수가 있었다. 별당 앞에는 잔디밭이 있고 아름드리 은행나무와 칡넝쿨

이 어우러져 있어 운치가 있었다. 때마침 모란꽃이 붉게 피었었다.

별당에 자리를 잡으신 선생님은 기분이 좋으시다며 붓글씨를 쓰고 싶다고 말씀하셨고, 여러 사람에게 명필로 글씨를 써 주셨다. 나에게는 특별히 進樂居금산에 진악산이 있음라는 서재명을 써 주셨고 또 龍躍四溟이라는 글귀도 주셨다. 더욱 고마운 것은 龍躍四溟 옆에 작은 글씨로 裵仁煥 大雅의 연락으로 내 錦山에 와서 서로 만나니 기쁨은 勿論이오, 이 또한 一大事 因緣인가 하오. 경술년 어머닌날 進樂山을 바라보며 金丘庸이라고까지 써 주셨다.

그 2박 3일 동안 금산의 명소인 칠백의총, 백세청풍, 보석사, 인공위성통신지구국 등을 안내하며 많은 이야기를 나누었고, 이틀 밤 동안 선생님을 모시고 자면서 선생님이 시와 학문뿐만 아니라 인격적으로도 얼마나 완성된 분이신가를 다시 한 번 확인할 수 있었다. 이때부터 선생님과 문학적인 질긴 인연을 맺게 되었다.

그 후 서울에 올라갈 때면 선생님 댁을 방문하고 좋은 말씀을 들었다. 선생님은 내가 소설을 공부할 수 있게 사사할 대가를 소개해주시며 바쁘신 와중에도 그 집까지 인도해 주셨다. 내 딴에는 열심히 공부했으나 워낙 재주가 없는 데다 교직의 고된 업무량에 밀려 항상 마음뿐이었고, 진전은 미루어졌다. 그러는 사이에도 나이는 자꾸 먹어가자 나는 절망과 회의에 빠지지 않을 수가 없었다. 처음으로 문학을 포기해야겠다고 생각했다. 그 무렵에는 선생님을 찾는 일도 없었다.

그때 선생님이 아무 예고도 없이, 갑자기 금산을 방문해 주셨다. 눈물이 날 정도로 고마웠다. 선생님은 대전에 오셨다가 급한 일을 모두 뿌리치고 시골 길을 지나 금산까지 오셨다는 것이었다. 순전히 불쌍한 제자인 나를 생각해서였다. 이 방문이 바로 나를 소생시킨 계기가 되었다. 그날 밤 시장 근처 허름한 술집 '목로'에서 선생님과 술을 들고 거리를 거닐며 밤하늘의 별들을 바라보았다. 그 별들의 반짝거림이 시 같다고 생각했다. 나는 다시 시 공부를 시작했고 퇴색한 원고 뭉치를 뒤적이며 노트를 정리했다.

이렇게 해서 나는 선생님의 몇 안 되는 추천 시인이 되었다. 내가 대학 첫 강의실에서 처음으로 선생님을 뵌 지 25년 만이고 개인적으로 선생님을 모신지 15년 만이었다. 아무 재능도 없는 내가 시인이 될 수 있었던 것은 오로지 선생님의 은덕이다. 많은 시간과 노력이 소요되었지만 그렇기 때문에 다른 어느 것보다 값지고 소중하다.

추천을 해주신 후에도 베풀어 주신 제자에 대한 배려 역시 뼈저리게 감사하다. 언제나 모범을 보이시며 자상하시고 법도가 있으시며 내게 항상 끝까지 시인의 정도를 걸을 것을 당부하신다. 이런 선생님을 모시게 된 운명에 감사드린다.

대전에 사사로운 일로 오시면 볼 일을 보신 후 쟁쟁한 문인들을 다 제쳐놓고 내게 제일 먼저 전화를 주신다. 선생님은 늘 싼 막걸리 집을 찾으시며 선생님이 술값을 내시는 일이 많다. 조금이라도 편히 모시고 싶지만 들어주시는 일이 없다.

　이제 시간의 흐름에 따라 모교가 배출한 큰 스승님이 물러나시게 됨은 가슴 아픈 일이다. 하지만 선생님의 높은 정신은 이곳에 계시어 후학들의 영원한 빛과 샘이 될 것을 굳게 믿는다. 선생님의 여생에 건강을 빌며 좋은 시 많이 쓰시기를 두 손 모아 빈다.

· · ·
풀벌레 소리

입추를 지나자 풀벌레들이 기승을 부리며 울고 있다. 풀벌레들의 울음은 언제 들어도 싫지가 않다. 애잔한 소망 같기도 하고 가슴을 저미는 슬픈 사연같기도 하다. 어느 악기가 이렇게 고운 음률을 토해낼 수 있을까? 시멘트로 도배한 우리 집 손바닥만한 화단에서 풀벌레들은 울고 있다. 이곳이 도시라는 것도 모르는 모양이다. 이렇게 풀벌레 소리를 듣다보면 잊을 수 없는 은사를 생각하게 된다.

누구나 가을이 오면 풀벌레 소리를 듣지만 삼복에 이런 풀벌레 울음소리를 들을 수 있는 분은 흔치 않다. 나에게 삼복에도 풀벌레 울음소리를 듣는 것을 가르쳐 주신 분이 지금은 정년퇴직을 하고 향리에서 여생을 보내시는 김영보 교장 선생님이시다. 세간에는 '선생은 있고 스승은 없다. 학생은 있고 제자는 없다.'라는 말이 난무하듯이 나를 제자라고 하기에는 심히 부끄러운 일이지만 은사님은 스승이시기에 모자람이 없으시다.

나는 고향인 금산에 살다가 10년 케이스로 학교를 옮기면서 대전으로 처자식을 데리고 이사를 왔다. 그러나 아이들이 하나 둘 학교에 입학하자 고향에 돌아가기가 점점 어려워졌다. 여든이 훨씬 넘은 부모님까지 이곳에 모시고, 돈도 아쉽고 또 황혼기에 들어선 부모님들이 고된 일을 하시는 게 보기에 안 되어서 가친께서 그렇게 아끼시는 전답까지 팔았으니 그곳은 완전 정리가 된 셈이다.

이러다 보니까 금산읍에 외롭게 계시는 은사님을 찾아 뵙기가 어려워졌다. 하기야 내 집에서 고작 차로 한 시간 남짓한 거리니까 마음만 먹는다면 어려울 것도 없겠지만 이상하게 그 마음이 안 된다. 은사님 앞에 떳떳하게 나설 만큼 출세를 못한 잠재의식도 무시할 수는 없겠지만 그것은 핑계일 뿐 전혀 설득력이 없다.

작년 여름은 유난히도 무더웠다. 수은주가 35℃를 넘나들고 있었으니까. 더욱이 LA에서 23회 올림픽의 승전보가 연일 날아들어 훅훅 치솟는 열기가 온 국민의 심장에 파고들어 우리의 뜨거운 피를 더더욱 끓게 했기 때문인지도 모른다. 이런 무더위에 은사님댁을 방문하기로 결심했다.

은사님은 뼈대 있는 집안의 외동딸이었다. 부친인 김용중 옹은 하버드 대학 출신으로 개화된 사상을 가지고 딸을 이화학당과 일본에 유학을 보낼 정도로 교육에 대한 확고한 철학과 선지자적인 안목을 가진 분이었다.

그는 평생을 독립운동에 몸 바치셨다. 광복 전에는 상해 임시정부와 미국에서 안창호 선생을 모시고 일하셨으며 광복이 되자 그리운 고국으로 왔으나 분단의 비극과 김구, 장덕수 등을 위시한 많은 애국자들이 저격당하는 현실을 보시고 미국으로 건너가 상주하셨다. 미국에 계시면서도 한국사정사를 운영하면서 <한국의 소리>THE VOICE OF KOREA라는 신문을 13년간이나 발행하셨다. 몇 년 전에 미국에서 타계하셨는데, 내가 죽으면 화장하여 뼛가루를 조국의 38선에 뿌려 달라는 유언을 하셨다고 한다.

이화학당과 일본대학 문학부를 졸업하신 은사님은 6.25 후에 내 모교인 금산고등학교에 부임해서 교편을 잡으셨다. 이만한 학벌이면 인재가 모자라던 그 당시에는 도시의 명문 학교의 교편을 잡기에 충분했고, 아니라면 다른 분야에서라도 출세를 할 수 있었지만 굳이 이런 시골에 머무신 것은 깊은 뜻이 있었기 때문이라고 짐작된다.

내 모교는 그 당시 초창기 학교로 말할 수 없이 빈한한 남녀공학이었다. 전쟁 직후 혼란기에 들어온 시골 학생들이 대부분이라 그 질도 떨어졌다. 그러나 은사님은 그런 우리들에게도 민족의 혼이 담긴 국어를 아주 자세히 가르쳐 주셨다. 그것보다도 스승의 훌륭하신 점은 지식보다 먼저 정신을 심어주시기에 애쓰셨다는 것이다.

은사님은 우리가 먼저 인간이 되게 하는데 주력하셨다. 불의를 보면 추호도 용서하지 않으셨지만, 가난하고 힘없는 사람에게는 언제나 관대하셨다. 매사에 모범을 보이시고 항상 가난하고 약한 자의 편이었다. 사변 후의 춘궁기는 말할 수 없이 어려운 시기였다. 은사님은 공부를 잘하지만 집안이 어려웠던 학생들에게 납부금을 대납해 주시는 일도 종종 있었다. 이처럼 은사님은 시골에서 흔하지 않은 신식여성이었으니 감수성이 예민한 청년기에 접어든 우리들에게 상당한 인기가 있었다.

나도 은사님에게 무한한 존경심이 일어나던 참이었다. 무척 내성적이라 표면에 나서지 못하는 나를 위해 틈틈이 불러서 상담도 해주시고 지도도 해주시며 심부름도 시키셨다. 은사님댁은 읍내에서 규모가 제일 큰 집으로 몸채와 사랑채, 별당이 있었고 대문과 중문이 있으며 청지기의 방이 있는 전통가옥이었다. 나는 이런 집에 가는 것만으로도 그저 신이 나서 은사님의 심부름이 너무나도 좋았다.

내가 대학을 졸업하고 사회에 나와서 교편을 잡은 후에도 은사님은 항상 스승으로서 못난 나를 제자로 대해주셨고 그때마다 문학이야기를 많이 들려주셨다. 학교에 다닐 때는 미처 몰랐지만 은사님은 문학을 전공하신 분으로 한국문학뿐만 아니라 일본문학, 세계문학에도 조예가 깊으셨다.

막연히 문학을 좋아해서 문학가가 되고 싶은 꿈을 몰래 간직하고 있던 내가 아편을 본 마약환자처럼 문학에 빠져들 수 있었던 것은 다 은사님 덕택이다. 그러나 워낙 재주가 없었던 나는 실패를 거듭했고, 그때마다 은사님이 격려해 주셔서 좌절에서 일어날 수 있었다.

여름이면 하얀 모시적삼을 즐겨 입으시는 은사님은 당뇨병이 있으신 불편한 몸인데도 단아한 모습이었다. 예의 흰 모시적삼은 그날따라 더욱더 우아하게 보였다. 수목이 우거진 넓은 정원은 녹음이 짙었고 칡덩굴과 싸리꽃 향기가 산중처럼 풍겼다. 조그마한 연못에는 고기들이 노닐고 작은 분수에서는 이슬비 같은 물방울이 연못으로 떨어지고 있었다. 은사님은 귀빈을 맞이하듯 처마 밑에 발을 드리웠고 대나무로 만든 의자 두 개를 내놓으셨다. 분위기에 신경을 많이 쓰신 것이 역력했다.

은사님은 나 같이 보잘것없는 제자를 맞이할 때도 항상 이랬다. 인사를 드리고 자리에 앉자 육친처럼 반기셨다. 뜰에 놓은 두어 개 벌통에서 양벌들이 분주히 드나들고 있었다. 은사님은 여름에도 풀벌레들이 운다고 말씀하셨다. 화단으로 귀를 기울였더니 그제야 고요한 정적에서 들려오는 풀벌레의 구슬픈 노래 소리를 들을 수 있었다.

은사님은 아들 둘, 딸 둘의 4남매를 슬하에 두시었다. 전부 성혼을 시켜서 손자 손녀도 보았다. 아들네들은 직장을 따라 서울로 갔고 지금은 이 큰 저택에서 혼자 계신다. 혼자 풀벌레의 노래를 벗 삼아 살아가신다. 방문객이 많을 리가 없다. 아들딸들이 그렇게 모시고자 해도 다들 떠나는 금산을 한 발자국도 떠나지 않으시며 충신처럼 지키고 계신다.

유난히 달이 밝은 오늘 밤 창밖에서 풀벌레 소리는 더욱

더 기승을 부리고 있다. 풀벌레 노래 속에는 무한한 은사의 가르치심이 용해되어 있음을 나는 안다. 이 밤에 잠 오지 않음은 풀벌레 소리 때문이리라.

하얀 집

11월의 쌀쌀한 토요일 오후 우리는 인근에 있는 성애양로원을 방문하기로 했다.

이번 방문은 개인 차원, 학교 차원에서 방문하는 게 아니라 1학년 10반 아이들이 주동이 되어서 방문하는 것이었다. 담임인 김 선생이 내 앞자리에 앉아 있었는데 그녀와 이웃인 송 선생의 권유, 무엇보다도 삶의 외곽 지대에 대한 내 자신의 관심과 호기심이 나를 그곳으로 가 보도록 유혹했다.

송 선생은 빈손으로 갈 수 없으니 귤이라도 사자고 해서 100개짜리 귤 두 상자를 사비로 샀다. 토요일 오후라 천신만고 끝에 택시를 잡아 타고 그곳에 갔다. 작은 거인처럼 웅자를 자랑하는 구봉산의 동쪽 산기슭에 성애양로원은 자리 잡고 있었다. 주변 1킬로미터 안에는 인가라고는 없는 외딴 곳이었다.

구봉산 정상으로 송전탑이 서 있어 지나가는 전선이 햇빛에 반짝였다. 산봉우리 위로 몇 덩어리 흰 구름이 한가롭게 떠 있었다. 양로원은 북쪽으로 자리를 잡고 있기 때문에 바람막이가 없어 11월의 날씨를 더욱더 춥게 했다. 야트막한 숲 사이로 그 하얀 건물은 석양의 햇빛을 받아 눈부시게 빛났다. 그러나 하얀 색깔이 주는 질감은 마치 병원 같은 쓸쓸함을 더해 주고 있었다. 나뭇잎이 다 떨어진 과수원의 앙상한 나뭇가지에 까치들이 떼 지어 날고 있었다. 까치는 길조라는데 그들이 무엇 때문에 법석을 떠는지 모를 일이었다. 노인들만이 사는 지역에 방문한 중학교 1학년짜리 여학생들의 발랄한 생명력을 반기는 것일까?

좁은 길 옆으로는 키 작은 벚나무들이 서 있고 왼쪽으로는 농장이 있었다. 닭소리가 들렸고 돼지 똥냄새가 풍겼다. 오른쪽으로는 조그마한 양어장이 있었다. 양어장에는 고기들이 없는 것 같았다. 산수유나무가 비탈에 10여 그루 서 있었는데 빨간 열매가 매달려 있어 아름다웠으나 수확기가 지나서인지 땅에 떨어져 있는 열매들이 눈에 띄었다. 외관상으로 볼 때 성애양로원은 한 폭의 그림이었다.

그러나 원내에 들어가자 분위기가 일변했다. 우선 양로원 특유의 냄새가 코를 찔렀다. 여기저기 개들이 매어져 있는 것도 특이했다. 총무인 듯한 사무원이 우리를 반겨 주었다. 사무원은 우리는 원장의 사택으로 안내해 주었다.

의지할 데 없는 노인들이 마지막으로 가는 양로원, 선진국에서는 어떻게 운영되는지 잘 모르겠지만 우리나라에서는 고아원과 쌍벽을 이루고 있는 후생 단체이다. 양로원에 가있다면 아직은 사회의 통념상 좋은 인상을 받지 못하는 곳이다.

원장은 남자가 아닌 여자라고 사무원이 말했다. 27세의 젊은 나이에 이 양로원을 시작해서 66세가 되는 오늘까지 사십 평생을 이 사업에 몸 바쳤다고 했다. 가냘픈 여자의 몸으로 평생을 이런 후생사업에 종신한 그 노고에 저절로 고개가 숙여졌다. 원장을 한 번 만나고 싶었지만 집안의 초상으로 출타 중이었다. 나는 이것저것 몇 가지를 물어보았다. 사회복지 단체에서 모집한 원장의 수기가 곧 발간된다고 총무가 말했다. 그것을 구해보아야겠다고 생각했다.

총무는 이 집의 며느리이며 작년에 이곳으로 시집을 왔고, 그녀의 친정은 대구인데 친정에서도 후생사업을 한다고 했다. 전화가 와서 총무가 건네주었다. 원장이었다. 원장의 목소리만 들은 것도 보람 있는 일이었다.

총무는 방송으로 할아버지 할머니들을 교회로 불렀다. 이곳에 있는 노인들은 합해서 100여 명이라고 말했다.

양로원의 교회는 교실의 하나 반 정도 되는 넓이였다. 70여 명의 노인들이 장판방에 앉아 있었다. 서쪽 벽에 걸려있는 '오직 나와 내 집은 여호와를 섬기겠노라.'라고 적힌 액자가 이 양로원의 특징을 말해 주고 있었다.

담임인 김 선생의 인사말과 함께 아이들은 준비해간 프로를 깜찍하게 진행했다. 부채춤과 인현왕후전이 가장 인기있었다. 그 후 할아버지 할머니의 시간이 되자 한 맹인 노인이 하모니카 연주를 아주 훌륭하게 마쳤고, 많은 노인들이 춤을 추면서 즐겼다. 가져간 떡과 과일, 주머니에 넣은 사탕을 나누어 드렸다. 할머니 할아버지들은 손녀와 같은 아이들의 재롱에 마음이 흐뭇해지신 것 같았다.

이곳에 있는 노인들도 나름대로의 인생을 사신 분들일 터인데 그들의 노후가 너무 쓸쓸해 보였다. 마치 낙엽처럼 모여 사는 분들 같아서 눈물이 나올 지경이었다. 위문공연이 끝나고 노인들이 자리를 뜰 때 보았더니 병든 노인들이 너무나 많은 것에 놀라지 않을 수 없었다. 몸이 더 아픈 노인들은 이곳에 나오지조차 못했다니!

부처님이 생로병사를 보고 인생의 무상함을 느꼈다던데 병든 노인들을 직접 눈으로 보지 않고는 모르는 비극적인 현실이 우리 주변에 너무 많다는 사실을 뼈저리게 느낄 수 있었다. 독지가들의 따뜻한 손길, 아니, 독지가가 아니래도 작지만 따뜻한 손길이 이곳 노인들을 찾아주었으면 좋겠다. 그러나 현실은 너무 무관심해서 서로 몰라라하고 있다.

우리는 아이들과 같이 산수유 열매를 따기로 했다. 노인분들께 조그마한 보탬이라도 되었으면 하는 마음에서였다. 높은 가지에 매달려 있는 것은 하는 수 없더라도 낮은 곳에 있는 놈이라도 따주어야겠다고 생각했다. 열매를 딴다는 것은 기분 좋은 일이었다. 해가 지자 날씨가 싸늘해져서 우리는 인사를 하고 비포장길을 걸어 천천히 내려왔다.

송 선생은 아이들에게 "너희들 시집가면 시부모 잘 모실

거야, 안 모실거야?"라고 질문했다. 아이들은 이구동성으로 "잘 모실 거예요."라고 답했다. 아이들의 힘찬 함성만이 쓸쓸한 양로원 주변으로 퍼졌다.

이장

다른 사람 산에 있는 할아버지 묘를 이장하시겠다고 아버지가 말씀하셨다. 우리가 살고 있는 대전에서 삼백 리 정도 되는 성주에 할아버지 묘가 있었다. 성주군 금수면 봉두동이라는 골짜기는 아버지가 청년 시절까지 사셨던 고향이다. 이름이 말해주듯 물 맑고 공기 좋은 봉의 머리처럼 지형이 오묘한 산골이다. 이런 곳에 있는 할아버지 묘와 금산 공동묘지에 있는 할머니의 묘를 한 곳으로 이장하시겠다고 말씀하신 것이다.

그것은 아버지 평생의 소원이셨다. 생업이 농부이신 아버지는 자식들 공부 가르치랴 출가시키랴 등으로 이루지 못한 소원을 이제는 실현하시겠다고 말씀하셨다. 그 좋은 선산을 일제강점기 때 사기꾼에게 빼앗기고 산이 없던 우리 집은 작년에 조그마한 산을 하나 장만했다. 칠백의총 바로 뒤에 위치한 야산은 비교적 좋은 산이라 값이 엄청나게 비쌌다. 풍수가 몇 사람이 와서 보고 좋다고 말했다. 산을 장만하시고 좋아하시던 아버지의 모습이 잊혀지지 않는다.

할아버지는 지금은 아흔이 다 된 아버지가 19살 때 돌아가셨다고 한다. 돌아가셨을 때는 일제강점기라 권력이 없고 친일파가 아닌 백성들은 묘를 쓸 수가 없어서 곤란을 많이 겪으셨단다.

아버지는 자식들을 위해서 할머니를 모시고 고향을 떴다. 그건 병자년의 수해가 직접적인 동기가 됐다고 어머니는 늘 말씀하신다. 환갑 때까지 산골에서 사셨던 할머니 입장에서는 고향을 뜬다는 게 정말 어려우셨을 것이다. 그러니 우리 집이 고향을 뜨는 데 꼭 3년 걸렸다고 한다. 아버지가 제일 먼저 금산에 와서 자리를 잡고 나서 어머니가 오셨고, 그 후 2년이 지나 할머니가 오기 싫은 곳을 억지로 오셨다.

조실부모하신데다 타관살이였던 아버지의 고생은 이루 다 말할 수가 없었다. 또 시절도 나라 잃은 일제강점기 때였으니, 농사를 지으시며 장사도 하신 아버지는 남한 일대를 안 돌아다닌 곳이 없을 정도로 바쁘게 사셨다. 그렇게 열심히 돈을 버셨으나 성품이 어질고 불쌍한 사람을 돕기 좋아해서 늘 돈을 떼이고, 빚보증을 섰다가 다른 사람 돈을 갚아 주느라고 잘 살 수는 없었다.

그럼에도 아버지는 맨주먹으로 우리 오 남매 중 셋이나 대학까지 가르쳤고, 나머지 둘도 가르칠 만큼 가르치셨다. 일전에는 마닐라 모 재벌의 종합상사 지사장으로 있는 둘째 아들의 초청으로 그곳에 어머니와 같이 다녀오시기도 했다. 그러고 나서 할아버지 할머니의 이장을 하시겠다고 서두르셨다.

돈을 좀 모으고 빚도 좀 내서 그 일을 시작했다. 월급쟁이 살림에 도시에서 부모를 모시고 산다는 것이 벅차지만 아버지의 평생의 염원을 풀어드림이 효행이라고 생각했다. 사실 아버지는 이번 일만 하시면 이 세상에서 하실 일은 다 하셨다고 해도 과언이 아니다. 일을 추진하기로 일단 결정이 나자 온 식구가 바빠졌다. 우선 날짜를 잡아야 했고 묏자리도 어디가 명당인지 보아야 했다. 교육 공무원인 나는 시간이 많지 않아 주로 돈만 얻어댔고, 아버지는 택일을 하는 사람과 풍수를 찾아다녔다. 우여곡절 끝에 택일과 묏자리가 결정됐다.

토속 신앙이 뿌리 깊은 우리 서민들에게 묏자리가 갖는 중요성은 대단하다. 풍수지리 사상을 믿지 않는 사람일지라도 명당에 조상을 모시고 싶은 심정은 모든 자손들의 한결같은 염원이리라. 그래서일까 유심히 산을 보다보면 명당이 될 만한 곳엔 이미 전부 묘가 들어 앉았고, 우리 같은 사람들은 묏자리가 없어 쩔쩔 맬 지경이다.

그래서 누군가는 그냥 화장을 하라고 한다. 그러나 내 생각으로는 화장은 아직 이르다. 유교사상이 아직 뿌리 깊은 우리나라에서 부모 시신을 화장터에 끌고 갈 사람은 흔하지 않다. 남들도 이상하게 생각할 것이다.

그리고 사실 묏자리가 없다는 이야기는 있을 수가 없다.

우리나라는 산이 많고 자연은 항상 우리의 상상을 초월하니까. 자연의 산물인 우리들은 자연에 순응하고 그들이 시키는 대로 하면 된다.

묏자리가 결정되자 이번에는 상석과 망두석이 문제였다. 아버지를 모시고 상석을 장만하러 대전 시내에 있는 돌집이란 돌집은 전부 순례했다. 돌집을 다니면서 돌의 종류가 그렇게 많은 것을 알고 놀랐다.

가장 높게 쳐주는 것은 수입품인 이태리 대리석이고, 국내 최고품은 남포 오석이며 그 다음이 남포 애석과 상주 애석이 있고 그 아래가 천악석, 함열석 등이라고 돌집 사람들은 말했다. 상등품이라는 것들은 그 값이 엄청나게 비쌌다. 그러나 설명을 들으며 돌을 유심히 보니까 금액의 차이는 어쩔 수 없는 것이었다.

결국 우리는 돈은 없지만 상주 애석으로 상석을 하기로 했다. 망두석과 향로석까지 하는 데 40만 원 이상이 들었다. 철이 지난 비수기라 싸게 팔았다고 돌집 주인은 투덜거렸다. 상석에 팔 글씨를 받는 것도 쉬운 일이 아니었다. 비문만 쓰는 직업을 가진 사람이 있다는 사실을 이번에 처음 알았다. 아는 사람을 통해서 모 서예가의 글을 받은 것이 참 다행이었다.

드디어 이장을 하는 날이 하루 전으로 다가왔다. 아버지는 대구 형님과 같이 할아버지 유골을 모시러 성주로 떠나셨고 나는 돌집으로 가서 상석을 산 밑까지 운반해놓았다. 아버지는 저녁 늦게 할아버지 유골을 모시고 돌아와 산에서 밤을 새셨고, 우리는 이튿날에 모두가 모여 같이 산으로 갔다.

마을 일꾼들이 여러 명 와서 무덤을 팠고 맏손자인 내가 하이얀 문종이에 싼 유골을 들고 무덤가로 갔다. 할아버지는 너무 가벼웠다. 종이에 싸두었던 조부모의 유골을 풀었다. 햇빛에 번쩍이는 하이얀 유골은 아무 말이 없었다. 할아버지와 손자인 나의 첫 상면은 이렇게 이루어졌다. 뜨거운 눈물이 볼을 타고 흘렀다. 이 세상에서 한 번도 느껴보지 못한 감정이었다. 이것이 뼈와 혈관을 흐르는 피의 감정인지 종잡을 수가 없었다.

할아버지의 유골은 너무 키가 커서 무덤을 더 길게 파야 했다. 돌아가신지 겨우 25년밖에 안되신 할머니는 생시에 뵌 적이 있어 할아버지보다는 덜 슬펐다. 그러나 인간이라는 것이 겨우 이런 뼈만 남고 이 뼈 역시 결국 한줌의 흙으로 변한다고 생각하니 허무한 생각이 그치지 않았다.

순식간에 봉분이 지어졌고 거기에 상석을 놓고 망두석을 세우고 보니 겉보기에 훌륭한 무덤이 되었다.

무덤이 진정 죽은 사람을 위한 것인지 산 사람의 치장인지 모르겠다. 또한 할아버지가 고향 숲속에 계시는 것이 좋은지, 앞에 차가 수없이 다니지만 자손들이 자주 와보는 이곳이 좋은지도 모르겠다. 어쨌든 아버지의 소원은 이루어졌고, 우리는 붉은 저녁노을을 뒤로 하고 쓸쓸히 산을 내려왔다.

아버지의 친구

어머니는 가끔 친구에 대한 이야기를 해주셨다. 내가 아직 학생이었을 때니까 근 30년 전 이야기이다. 어머니의 이야기는 다음과 같다.

옛날에 한 부자父子가 있었다. 하루는 아버지가 아들에게 친구가 몇 명이냐고 묻자 아들은 많이 있다고 대답했다. 그러자 아버지는 아들에게 그 많은 사람들이 진정한 친구냐고 물었다. 아들은 그렇다고 호언장담을 했다. 그래서 부자는 한 번 시험을 해보기로 했다.

부자는 우선 돼지 백 근짜리를 죽여서 거적에 짊어지고 아들의 친구 집을 순례했다. 아들이 여차여차해서 사람을 죽였는데 피신을 시켜 달라고 말을 했을 때 아들의 친구 열 사람은 하나같이 손사래를 치며 이런저런 사정이 있으니 다른 친구에게 가 보라고 말했다.

다음에는 아버지의 차례였다. 단 한 사람 밖에 친구가 없던 아버지는 그 친구에게 가서 같은 방법으로 설명을 했다. 그 친구는 어쩌다가 그 험한 일을 저질렀냐고 위로하면서 집 뒤에 있는 동굴에 피신시켜 주었다. 이튿날 친구에게 자초지종을 이야기하고 한바탕 호탕하게 웃은 후, 그 돼지를 안주 삼아 술을 마시고 돌아왔다는 이야기였다.

흔히 진정한 친구를 관포지교管鮑之交라고 말한다. 요즈음 관포지교의 우정을 갖는 우인들이 몇이나 될까? 나는 사람됨이 비사교적인 작자라 우정과는 거리가 멀다. 그러나 내 가친과 한인석 아저씨의 우정은 관포지교라 불리기에 손색없는 우정이었다. 두 분은 피는 다르지만 형제나 다름없었다.

이미 아버지의 친구인 아저씨는 작년 85세를 일기로 세상을 뜨셔서 이승에서의 우정이 끝났지만, 그분들의 아름다운 우정은 부러울 정도였다.

아버지와 아저씨는 두 분 다 가난하고 순박한 농사꾼이었다. 배운 것 없고 가진 것 없는 농사꾼으로 험난한 이 세상을 살아오면서 무척 고생을 하셨지만 늘 좋은 마음씨를 가지셨고 의리가 있었다.

특히 아저씨는 인척의 집에 양자 간 몸으로도 부모를 효도로 공경했고 평생을 심심산골에서 사시다 가신 무척 박복한 분이셨다. 아저씨를 가장 불행하게 만든 것은 부인이 신神이 들려 그만 정신이상이 된 것이었다. 그것이 아저씨가 40대 초반이었을 때니, 아저씨는 반평생을 홀아비 아닌 홀아비로 사신 셈이다. 그건 보통 사람은 감히 말할 수도 없는 인고의 세월이었다. 그렇지만 아저씨는 본마음이 아닌 부인을 그 지긋지긋한 사변의 피난생활까지 함께하며 평생을 데리고 살았다. 이쯤 해두면 아저씨의 인격이 짐작가리라 생각된다.

이제 본격적으로 아버지와의 그 아름다운 우정을 서술하는 편이 좋겠다. 두 분이 어떻게 해서 친구가 되었는가는 생략하겠다. 그 내용마저 다 서술하자면 한 권의 장편이 될 터이니까.

6.25사변이 일어나 난리가 났을 때 피난갈 곳이 마땅히 없었던 우리는 아저씨의 집이 있는 진안고원 깊숙한 산골 마을인 왕동으로 피난했다. 그곳으로 간 것은 우리 집 식구뿐만 아니라 고모님 댁, 아버지의 고종사촌 댁, 아버지의 친우 되는 안씨네 식구, 근 삼사십 명이나 되는 대부대였다. 분명 아저씨의 집은 시골집치고는 큰 집이었다. 그러나 아무리 집이 크다 한들 한 집에 다섯 집 식구가 살기에는 좁을 수밖에 없었다. 게다가 꼬맹이들도 많아서 말질이 보통이 아니었다.

전쟁이 무엇인지도 모르는 꼬마들은 피난을 무슨 소풍 온 것으로 착각하는지 꼬쟁이들을 아무데나 버리고 매일같이 빠진 감을 주워 오거나 매미같은 곤충을 잡아다가 마당에 내버렸다. 우리는 이렇게 3개월 간을 그 집에서 살았다.

9.28수복이 되자 이번에는 아저씨네 가족이 읍내에 있는 우리 집으로 피난을 왔다. 우리 집은 집안이 비좁아서 피난생활이 여간 어려운 것이 아니었다. 밤이면 산중에 있는 공비

들이 내려오곤 했지만, 별일 없이 피난을 마칠 수 있었다. 손가락질 하나로 사람이 살고 죽는 전쟁 중에 양가가 한 사람도 다치지 않고 피난할 수 있었던 것은 오로지 두 분의 깊은 우정에 기인된 성과였다.

어머니는 가장 친한 친구가 친구의 부모 관을 짜 준다고 말씀하셨다. 아저씨는 산중에 있는 아름드리 소나무를 베어 지게에 지고 부자 간이 삼십 리나 되는 먼 길을 오셨다. 할머니의 목관감이었다. 어른들은 이 일은 진실한 친구 아니고는 어렵다고 말했다.

안타깝게도 그 나무는 우리 집 아래채에 보관했다가 화재로 그만 불타고 말았다. 그러나 아저씨는 그 후에 또 목관감을 해오셨다.

아버지의 연세는 이미 아흔에 가깝고 아저씨가 돌아가신 지도 벌써 2년이 됐다. 이제 아버지의 친구 가운데 살아있는 분들은 아무도 없다. 그러나 아직도 아버지는 추억 속의 친구와 가끔 대화를 하신다.

• • •
가을 밤

가을하늘은 유난히 드높고 푸르다. 그렇기 때문에 나는 가을이 오면 들길을 거닐기 좋아한다. 또한 별이 하나 둘 보석처럼 박히는 밤이면 밤하늘을 바라보기 좋아한다. 거기에 달이라도 떠오르면 감정은 더욱더 낭만적으로 짙어질 수밖에 없다.

가을은 낭만의 계절이라기보다는 사색의 계절이지만 가을의 달밤을 잘 음미해 본 사람이라면 그 속에 숨은 낭만적인 요소도 찾아낼 수 있을 것이다. 가을 밤하늘은 어느 때보다도 별이 빛나기 때문이다.

20세기의 고도로 발달된 과학의 힘은 달에 대한 과거의 시인묵객들이 구축해 놓은 신비를 산산이 부숴버렸지만 나에겐 아직도 달은 신비의 영상으로 비치곤 한다.

그날도 청명한 가을밤이었다. 나는 누나와 마당에서 콩서리를 했다. 그때 한숨 주무신 어머니가 밖에 나오셨고 우리는 모닥불 주위에 둘러앉아 이야기를 나누었다.

어머니는 달빛을 바라보시더니 내 생일에 대한 이야기를 해주셨다. 내가 태어난 곳은 마당이었고 때는 음력 4월 19일 초저녁이었단다. 그러니까 나는 별빛과 달빛을 담뿍 받고 태어난 것이다. 그때의 달은 풍만한 여인의 얼굴 같은 보름달이 아니라 동양화의 화폭같은 여백이 있는 기우는 반월이었다고 하셨다. 내가 소극적이고 명상적이며 애수에 잠기기를 잘하는 점이 이런데서 연유하는 것이 아닌가 생각해 본다.

나는 방안이 아닌 밖에서 태어난 것에 긍지를 느낀다. 태어난 순간 천장이 아닌 별과 달이 떠있는 하늘을 직접 본 것에 어떤 계시 같은 것을 느낀다.

달의 여백은 벌레소리를 연상시킨다. 주위에서 풀벌레들이 기승을 부리며 울고 있다. 겨드랑이에 끼고 있던 책을 손에 들고 달빛에 비춰 본다. 잔글씨가 보일 정도로 달빛이 밝다. 나도 옛날의 어느 서생 같이 달빛 아래서 독서를 해볼까?

누나와 교회 문제 때문에 싸웠다. 아주 어릴 때의 일이었다. 나는 분을 참지 못하고 울었다. 그때도 달빛은 은가루를 골고루 뿌려주듯 밝게 비치고 있었다.

나는 뒤 곁에 감나무 밑으로 갔다. 감나무 그림자가 땅에 비춰 뚜렷한 형태들을 수없이 만들어 놓았다. 위로 눈을 돌렸다. 빨간 감이 달빛에 반사되어 차디차게 보였다. 감나무 잎사귀들이 하나 둘 떨어졌다.

내 아래로 여동생이 둘이나 죽었다. 철들기 전의 일이라

이야기만 들었지 어떻게 죽었는지 알 수가 없다. 동생들이 죽었을 때 어른들에게 쫓겨나서 현장에 있을 수가 없었다. 죽었다는 말을 들은 후에는 더 이상 여동생들을 볼 수 없었다. 내가 네댓 살에 바로 밑에 동생은 더위를 먹어서 죽었고, 내가 일곱 살 때 그 아래 여동생은 무슨 병으로 죽었다. 지금 살아있다면 얼마나 좋을까. 부질없는 생각에 젖어본다.

나는 명상에 잠겼다. 나의 대상은 애수에 젖어있는 달보다도, 강렬한 해보다도 별이었다. 해를 바라보는 얼굴은 찌푸려진다. 해는 고뇌에 찬 찌푸린 얼굴이다. 달을 바라볼 때는 아름다운 여인을 바라보는 것 같다. 그러나 애수에 잠기는 일이 많다. 하지만 초록빛 도는 별빛을 바라볼 때면 희망적일 수가 있다. 별빛은 먼 나라에 대한 동경을 가져온다. 나는 여름이나 가을밤에 친우 현과 밤하늘을 바라보며 별자리를 찾곤 했다.

내 영혼의 안식처는 어딜까? 은하수에 있을까? 오리온좌에 있을까? 우리는 유명하거나 너무 커서 눈에 잘 띄는 별은 전부 남에게 주고 보잘것없는 별을 찾았다. 현은 은하수에 있는 안개꽃 같은 별을 찾고 좋아했다. 나는 지금까지 그 별을 찾지 못하고 있다.

나는 오늘도 지구라는 형무소에서 죽음의 순간에야 갈 수 있는 내 영혼의 안식처인 아름다운 내 별을 찾고 있다.

갑자기 윤동주의 <별 헤는 밤>이 생각난다.

계절이 지나가는 하늘에는
가을로 가득 차 있습니다.

나는 아무 걱정도 없이
가을 속의 별들을 다 헤일 듯합니다.

가슴 속에 하나 둘 새겨지는 별을
이제 다 못 헤는 것은
쉬이 아침이 오는 까닭이요,
내일 밤이 남은 까닭이요,
아직 나의 청춘이 다하지 않은 까닭입니다.

별 하나에 추억追憶과
별 하나에 사랑과
별 하나에 쓸쓸함과
별 하나에 동경憧憬과
별 하나에 시詩와
별 하나에 어머니, 어머니,

어머님, 나는 별 하나에 아름다운 말 한 마디씩 불러봅니다.
소학교 때 책상을 같이 했던 아이들의 이름과 패佩, 경鏡, 옥玉,
이런 이국 소녀들의 이름과, 벌써 아기 어머니된 계집애들의
이름과, 가난한 이웃 사람들의 이름과, 비둘기, 강아지, 토끼,
노새, 노루, 프랑시스 잠, 라이너 마리아 릴케 이런 시인詩人의
이름을 불러 봅니다.

이네들은 너무나 멀리 있습니다.

별이 아스라이 멀듯이,

어머님,
그리고 당신은 멀리 북간도北間島에 계십니다.

나는 무엇인지 그리워
이 많은 별빛이 내린 언덕 위에
내 이름자를 써 보고
흙으로 덮어 버리었습니다.

딴은 밤을 새워 우는 벌레는
부끄러운 이름을 슬퍼하는 까닭입니다.

그러나 겨울이 지나고 나의 별에도 봄이 오면
무덤 위에 파란 잔디가 피어나듯이
내 이름자 묻힌 언덕 위에도
자랑처럼 풀이 무성할 거외다.

　　암담했던 일제강점기, 젊은 나이에 형무소에서 죽은 윤동
주도 별을 무척 사랑했나 보다.

· · ·
마중

나는 중학교 때부터 고등학교 때까지 아버지의 나무 마중을 다니곤 했다. 우리 집은 읍내의 동쪽 변두리에 위치해 있었고 주민들이 주로 나무를 하러 다니던 곳은 읍내의 남서쪽에 자리 잡고 있는 진악산 너머 리 수로 이십오 리 내지 삼십 리쯤 되는 길이었다. 그곳으로 아버지는 나무를 하러 가셨고, 나는 그곳으로 아버지의 나무 마중을 자주 나갔다.

아버지가 39세 때 내가 태어났고, 나는 우리 집의 장남이었기 때문에 나 말고 아버지의 나무 마중을 나갈 사람은 아무도 없었다. 내 위로 누나가 있지만, 어머니와 누나는 여자이기 때문에 나무 마중을 나갈 수가 없었다.

내가 나이가 어려 힘이 없을 때, 그리고 이십여 세가 되었을 때도 아버지의 나뭇짐은 환갑 노인답지 않게 무거워서 나는 늘 지게를 지고 마중을 나가야 했다. 지게를 지고 읍내의 중심부를 통과한다는 것은 몹시 부끄러운 일이었다. 나는 숨어 다니듯 뒤꾸내 도랑의 방천길로 해서 읍내의 외곽지대로 마중을 다녔다.

하교한 직후 점심을 한 수저 떠먹고 마중을 떠나면 진악 산 밑에 가서야 아버지를 만났다. 때로는 수리너머재나 열두 빙이재로 가는 갈림길인 비석거리에서 아버지를 기다릴 수 밖에 없었다. 어느 쪽으로 나무를 하러 가셨는지 모르기 때문 이었다.

아버지는 내가 마중을 나가면 반가워하셨고 세 다발의 나 뭇짐에서 한 다발을 내 지게에 얹어 주셨다. 나는 지게질이 뼈에 배지 않고 서툴러서 그 한 다발도 버거웠다. 집에 돌아 올 때는 용머리 모퉁이를 돌아 농업고등학교 앞으로 와야 하 는데 그곳이 제일 난코스였다. 학생들이 교문에서 쏟아져 나 올 때 왜 그런지 얼굴이 붉어졌다. 정작 학생들 중에 내가 나 무 마중을 갔다 오는 것을 시비할 사람은 아무도 없었다.

나무 마중은 내 또래 학생들에게 유쾌한 일이 못되었다. 읍내에 있는 우리 마을에서 나무 마중을 갈 사람은 나밖에 없었다. 마을이 조그마한 것도 이유이겠지만 아버지가 공무 원이거나 상업을 전문으로 하는 집의 아이들은 나무 마중을 가고 싶어도 갈 수가 없었다.

애초에 우리 집보다 가난하거나 부모들의 교육열이 부족 한 집안에서는 자식들에게 공부를 가르치지 않고 일찌감치 농사꾼으로 훈련을 시켰기 때문에 그들은 나무를 하러 다녀 야 했다. 그들은 체념할 수가 있었을 것이다. 하지만 나는 이도 저도 아닌 어중이라 고민이 이만저만이 아니었다. 그러나 아버지가 고생하시는 것을 보게 되자 그 수치심을 극복할 수 있었다.

세월이 흘러 땔감이 나무에서 구공탄, 구공탄에서 가스와 기름으로 바뀌면서 아버지는 나무를 가지 않으셔도 됐고 나의 나무 마중도 자연스레 끝났다. 그때의 해방감이란 말할 수 없는 희열이었다.

이제는 아버지가 내 술 마중을 하시곤 한다. 물질 풍요 시대라고는 하지만, 세상은 살기가 점점 어려워지고 복잡해져서 술을 마시지 않으면 이 세상을 살아갈 수 없게 변했다. 젊었을 때 술 한 잔도 못하던 내가 요즈음은 매일 술이다시피 하니 우리 국민의 술 소비량이 세계 최고가 되지 않을 수 없다.

내가 밤 11시가 넘어서 집에 올 때면 아버지는 빠짐없이 대문 앞 가로등 밑에 나와 계신다. 남달리 자식들에게 자애로우신 아버지는 늘 이렇게 마음을 쓰신다. 옛말에 '80 먹은 상노인이 60 먹은 아들 걱정한다.'는 말이 하나도 틀리지 않는다. 아버지는 이제 90이 넘으셨고 내 나이도 50이 넘었으니 말이다.

아버지가 이렇게 마중 나오시는 것을 뻔히 알면서도 2차, 3차 가다보니 귀가 시간이 늦어졌다. 그럼에도 아버지는 단 한마디 "인제 오냐?"라고만 말씀하셨고 나는 쥐 죽은 소리로 "네."라고 대답하고 집안으로 급히 들어가곤 했다. 여름철이라면 그렇다 치지만, 겨울에도 아버지는 마치 완전 무장한 군인처럼 털모자에다, 잠바와 구두까지 신고 나오셨다. 그럴 때마다 나는 죄스러움으로 술이 번쩍 깨었다.

나는 아버지의 술 마중이 껄끄러워 말리지만 들어주시지 않는다. 평생에 내가 아버지를 설득한 일이 단 한 번이라도 있었던가! 아버지는 그만큼 자신의 주장을 굽히지 않는 분이시다. 세상에 아들의 술 마중을 하시는 아버지가 몇이나 될까? 나는 고맙고 두려워 방에 들어가 그 흔한 부부싸움 한 번 못하고 잔다. 이렇게 자는 것이 몸에 가장 나쁜 술버릇이라는데.

오랫동안 뜸했던 내 마중이 다시 시작된 것은 요 몇 년 사이였다. 이번에는 아버지의 나무 마중이 아닌 딸애들의 밤공부 마중이었다. 딸애들이 커서 중3이 되었을 때부터 시작된 밤공부 마중은 그 애들이 대학에 들어간 지금도 계속되고 있다. 요 근래는 노상강도와 인신매매단이 판치는 무서운 세상이니 어쩔 수가 없다.

큰애가 멀리 떨어진 고등학교에 들어가자 내 마음은 본격적으로 바빠지기 시작했다. 그리고 작은 딸애마저 큰애와 다른 방향의 고등학교에 들어가자 더욱더 바빠지기 시작했다. 나는 매일같이 퇴근 후 저녁을 먹고, 신문을 보고 나서는 딸애들을 마중하기 위해 남으로, 북으로 뛰는 것이 저녁일과가 되었다. 누가 봐도 체통이 말이 아닌 이 임무는 계속되었다.

마중을 나온 사람들은 아주머니들이 대부분이었다. 나처

럼 아빠가 마중을 나오는 경우도 더러 있었다. 여름철에는 마중을 나오는 사람이 많지만 겨울에는 날씨 탓인지 별로 없었다. 큰 딸애는 학교가 가깝고 집에 오는 시간이 정확하게 정해져 있을 뿐만 아니라 버스도 자주 있어 기다리기가 쉬웠지만, 작은 딸애는 학교가 멀고 시내버스도 25분 간격으로 있는 변두리라 근 한 시간을 기다리는 일도 더러 있었다.

아이들은 마중을 나오지 말라고 하지만 애비의 마음은 꼭 마중을 나가야 했다. 딸애의 보호뿐만 아니라 무뚝뚝해서 아이들에게 잘 대해 주지 못하는 나에게 마중은 그들에게 베푸는 유일한 사랑의 표현이기 때문이다.

우리 생활에서 마중처럼 귀중한 일도 없고 낭비적인 일도 없으리라. 합리주의가 고도로 발달된 서양 사람들은 한국인들처럼 마중을 하지 않을 것이 뻔하다. 그것은 의타심을 발달시켜 아이들을 소극적이고 퇴영적인 성격을 기를 가능성이 분명하기 때문이다.

그러나 나는 아버지가 내 술 마중을 하시듯 딸애들이 성인이 되어 나의 집을 떠날 때까지 마중을 계속하겠다. 애들이 소극적으로 크면 좀 어떠랴!

질현성

돌 수집이다, 등 수집이다, 분재다, 낚시다. 이런 잡다한 취미로 모처럼 갖는 휴일을 허비하면서 꽤 오랜 시간을 허송했다. '휴일이면 집을 나가는 남자.' 이런 낙인이 찍힌 지 오래됐다.

오늘은 동료인 H 선생과 가까운 산성을 답사하기로 약속했다. 우리는 나이가 비슷한데다가 전임 학교에서 함께 근무했던 인연도 있고 마음이 잘 통하여 각별한 사이였다. 그는 나에게 여러 번 산성 답사에 대한 이야기를 들려주었고 같이 가기를 권하기까지 했다. 나에게 산성 답사란 무척 생소한 분야라 많은 호기심을 불러왔고 동행을 약속하게 되었다.

아침에 일어나 보니 전형적인 가을 날씨였다. 하늘은 높고 푸르렀고 공기는 맑고 시원했다. 약속 시간이 9시 30분이었기에 한 시간쯤 여유를 두고 시내버스를 탔다. 버스를 두 번 갈아타고 약속 장소인 7번 종점에 도착했을 때 H 선생은 벌써 와서 나를 기다리고 있었다.

둥글넓적한 얼굴에 낮은 코가 퍽이나 선량해 보이는 그는 너털웃음을 곧잘 지었다. 그러나 그 웃음소리는 때로는 공허하게 들렸다. 그는 누구에게나 친절했다. 이것은 그의 장점 중 하나였다.

그는 가끔 10년간의 산성 답사 경력에서 얻은 전문학자는 아니지만 아마추어의 실력은 벗어난 수준의 해박한 지식을 피력하곤 했다. 나는 그의 설명을 듣고 나서야 대전과 대덕군, 옥천군 일대가 백제의 최전선임을 알게 되었다.

그는 이미 질현성迭峴城에 여러 번 가보았지만 이번에는 특별히 확인해 볼 것이 있다고 했다. 나는 나침반, 줄자, 카메라, 필름, 김밥, 음료수, 등산용 칼, 톱, 전지가위 등을 준비했다.

그는 평생을 성을 답사하겠다고 말했다. 그 말에 왜 성을 찾느냐고 좀 짓궂은 질문을 했더니 성이 좋아 성에 다닌다고 말했다. "왜 산에 오르느냐?"라는 기자의 질문에 "산이 거기 있기에."라고 명쾌하게 답변한 에드먼드 힐러리의 명언이 생각났다.

전쟁과 살육의 상징인 성이 좋다는 괴벽은 그의 부드러운 성격에 걸맞지 않은 애매모호한 이야기로 들렸다. 속단일지 모르지만, 나는 그가 산성을 찾는 것을 취미로 선택한 이유는 이렇다 할 취미가 없는 그가 지닌 지식에 대한 강렬한 욕구에서 비롯되었으리라고 추측했다. 그는 몇 주 동안 산성에 가지 않으면 온몸에 두드러기가 난다는 좀 과장된 말을 한 적이 있다.

우리는 산성이 있는 야트막한 산을 오르기 시작했다. 산기슭에는 가양공원을 개발하는 공사가 진행되고 있어서 주위가 말할 수 없이 지저분했다. 목측 250미터쯤 되는 산을 오르기에도 아직 장년에 속하는 우리의 나약한 육체는 피곤을 느꼈다. 이럴 경우 흔히들 '주색에 골았다.'는 표현을 쓴다. 그와 나는 술은 좋아하는 편이지만 색에는 거리가 먼 위인들이다.

산 중턱에 이르러 시원한 석간수를 떠서 마셨다. 물은 이가 시리도록 차가웠다. 그는 문헌에 따르면 이 물이 병사들이 사용했던 음료수라고 말했다. 그러나 내 생각에는 바위틈을 비집고 나오는 이 물은 거친 숨을 몰아쉬는 병사들이 마시기에는 수량이 너무 적어 보였다. 오히려 요즈음 흔히 말하는 약수라는 표현이 더 정확하다고 생각했다. 나는 그의 말에 그러냐고 건성으로 대답할 수밖에 없었다.

산의 정상에 오르니 확 트인 동쪽으로 맨 먼저 들어온 것은 대청댐의 짙푸른 물이었다. 가을 하늘보다 더 푸른 대청호의 물빛을 바라보니 꽉 막혔던 가슴이 확 트이는 듯했다. 고압선의 높은 철탑들이 산모퉁이로 돌아가고 성의 남쪽 반대편 산기슭에 경부고속도로가 쭉 뻗어 있었다. 경부선 철로는 산등성이에 가려 보이지 않았으나 계곡을 따라 멀리 숨겨져 있다는 사실을 나는 이미 알고 있었다.

그는 철도와 고속도로가 나있는 곳이 일설에 의하면 그 유명한 탄현炭峴이라고 말했다. 그러나 아직 확증이 없기 때문에 "여기다, 저기다."라는 주장만 난발하고 있다고 한다.

발밑에는 동쪽에 성을 많이 쌓았기 때문에 동성왕이라고 불리는 백제의 왕이 쌓은 성이 있었다. 이 성이 오늘 우리가 찾는 질현성이다. 성은 능선을 따라 파괴된 잔해를 죽은 짐승의 뼈처럼 드러내고 있었다. 성터의 이곳저곳에 와편들이 눈에 뜨였다. 신라의 성은 공격적인 점성이고 백제의 성은 수비적인 능선형이라고 그는 말했다.

서양의 고성들은 동양의 성들과는 다른 면모를 보여준다. 아직도 서양의 성곽은 장갑차처럼 튼튼한 콘크리트 건물로 되어 있는데 반해 동양의 성은 돌이나 흙으로 쌓았고 성안에 나무로 집을 지었기 때문에 끝없는 전화에 대부분 유실되어 와편들만 흔적을 보일 뿐이다.

옛날의 전쟁은 지금의 전쟁에 비한다면 훨씬 단순하고 스포츠적이었다는 생각이 들었다. 물론 전쟁인 만큼 피비린내 나는 살육이 없을 수는 없었겠지만, 살육을 위한 무기 개발이 극에 달해 땅속으로 물속으로 숨는 현대전에 비한다면 전망이 좋은 높다란 곳에 성을 쌓고 지키다가 적장이 와서 싸움을 걸면 한바탕 쳐부수고, 지면 깨끗이 항복했다는 옛 전투의 장면들을 생각하면 지금의 전쟁보다야 나았을 것 같았다. 물론 과거의 전쟁도 전쟁이기 때문에 적장의 목을 베거나 하는 잔인함이 없지 않아 있었지만 육신을 갈기갈기 찢는 폭탄과 대포는 그 당시에는 없었으니 말이다. 전투에 임하는 병사들의 정신 역시 현대인들보다는 훨씬 애국적이었으리라.

동양 성의 대표적인 표본은 중국의 만리장성과 고려의 천리장성이 아닐까? 그러나 성 중에서 가장 훌륭한 성은 강이나 바다임에 틀림없다. 이런 천혜의 성들이야말로 요새라고 할 수 있다. 세계 역사를 잘 살펴보면 사면이 바다로 쌓여있는 영국과 일본만이 타민족과 국가의 말발굽 아래 밟히지 않았다고 한다. 이것은 고대전에 있어서 바다의 중요성을 단적으로 증명하고도 남을 것이다.

이윽고 우리는 작업에 착수했다. 우선 등산용 톱으로 성 앞에 있는 잡목을 베어 성의 높이를 쟀다. 가시덤불과 칡넝쿨 때문에 작업은 용이하지 않았다. 성은 파괴된 곳이 너무 많아 뚜렷하게 알 수는 없었지만 대략 윤곽은 알 수 있었다. 성을 쌓은 돌들은 직사각형이었고 튼튼하게 쌓여졌다.

사진을 몇 장 찍고 성 둘레를 답사하기로 하고, 성을 관찰하면서 걸었다. 허물어진 곳이 많았다. 원래의 모습을 하고 있는 곳은 얼마 되지 않았다. 그러나 윤곽은 알 수 있었다. 헬리콥터라도 타서 내려다 볼 수 있다면 얼마나 편리할까? 아무리 사소한 연구라도 연구에는 막대한 비용이 든다는 점을 실감했다. 우리와 같은 서민에게는 그림의 떡일 수밖에 없는 일이었다.

이내 해가 서산에 기울었기 때문에 다음에 또 다른 성을 답사하기로 하고 하산했다. 오늘 우리는 피곤도 잊고 조금은 보람 있는 일을 한 것 같았다. 그러나 우리의 행동도 저 성처럼 수수께끼 같았다.

산직리산성

산직리山直里산성을 답사하기로 했다.

우리는 직행버스를 타고 산직리로 들어가는 초입에서 내렸다. 여기서부터 산직리산성은 4킬로미터나 떨어져 있었지만 하루에 두세 번밖에 다니지 않는 시내버스를 기다릴 수는 없었고, 택시를 탈만큼 사치스런 일도 아니었다. 우리는 모처럼 시골길을 산책 겸 걷는 재미를 맛보기로 했다.

직행버스는 물총을 쏘듯 검은 배기가스를 내뿜고 떠났다. 코스모스가 만개해 있는 시골길을 그와 이야기하면서 걸었다. 이곳저곳에 빨간 감이 주렁주렁 달린 감나무와 밤송이가 쩍쩍 벌어진 아름드리 밤나무가 퍽 풍요로워 보였다.

우리 국민치고 황산벌을 모르는 사람을 없을 것이다. 백제의 멸망하면 황산벌을 생각하게 되고 황산벌을 생각하면 계백 장군과 오천의 결사대를 떠올리게 된다. 처자를 자기 칼로 죽이고 전쟁터에 임했던 장군의 심정은 어떠했을까? 동서 고금의 역사를 통틀어 그만큼 비장한 출전을 한 장군이 몇이나 될까? 새삼 감회가 새로울 뿐이다.

이런저런 이야기를 나누다보니 그렇게 멀리만 보이던 산직리, 장골까지의 길을 단숨에 오고 말았다. 우거진 나무와 칡덩굴 사이로 연한 회색빛 돌무더기들이 보였다. 그것을 보자 강한 심장의 고동이 들렸다.

산직리산성은 계백 장군의 삼영三螢 가운데 중심 성이었다. 왼쪽으로 황영산성이 있고 오른쪽으로는 모촌리산성이 있다. 이 성이 마지막 보루였으리라. 이 성에서 패해서 결국 황산벌에서 결전을 했으리라는 짐작은 쉽게 할 수 있었다.

우리 둘은 마을에 들러 시원한 물을 마시고 물통에도 넣어 산에 오를 준비를 단단히 했다. 구릉처럼 생긴 야트막한 산을 오르는 데도 땀이 흐를 정도로 힘에 부쳤다. 산 중턱에는 밭들이 개간되어 있었고 그곳으로 갈 수 있는 좁은 길도 있었으나 무너진 성이 있는 곳에는 길이 있을 턱이 없었다. 폐허가 된 성에 관심을 갖는 사람들이 많을 리가 없기 때문이었다.

성은 한 군데도 성한 곳이 없을 정도로 파괴되어 돌무더기만 흩어져 있을 뿐이었다. 저번에 간 질현성에서는 성의 흔적이라도 남아 있었으나 산직리산성은 조금의 흔적조차 없이 버려지고 말았다. 버려진 성, 아무도 돌아보지 않는 성은 폐허 그 자체였다. 성은 칡덩굴과 가시덤불이 빽빽이 들어차 있어 돌아다니기가 여간 어려운 것이 아니었다. 지팡이로 가

시덩굴을 치고 등산용 톱으로 큰 나뭇가지를 베면서 성 둘레를 돌기로 하고 사진도 몇 장 찍었다.

성은 쌓은 자연석으로 쌓여 있었기 때문에 다른 성보다 급조된 성이라는 점을 알 수 있었다. 돌의 크기도 아주 작은 것과 큰 것으로 통일되어 있지 않았다. 어떻게 이 많은 돌들을 단시일 내에 아무 기계도 없이 산 위에까지 운반해서 쌓았을까? 그 당시 백성들의 노고가 어떠했나를 짐작할 수 있었다. 시간은 없고, 성을 쌓느냐 못 쌓느냐는 생존과 직결되는 문제였으리라. 남녀노소가 다 동원됐을 것이다. 그러니 성을 쌓는 동안 빚어진 슬프고 아름다운 사연도 있을 법하다. 그러나 그런 이면의 이야기들은 영원히 잊혀졌을 것이다. '역사란 무엇인가?' 문득 이런 의문이 제기되었다.

한 군데도 성한 곳이 없는 이 성, 이제는 아무런 쓸모가 없는 역사의 자취만을 흐릿하게 간직하고 있는 이 돌무더기는, 돌 하나하나에 병사들의 원한과 피맺힌 한을 모아 놓은 현장으로 보였다. 오천과 오만의 대결, 패배는 자명한 사실이고 성터에 시신들은 쌓이고 쌓였으리라. 여기저기 얽힌 칡덩굴과 가시덤불은 전사한 병사들의 원혼의 상징 같았다.

정상에 오르니 연무대까지 한눈에 보였고 논산의 넓은 들도 보였다. 동쪽으로는 대전으로 가는 호남고속도로가 뒷목재를 넘어가고 있었다. 이 성은 곰티재의 성과 마주보고 있었다. 김유신의 공격군 주력 부대는 곰티를 넘어 산직리산성을 공격했다고 한다.

점심을 먹고 고속도로 밑 조그마한 통로를 간신히 지나 곰티산성을 찾아갔다. 초행이었던 우리는 길을 알 수가 없어 몇 사람에게 물어 물어가며 그 봉우리를 향해서 갈 수밖에 없었다.

산속은 길이 없기 때문에 길을 만들며 나아갔다. 한 길이 넘는 풀과 가시덤불, 얽히고설킨 나뭇가지들이 수없이 우리 앞을 가로막았다. 해가 지기 전에는 돌아올 수 없다고 말리던 마을 사람들의 말이 실감이 났지만, 이미 내친걸음이라 발을 돌릴 수도 없었다.

400미터 밖에 안돼 보이던 산은 의외로 높아 세 번이나 쉬어가며 산을 올랐다. 숨이 턱에 닿았고 땀이 여름날처럼 흘렀다. 능선을 따라 올라 첫 번째 봉우리에 도착했을 때 주먹만 한 크기의 커다란 돌들이 무더기로 있었다. 교실 한 칸 크기만 한 돌무더기는 투석전에 쓰려고 준비했으리라. 그러나 방어군은 돌 하나 던져보지 못하고 퇴각한 것 같았다.

우리들은 잠시 쉬었다가 다시 오르기 시작해서, 이내 정상에 도착했다. 거기에 조그마한 성터가 있었다. 남은 흔적으로 보아 규모가 아주 작았던 것 같다. 이 성은 산직리 본영에 적군의 동태를 알리는 전방 초소였을 것이다. 동남쪽으로 대둔산의 영봉이 보였다. 도산에서 오는 길이 훤히 보인다는 주민들의 말이 있었으나 나무가 울창해서 아무것도 보이지 않았다. 하산할 때는 바위벼랑을 미끄러져 내려오기로 했다. 해는 서산마루에 걸려 있었다. 우리는 무척 서둘렀기 때문에 불

가능해 보이는 일을 할 수 있었다.

마을 입구에 도착하니 벼를 걷고 있던 촌로가 있기에 잔디가 잘 자란 언덕에 앉아 말을 걸었다. 일흔쯤 되어 보이는 촌로는 이야기가 하고 싶던 차였던지 우리가 묻는 말에 자세히 대답해 주었다. 천이삼백 년 전의 일을 마치 몇 년 전에 일어난 사건처럼 이야기했다. 구전이 가진 무서운 힘을 몸소 느낄 수 있었다.

그 노인에게 정말 중요한 이야기를 듣고 깜짝 놀랐다. 산직리산성은 6.25사변이 지난 후에도 멀쩡했다는 이야기였다. 노인은 그때까지만 해도 아주 튼튼하게 잘 쌓여있던 성은 보기에도 좋았지만, 농지가 정리되면서 저수지 공사에 큰 돌이 필요해지자 산성의 커다란 돌을 철장대로 빼다 썼다고 말했다. 그러자 성은 전부 무너졌고, 돌은 경운기와 차로 수없이 실어내서 지금과 같이 되고 말았다는 이야기였다.

계백 장군의 삼영 중 하나로 비참한 역사를 간직했던 성은 천몇백 년을 견뎌오다가 이 땅에 민주주의 정부가 들어선 60년대에 붕괴되는 수모를 겪어야만 했다. 노인에게 이야기를 들으면서 말할 수 없는 분노가 끓어 올랐다. 우리 민족은 문화를 사랑하는 마음이 고작 이 정도밖에 못된단 말인가. 조상의 얼이 깃든 문화재를 이다지도 보존할 줄 모른단 말인가. 이스라엘의 '통곡의 벽'은 아직도 그대로 보존되고 있고 희대의 살인마 히틀러가 저지른 게르만족의 최대의 수치를 빚은 '아우슈비츠 강제수용소'의 학살장도 그대로 보존되고 있다고 한다. 오천의 결사대로 오만 명의 대군과 대항해서 싸우다가 장렬한 죽음을 당한 산성의 가치는 삼척동자라도 알만하거늘 어찌 우리는 이리도 근시안적이란 말인가! 도대체 그당시 감독기관은 무얼 했단 말인가?

　후회해도 소용없는 과거지사라 촌로와 이별을 고하고 힘없이 길을 걸었다. 산성을 뒤로하고 고속도로 연변을 따라 길을 걷는 우리의 마음은 말할 수 없이 침울했다. 우리의 마음을 아는지 모르는지 초저녁달이 곰티산성 뒤에 실낱같이 돋아 오르고 있었다.

오동나무꽃 향기

주택이 밀집해 있는 신흥주택지인 이곳에 이사를 와서 시골에 계신 부모님을 모셨다. 하긴 고향에서 부모님을 쭉 모시긴 했지만, 직장 발령이 연산으로 났고 아이들 교육도 고려한다면 우린 대전으로 나올 수밖에 없었다.

집을 사기 전 2년 동안은 시골동생이 부모님을 모시고 있었다. 그러나 아무래도 장남과 맏며느리가 모셔야 된다고 생각했기에 모셔온 것이다. 어머니는 연세가 많고 몸이 약하셔서 오 남매 중 장남인 우리가 모시는 것이 순리라고 생각했다. 아내도 이 문제를 반대하지 않고 당연한 것이라고 생각했다. 그런 아내가 고마웠다.

아버지가 이곳에 오시던 해 봄에, 우리 집의 손바닥만 한 화단 귀퉁이에 오동나무 한 그루를 심으셨다. 목련이라면 몰라도 이런 구닥다리 같은 나무를 심는 것이 별로라고 속으로 생각하면서도 아버지가 하시는 일이라 아무 말도 못했다. 그 당시까지만 해도 나는 문화사대주의에 빠져 있었다. 서양 것은 좋고 우리 것은 무조건 하찮게 여기는 철부지였다.

아버지는 옛날부터 집에는 오동나무를 심었다면서 우리도 심어야 된다고 말씀하시며 그 나무를 심었다. 나도 옛날 어른들이 딸을 낳으면 시집갈 때 오동나무 농을 해주기 위해서 벽오동나무를 심었다는 것쯤은 알고 있었다. 그러나 모든 것이 서구화되어 버린 도시에서 작은 화단에 오동나무를 심은 집이 있을까.

『한국시대사전』에는 오동나무에 대한 시가 3편이 있다. 라일락에 대한 시는 4편이다. 목련은 24편, 진달래는 16편이 있다. 나뿐만 아니라 오동나무에 대한 사람들의 관심이 적음을 보여주는 예가 아닌가 하는 생각이 든다.

그런데도 동리 선생은 오동나무에 대한 시를 쓰셨다. 그 시 <오동나무꽃>을 감상해 보자.

오동나무꽃 보러
길 떠나 갈까나
충청도 충주 제천 사이
어느 산기슭의 오동나무 숲
그 오동나무 수풀의
오동나무꽃 위에
나비처럼 날아와
입 맞추던
오월의 그 햇빛
그 사람 오동나무꽃

가슴으로
따 안고 돌아올까나.

동리 선생은 소설뿐 아니라 시도 잘 쓰셨던 것 같다. 가슴
으로 따 안고 돌아오고 싶은 오동나무꽃으로 비유되는 그 사
람은 무엇을 상징하는 것일까.

『우리 나무 백 가지』나 『관상수 재배 기술』 책에도 벽오
동은 소개되었으나 오동나무는 취급하지 않고 있다. 벽오동
은 중국 나무이고 오동나무는 우리의 토종나무로 전혀 다른
나무란다. 상상 속의 새인 봉황은 오동나무에만 둥지를 튼다
고 했는데, 요즈음은 벽오동나무로 바뀌었다. 중국에서는 용
을 제왕에 비유했고 우리나라 임금의 문양에는 봉황이 등장
한다. 그러므로 봉황은 오동나무에 둥지를 튼다고 해야 맞을
것 같다.

목련이 피는 초봄이면 목련이 그렇게 부러워서 화단에 아
버지가 심어놓은 오동나무가 미웠다. 그러나 이런 내 맘을 모
르는지 오동나무는 무럭무럭 잘도 자랐다. 커다란 잎을 너풀
거리는 오동나무는 시원한 자태를 뽐냈다. 금년 아카시아꽃
이 필 무렵에는 10미터나 되는 오동나무가 흰빛을 띤 자주색
꽃을 피웠다. 꽃을 보는 순간 꽃의 아름다움은 말할 것도 없
고 그 향기는 수수꽃다리를 능가했다. 우리 집뿐만 아니라 온
마을을 뒤덮는 꽃향기에 취했다. 가친의 지혜에 고개가 절로
숙여졌다. '이래서 선조들이 오동나무를 집안에 심었구나.'라

는 생각이 들었다.

그 뒤로도 주위를 잘 살펴보니 도시에건 들에건 오동나무가 눈에 꽤 많이 띄었다. 모르던 것을 알았을 때의 기쁨이란 이루 말할 수 없었다. 그제서야 나는 오동나무를 좋아하는 사람이 의외로 많이 있다는 것도 알았고 철부지 같았던 내가 참 부끄러웠다. 동시에 우리 것을 소중히 여겨야겠다는 생각을 하게 되었다.

매년 5월이 오면 오동나무꽃이 축복해 주는 우리 집은 천국이나 다름 없다.

3

아버지의 원두막

아버지의 원두막

우리가 자라던 시골에는 목가적인 풍경이 참 많았던 것 같다. 지금은 그러한 경치들이 많이 없어져서 세월의 무상함을 느끼곤 한다. 그나마 그 풍경의 편린들이 추억 속에 살아 있다가 가끔 수면 위로 떠오르곤 한다.

새마을운동으로 모두 사라진 초가와 시골 돌담들은 한국적인 멋이 담뿍 담긴 것들이었다. 지금의 시멘트로 칠갑한 획일적인 담들과 규격화된 조잡한 건물들과 비교해 보면 쉽게 이해할 수 있을 것이다. 아침저녁으로 읍내의 집들에서 일제히 피어오르던 밥 짓는 연기는 정중동 삶의 패턴이었다. 맑은 냇가에서 고기를 잡으며 미역 감던 모습은 잊혀지지 않는다. 비 온 후에 돋던 무지개는 얼마나 많은 꿈을 안겨 주었던가! 저녁 무렵 냇둑이나 풀밭에서 소에게 풀을 뜯기는 정겨운 모습은 또 얼마나 한가로웠는가! 명절 때의 기다림과 풍습들은 원색으로 마음속에 채색되어 있다.

그러나 이 모든 것보다 더 목가적인 경치는 길가나 밭 귀퉁이에 서 있던 원두막의 정겨운 풍경이었다. 지금 생각해보면 원두막은 농촌의 평화와 한가로움, 멋을 집약한 민속예술 작품이었다. 네 개의 기둥과 사다리를 밟고 올라갈 수 있는 마루, 볏짚으로 이엉을 한 고깔지붕과 밤에 바람을 막고 낮에 햇빛을 차단하는 네 개의 여닫이로 만들어진 원두막은 한 폭의 그림이었다. 원두막에 관련된 명작 그림이 하나쯤 있을 법한데 나의 미술 실력으로는 알 길이 없다.

황순원의 <소나기>에 나오는 소년소녀가 아니더라도, 지금의 오륙십 대라면 원두막에서의 엷은 연정을 한두 번쯤은 경험해 보았을 것이다

지금은 보기 힘든 원두막이 아직도 있는 곳이 있다. 어쩌다 도시의 한복판을 거닐다 보면 그런 원두막을 만날 때가 더러 있다. 도시 속의 모형 원두막은 낭만보다는 향수를 불러온다.

한낮의 낮잠과 쓰르라미 소리의 나른한 오후, 먼 데서 우는 수탉들의 긴 울음과 이웃 마을에서 들리는 낯선 사람들을 향한 개들의 두어 마디 멍멍 소리, 황혼녘에 홀로 서 있는 원두막의 고즈넉함, 이슬이 내리는 여름밤의 쏟아져 내릴 듯한 별들의 속삭임, 원두막에서 듣던 개구리 울음과 밤벌레들의 합창, 쑥국새의 피를 토하는 울음과 부엉이의 허기진 소리들이 원두막의 정서로 남아 있다면 너무 감상적인 생각일까?

내가 이야기하려는 원두막은 아버지의 원두막이다. 대전

에서 칠십 리 떨어진 금산의 칠백의총 바로 뒤, 이천여 평 남짓한 야산에 아버지의 정원이 있고 그곳에 바로 아버지의 원두막이 있다.

물론 아버지의 원두막은 전통적이고 낭만적인 원두막이 아니다. 나와 아내가 지은 조잡하기 짝이 없는 원두막이다.

아버지는 평생을 농사를 짓거나 때로는 자식들의 학비를 벌기 위해서 장사를 하시면서 사셨다. 이런 아버지를 노후에 편히 모시겠다고 고층 아파트 13층에 가두었으니(?) 이보다 더한 불효가 있을까? 주위에서는 부모를 모시고 있으니 효도한다고 하는데, 말로만 효도지 우리 집도 우선순위에서 항상 부모들이 뒤로 밀리는 오늘날의 평범한 가정이다.

아버지는 도시를 떠나고 싶어서, 그리고 조금이라도 가계에 보탬이 되고 싶어서 푸성귀라도 키우겠다고 그 산에 딸린 밭떼기에 일하러 다니셨다. 95세의 고령 때까지 줄곧 다니셨다. 밭에 가시지 말라고 말렸지만 한 번도 들어주신 일이 없다. 봄가을은 그렇다 쳐도 젊은 사람도 무서운 칠팔월의 뙤약볕을 온몸으로 받으면서 일하셨다.

어머니는 아버지 걱정에 원두막을 지으라는 기막힌 아이디어를 내셨다. 어머니의 명을 받아 원두막을 지은 것이 바로 이 산을 선산으로 산 바로 그 해였으니, 한 십오륙 년 전이다. 처음 지었던 원두막은 한 달 동안 생나무를 베어서 산등성이 바람이 잘 통하는 시원한 곳에 기둥을 세워가며 힘들게 지었다. 직장 일로 일요일에만 원두막을 만들 수 있었기 때문에 오래 걸릴 수밖에 없었다. 그러나 힘만 들었지 엉성하게 지은 첫 번째 원두막은 지어진지 3년이 되던 해 여름의 폭풍우에 그만 쓰러지고 말았다.

두 번째 원두막은 살아 있는 소나무 기둥 세 개에다 검정 페인트를 칠한 기둥을 한 개 보태서 세웠더니 안성맞춤이었다. 생나무 기둥은 절대로 넘어질 리 없고 썩지도 않을 것이며, 솔바람 소리를 동반한 천연의 그늘은 한여름에도 시원했다. 그곳에서 들리는 온갖 새소리와 벌레 울음은 아름다운 선율이었고, 전망도 좋았다. 물론 일류 관광지만은 못하겠지만 바로 앞에 있는 야산만 넘으면 칠백의총이 있고, 진악산은 보이지 않지만 가마실 뒤에 있는 철마산은 보였다. 그리고 사시사철 밭과 논에서 곡식이 자라 익어가고 인삼밭도 있고 더덕 향기도 짙게 풍겼다.

봄이면 진달래가 피고 조팝나무 흰 꽃이 피고 지며, 향기 짙은 아카시아꽃과 찔레꽃이 피는가 하면 송화가루도 날리고 남색과 흰색 도라지꽃들도 피고 망초꽃이 흐드러지게 피고 금세 구절초와 들국화 향기가 짙게 풍기는 가을이 온다. 들판은 황금색으로 물들고 계절이 바뀐다. 그리고 설화가 만개하는 겨울! 눈꽃의 세상이 된다.

진심으로 말하건대 아버지가 이런 풍광을 음미하면서 쉬시고 낮잠도 주무시고 일은 여가를 이용해서 적당히 해 주시기를 원했다. 그러나 아버지는 그러지 않으셨다. 아흔이 넘어 기력이 쇠잔해지시자 밭에서 늦게 돌아오시는 날이면 팔다리에 쥐가 나고 파김치가 되어 돌아오시곤 했다. 아버지의 남은 힘에 비하여 밭의 면적이 넓었던 것이다. 그러나 또 며칠 있으면 낚시광들이 낚시를 가듯 그곳에 가셨다.

나도 가끔은 도와드렸지만 그놈의 경조사는 왜 그렇게 많으며 살다보면 어쩔 수 없이 얽히고설키는 인간관계 때문에 그만 무심해지고 말았다.

아버지는 젊었을 때부터 한가로운 원두막 생활을 해본 일이 없다. 원두막을 만들어 보지도, 원두막에도 가 보지도 않았을 것이다. 아버지의 아흔일곱 해의 생애는 한가로움과는 아주 먼 생애였고, 자신을 위한 삶이 아닌 자식과 가족을 위한 희생의 삶이었다. 아버지처럼 독립심이 강하고, 정이 많으시고, 높고 옳은 도덕관을 갖고 있는 분을 나는 아직 만나 보지 못했다.

지난여름 무더위를 견디다 못한 아버지는 돌아가셨다. 아흔일곱의 일생을 마치는 것을 보면서 인생의 허무함을 뼈 속 깊이 느꼈다. 아버지는 마치 불사신처럼 아프셨다가 회복되시곤 했기에, '더위만 지나면, 더위만 지나면 또 일어나시겠지.' 이렇게 믿은 것이 잘못이었다.

결국, 7월 보름께쯤 자리에 누우셨다가 더위가 다 가고 방학이 끝난 8월 23일, 그토록 사랑하는 가족을 멀리하시고 흡사 매미가 허물을 벗듯 육신을 내던지고 저세상으로 떠나셨다.

아버지가 밭에 가지 못하시고 돌아가시기까지 3년 동안

원두막은 임자가 없었지만, 이제 내가 임자가 되었다. 금년에 나는 매주 그곳을 찾았다. 그곳에서 아버지가 심어 놓은 과수도 가꾸고 무더운 오후에는 책도 읽고 글도 쓴다. 그곳에는 무덤가에 심을 반송도 자라고 있다.

언젠가 아버지의 무덤 앞 원두막에서 아버지의 일대기를 써 보고 싶다. 아버지의 일대기는 아버지의 원두막에서 써야 잘 써질 것 같다. 아버지의 97년간의 삶의 궤적을 좇다보면 평범한 인간의 진솔한 삶의 원형같은 것이 나올 것 같다. 나는 아버지의 일대기를 쓰면서 아버지와 생전에 못다 한 이야기를 생시 같이 하고 싶다.

어머니의 유품

어머니가 돌아가시고 삼우제를 지낸 후 누님과 여동생은 어머니의 유품을 정리하기 시작했다. 아버지가 1년 9개월 전에 돌아가셨을 때도 마찬가지였지만, 어머니의 유품은 너무나 초라했다. 한 인간의 삶의 흔적이 이렇게 초라할 수가 있을까? 어머니는 극단적인 내핍생활을 하셨으리라. 살아 계셨을 때 좀 사다 드릴 걸. 그동안 너무 무관심했다는 자책에 다시 한 번 목이 메었다.

어머니는 평범한 삶을 사셨다. 돌아가시기 1년 전부터, 정확히 말하면 아버지가 돌아가신 후부터 어머니는 가지고 계신 물건들을 딸과 며느리에게 나누어 주며 주변을 정리하시는 것 같았다.

그렇다고 해도 어머니의 유품을 보면서, 인간의 허무를 뼛속 깊이 느꼈다. 성철 스님은 넝마가 다 된 바지저고리와 장삼, 검정 고무신, 평생의 손때가 묻은 염주 세 가지 유품만을 남긴 것으로 유명하지만, 그 분은 평생을 구도자의 길을 걸으셨던 분이니까 어머니와 비교할 수는 없다.

내가 어릴 때 애연가셨던 아버지는 부시로 담뱃불을 붙였다. 부시로 담뱃불이 마른 쑥이나 수리취에 옮겨 붙으면 매캐한 냄새가 나는 것이 참 신기했다. 그리고 그때 아버지는 젊은 장년이셨다. 어머니에 대한 그리움도 젊었을 때의 어머니에 대한 것이 대부분이다.

이 아파트로 이사를 오면서 나는 어머니가 쓰시던 물건을 하나 기념으로 가지고 있기로 작정했다. 물론 어머니가 살아 계셨을 때였다. 거추장스러운 이 물건은 도시의 생활에서 천대받기 쉬운 다듬잇돌과 어머니의 손때가 묻은 박달나무 방망이 두 개였다. 나는 이 물건들을 이 세상에서 내가 독점할 수 있는 유일한 공간인 서재에 들여놓았다. 좀 미련스런 선택이었지만 살다보니 참 잘했다는 생각이 든다.

어머니의 모습은 여러 가지 물건과 일을 결부해서 회상할 수 있지만, 다듬이질을 하시던 어머니가 제일 좋다. 그 영상이 제일 뚜렷하게 기억된다. 깊은 겨울 밤 다듬이질을 하시던 어머니의 모습이 강한 인상으로 남아 있다. 호롱불 아래 겨울 밤에 듣던 어머니의 다듬이질 소리는 하나의 음악 같았다.

어머니 또래의 젊은 아낙들의 야문 방망이질 소리는 항상 고음이었다. 방망이 소리에 어울리게 개 짖는 소리, 대숲을 스치는 바람소리, 사립 밖에 지나가는 사람들의 발자국 소리, 이야기 소리, 외양간에 매어 있는 소의 방울소리, 배고프던 시절 찹쌀떡과 메밀묵 장수의 허기진 외침이 만들어 내는 하모니는 하나의 완성된 겨울 협주곡이었다.

다듬이질 소리는 우리 집에서만 난 것은 아니었다. 우리 마을에서는 꼭 서너 집이 장단이라도 맞추듯 협력했다. 어머니는 다듬이질을 따라 하는 사람이 누구인가를 아시는 듯 했다. 영창이 어머니와 붙뜰이 어머니라는 것을.

사각사각. 조용히 눈 내리는 겨울밤의 다듬이 소리는 행진곡처럼 더욱더 경쾌했다. 끝없이 이어지던 다듬이 소리에 나는 그만 잠이 들곤 했다.

딸네들이 정리하는 어머니의 유품은 헌 옷가지와 성물이 전부였다. 헌 옷가지는 태우기도 하고, 나누어 갖기도 하고, 또 헌 옷가지 모아두는 곳에 가져다 놓기도 했다. 성물들은 어머니가 살아 계실 때 보물같이 소중히 간직하시던 물건들이었는데, 예수의 고상과 마리아의 석고상, 작은 아들이 바티칸에 갔다 오면서 사다준 묵주, 또 어머니가 평생 쓰시던 나무 묵주, 성경과 기도문 등이었다.

어머니는 독실한 가톨릭 신자셨다. 돌아가실 무렵에는 기도 이외에 아무 것도 상관하지 않고, 죽음을 준비하셨다. 어머니는 늘 백수 가까이 된 아버지를 위해 어머니 앞에 돌아가시라고 기도를 드리셨다. 그 희망은 하느님께서 들어주셨다. 그러나 이로 말미암아 어머니도 이 세상에 오래 머물 수가 없었다. 아버지가 안 계시는 어머니 옆자리는 너무 쓸쓸해 보였다.

어머니의 약한 육체는 늘 잔병이 많았지만 어머니의 정신력은 참 대단했다. 돌아가실 무렵까지도 어머니는 눈에 총기가 초롱초롱했다. 부드러우면서 총기로 빛나던 어머니의 까만 눈동자는 나에게 지상에서 가장 값진 보석이었다.

어머니는 마흔 무렵부터 결핵으로 고생하셨고 신경통과 천식이 고질이셨다. 육십이 넘으면서 구부러진 허리는 젊은 날의 고생의 상징처럼 어머니를 안쓰럽게 보이도록 했다.

어머니는 건강에 비하여 85세까지 사셨으니 장수라면 장수지만, 돌아가시고 나니까 '좀 더 잘할 걸.' 하고 잘못한 일밖에 생각나지 않는다. 가끔 한밤중 혼자 깨어 비어있는 어머니의 방을 보면 자책이 가슴을 송곳처럼 찌른다.

어머니의 유품 가운데 가장 코끝을 찡하게 하는 유품은 한 장의 종이였다. 그것은 초등학생의 노트 한 장에 쓴 어머니의 필적을 보여준 단 한 장의 종이였기 때문이었다. 보통사람에게 아무 것도 아닐지도 모르는 이 종이는 유일한 어머니의 필적으로 많은 이야기를 담고 있다. 이제 이 종이는 우리 집의 가보가 될 수밖에 없는 소중한 명품이 됐다.

두꺼운 성경책에서 나온 종이는 어머니가 손수 적은 기도문이었다. 기도문은 주로 글씨를 잘 쓰는 막내딸과 둘째 손녀가 적었는데 글씨를 남기려고 이렇게 손수 썼나보다. 반듯반듯하게 정성을 들여 쓴 그 글씨는 내 글씨보다 훨씬 훌륭했다. 평생을 글씨를 써온 내 글씨는 지독한 악필인데 무학인 어머니의 글씨는 참으로 훌륭했다. 어머니의 글씨에 비해 아버지의 육필은 형편없었다. 그러니까 나의 글씨도 친가의 유전인 것 같았다.

어머니는 초등학교 앞에도 가 보지 못한 무학이었다. 그런데도 사십이 넘어서 야학에서 배운 글로 한글을 깨우쳐 책을, 성경과 기도문, 텔레비전 프로와 우리나라 고전을 읽으셨다.

어머니가 늦게나마 한글을 깨우치신 것은 총기가 있었기 때문이다. 한때 우리 마을에 있는 어머니 또래 부인네들에게 야학 붐이 일어났었다. 그러나 전부 도중하차하고 어머니만이 유일하게 한글을 깨우친 것은 어머니의 총기를 증명하기 충분하리라.

어머니의 총기는 자랑할 만한 것이었다. 가족의 생일과 윗대 어른들의 제삿날은 물론 몇 년 전 농 속 어딘가에 넣어 놓은 옷가지를 정확히 기억했고, 열여섯 살에 시집와서 지금까지 지나온 가족사와 웃어른들의 이야기도 전부 꿰고 있었다. 어머니가 지난 이야기를 하실 때에는 눈앞에 일을 말하는 것처럼 거침없었고 정확했다.

인쇄술과 컴퓨터가 발달한 요즈음에 육필을 가지고 있다는 것은 별로 자랑이 못될지 모르지만, 사진기가 발명되어 사진이 보편화된 현대에서도 그림의 가치가 있듯이 인쇄된 글씨가 보기 좋지만 그 사람의 독특한 개성과 특성이 잘 나타나는 육필의 예술성은 따라 잡을 수 없다.

나는 시인이나 작가들의 귀중한 육필을 좀 가지고 있다. 그것들을 잘 감상해 보면 최고의 예술품이다. 이런 예술품과 같이 아버지의 필적, 어머니의 필적을 간수하고 싶다.

그집

아내와 나는 150번 버스를 타고 유성을 지나 선병원 앞에서 내렸다. 거기서부터는 시골길이었다. 우리는 시골경치를 감상하면서 천천히 걸었다. 버스도 없는 마을이었다. 가을에 이렇게 들길을 걷는 것은 낭만이었다. 가을하늘은 더할 나위 없이 푸르렀고 누런 벼와 오곡은 무르익은 가을정서를 유감없이 발휘했다. 차가 다니는 길은 아스팔트와 시멘트로 포장되었다.

이곳저곳에 아름다운 전원주택들이 눈에 띄었다. 하나같이 그림 같은 풍경이었다. 얕은 구릉과 야산들에는 나무들이 막 낙엽으로 물들어가고 있었다. 아름드리 커다란 참나무들이 여기저기에 많았는데 잎들이 갈색으로 물들었다. 솔잎들도 작년에 핀 잎들은 누렇다. 언덕에 있는 잔디들도 초록색을 잃었다.

과수원이 참 많았다. 논밭에 서 있는 허수아비도 퍽이나 애잔해 보였다. 화원과 수목원들이 부지기수였다. 그 집들을 지나갈 무렵이면 어김없이 개들이 환영이라도 하듯 멍멍 짖었다. 코스모스와 구절초가 쓸쓸한 가을의 아름다움을 더해 주었다. 청잣빛 가을하늘도 돋보였다. 공기가 참 맑고 부드러웠다. 이런 시골길은 원기를 북돋우는 것 같다. 아내와 이런 시골길을 걸어 본 것은 퍽 오랜만이었다.

이런 시골길을 2킬로미터쯤 지나자 그 집이 있었다. 그 집은 조그마한 동산 기슭에 정남향으로 자리 잡고 있었는데 길에서 100미터 정도 떨어져 있었다. 옥수가 흐르는 조그마한 개울가에 느티나무 몇 그루가 서 있었다. 수령이 백 년은 되어 보였다.

그 집은 아담한 동산 아래의 외딴 집이었는데 향나무, 주목, 배롱나무, 목련, 칠엽수, 매화, 이팝나무, 감나무, 은행, 단풍, 오동, 자귀 등이 그 집을 에워싸서 더욱더 동화 속의 집처럼 보였다. 가옥은 호화스런 건물은 아니었다. 70년대식 양옥이라 유행에 뒤진 감이 있었다.

그러나 집이 갖고 있는 분위기는 전문가의 손길을 느끼게 했다. 허술한 듯하면서도 전체적으로 조화를 이룬 느낌을 주었다. 그 집안에서는 삶이 이어지고 있다는 인상을 받았다. 그 집은 시골의 빈집이 아닌 살아서 호흡하는 집이었다. 개를 키우는지 개들이 몇 마리 눈에 띄었다. 사람들은 보이지 않았다. 아내 말로는 전부 일하러 나갔으니, 우리는 구경이나 몰래 하고 가면 된다고 했다.

집 뒤의 조그마한 동산은 하나의 정원같았다. 몇십 년을 자란 신갈나무 숲은 원시림과 같은 수목의 장관을 이루고 있었다. 장관을 이룬 숲 속에서는 새들이 많았다. 동산은 북서쪽으로 커다란 산과 연결되어 있었다. 그곳으로 산책로가 나 있고 키 큰 전나무 가로수가 아름다웠다.

대문을 들어서니 원예가의 멋을 마음껏 부려놓은 것 같았다. 온갖 정원수들이 잘 정리되어 아름다웠다. 값나가는 소나무도 몇 그루 있었다. 가옥의 왼편으론 산소가 잘 가꾸어져 있었다. 그 앞으론 사과 과수원이 이어졌다. 가을 사과가 햇빛에 빨갛게 익어 꽃을 무색하게 했다. 독일가문비, 다박솔, 주목, 공작향나무 등 상록침엽수 묘목밭들이 상당히 넓었다. 논도 있었다. 줄잡아도 몇만 평은 되어 보였다. 그 넓은 땅이 전부 그 집의 소유란다.

흙을 사랑하고 나무를 사랑하며 살아가고 있는 부부는 도대체 어떻게 생겼을까 하는 호기심이 생겼지만 그날 나는 그들을 만날 수가 없었다.

며칠 전 아내는 유성 근교에 있는 자기 친구의 집이 그림같다는 말을 했다. 그녀는 아내가 대전에 와서 알게 된 사람으로, 고등학교 교사였지만 농사가 많아져 학교를 그만 두고 부군과 같이 농사를 짓는다고 했다. 아내는 그녀의 수수한 옷가지며 흙으로 인해 거칠어진 손으로 봐서 평범한 농사꾼의 아내로 생각했는데, 그녀의 집에 초청을 받아서 계를 하고 집을 구경하고 이야기를 해보고는 생각이 180도 달라지더라는 것이었다. 아내는 그녀가 인성이 곱고 지혜롭고 착한 사람이라고 말했다.

친정에서 농사를 지어본 경험이 있는 아내는 그 여자와 바로 친해질 수 있었다. 수더분한 그녀의 성격이 마음에 들었다는 것이었다. 그 후 아내는 이런저런 일로 그 집을 여러 번 갔단다. 그 집에는 시부모인 노부부도 함께 살았는데 그렇게 잘한다고 아내는 여러 번 말한 일이 있었다.

우리는 산책 겸 그 집을 구경하기로 했다. 나는 정년 후를 생각해서 그 집을 꼭 구경하고 싶었다. 내 주위에는 도시생활에 염증을 느껴 여생을 시골에서 살고 싶다는 사람들이 많이 있다.

"어때요. 아름답지요?" 아내는 말했다.

"응, 아름다워."

아내의 말로는 아무 걱정 없어 보이는 그 집도 걱정거리가 많단다. 계속되는 일이라던가. 요즈음은 인건비가 비싸고 또 농사일을 하기 싫어하다 보니까 집식구끼리 일을 하는데 일에서 헤어날 수가 없단다.

다른 하나는 자식이 없는 점이란다. 쉰이 다 된 부인에게 자녀가 없다는 점은 심각한 문제가 아닐 수 없다. 백방으로 노력해도 안 생기는 자녀는 당해본 사람이 아니면 모른단다.

주위에서 작은 마누라 이야기가 자주 거론돼서 그녀도 허락했지만 남편은 들은 척도 않는단다. "참 훌륭한 사람이죠?" 하고 아내가 동의를 구했다. 나는 말없이 고개만 끄덕여

주었다.

"남자는 다 똑같아요. 그런 교수가 씨받이를 했대요. 사내 애가 태어났고 친구는 그 애를 키우는데 쏙 빠져 있어요."

"꼭 소설 같은 이야기이네." 나는 한마디 했다. 아내는 한 수 더 떴다.

"화장실 갈 때와 올 때 다르다더니, 여자가 자꾸 귀찮게 하나 봐요. 끔찍해요."

"어떻게?"

"들어와 살겠다고 한데요."

"거 봐, 당신은 행복한 줄 알아."

인간이란 모든 것을 갖출 수는 없는 모양이었다.

또 하나의 비극적인 현실은 이 지역이 곧 개발되어 고층 아파트들이 들어선다는 것이었다. 그렇게 되면 이 전원의 아름다움도 파괴되고 그림 같은 이 집도 뜯긴다는 것이었다. 나무는 전부 뽑히고 묘는 파헤쳐지고 새들도 쫓겨나고. 평화는 완전히 파괴되고 만다.

"보상비를 많이 받겠군. 이렇게 많은 토지를 소유하고 있는데." 하고 나는 엉뚱한 말을 했다.

도시가 건설되면서 이와 같이 아름다운 전원이 이미 수도 없이 파괴되었다고 생각하니 몸서리가 쳐졌다.

우리는 아무도 만나지 않은 것을 다행으로 생각하며 산책로를 오르고 있었다.

말, 이 신비한 주술

인간은 말을 하고 산다. 말 없이는 하루도 불편해서 살 수가 없다. 지구상에는 많은 인종들이 살고 있는데, 인종마다 풍속이 다르듯 말도 다르다. 영어처럼 세계어로 되어 있는 언어도 있고, 한자처럼 심오한 철학을 지니고 있는 언어도 있다. 프랑스 말처럼 연애하기에 좋은 언어도 있고, 독일 말처럼 토론하기에 적당한 말도 있다고 한다. 그래서 프랑스에는 문학이 발달하였고, 독일에는 철학이 발달하였다. 합리주의 철학이나 논리학이 토론에서 그 기원을 찾을 수가 있다는 것은 상식이다. 영어는 세계어가 되면서 경제학을 발달시켰다.

우리나라 말도 독특한 언어이다. 어휘가 풍부하고 수식어가 세계 어느 언어보다 많다고 한다. 다만 영어나 한문처럼 역사가 그렇게 길지가 않다.

물론 영어나 한자는 우리나라 말과는 어순이 사뭇 다르다. 그래서 우리나라 사람들은 영어나 한자를 배우기가 쉽지 않다. 중국 사람들은 어순이 영어와 비슷하기 때문에 영어를 배우기가 쉽다고 한다. 물론, 외국어를 마스터한다는 것은 쉬운 일이 아니다. 보통의 노력 가지고는 되지 않는다.

언어는 문화의 소산이고 말 속에 문화가 있다. 말씨를 들어보면 그 사람의 교양을 쉽게 알 수 있다. 말을 잘하는 사람은 훌륭한 사람이다. 그러나 말과 행동이 다르면 곤란하다. 언행일치가 되는 것이 중요하다. 행동 속에는 모든 것이 포함되어 있고 말만 번지르르한 것보다 더 고차원이기 때문이다.

언어가 없었다면 오늘의 인류문화가 존재할 수 있었을까? 문화의 계승과 발전이 있을 수 있었을까?

이 세상에 지금처럼 발달된 말이 없고, 모두 벙어리만 산다고 가정해 보자. 원래부터 벙어리만 살았다면 세계질서는 그 쪽으로 조화를 이루었겠지만, 지금 갑자기 벙어리가 된다고 가정해 보면 세상은 어떻게 될까? 아마 세상은 뒤죽박죽이 될 것이고 상상할 수 없는 희한한 사건들이 생길 것이다.

지금도 농아들이 수화로 의사표현을 하고 있지만 수화가 말보다 편리하지 않은 것이 사실이다. 수화가 말보다 더 편리했다면 말은 저절로 없어졌을 테니까.

그러나 말은 인간의 전유물이 아닌 것 같다. 만물은 나름대로 말을 소유하고 있다. 나무는 나무끼리, 꽃은 꽃끼리, 곤충은 곤충끼리, 새들은 새들끼리, 짐승은 짐승끼리, 바람은 바람끼리, 돌은 돌끼리, 강물은 강물끼리, 하늘에 떠 있는 별들은 별들끼리. 그들 나름대로 의사소통 능력을 가지고 있다. 인간은 그들 특유의 언어적 표현을 이해하지 못하고 있을 뿐이다.

　말로 말하지 않고 눈빛이나 표정으로 하는 말도 있다. 음으로 말하지 않고 몸짓이나 눈짓으로 하는 말도 있다. 윙크 같은 보디랭귀지들도 훌륭한 말이다. 그러나 이런 소통방식은 세부적인 내용이나 핵심을 전달하거나 이해하기가 쉽지 않다.

　인간은 말을 잘해야 성공할 수 있다. 특히 대중을 상대로 하는 정치가들은 말이 생명이라고 볼 수 있다. 남을 지배하는 기관장이나 우두머리도 말을 잘해야 한다. 말을 잘하는 사람이 연애에 성공할 수 있고 이성들에게 인기가 있다.

　말 때문에 빚어지는 오해와 비극을 우리는 사회현상에서 종종 볼 수 있다. 말이 씨가 되는 사건들도 우리는 주위에서 종종 본다. 왕조시대에는 말 한마디 때문에 몇 사람의 목숨이 형장의 이슬로 사라진 예가 수없이 많았다. 그래서 말이 진정 무서운 것이다.

　대신 말 한마디로 인하여 전쟁을 평화로 이끈 일도 있고 적군을 격퇴한 일도 있다. 성경에는 태초에 말씀이 계셨다고 전하고 있다.

　그러면 입 밖으로 튀어나가는 순간 사라지고 마는 말, 이 말의 엄청난 위력은 도대체 어디서 나오는 것일까. 이 점이 바로 말의 신비한 힘이다. 인간은 말로 귀신을 부른다. 귀신을 부르는 힘이 말에 있다면 놀라운 힘이 아닌가. 신의 힘은 우리 인간의 힘보다 더 강하기 때문이다.

저 프랑스의 상징주의 시인인 샤를 보들레르 시를 한 편 감상해 보자. 시인들은 어떻게 언어를 아꼈으며 아름다운 말을 골라 쓰려고 노력했는가를 살펴보는 것도 재미있는 일이다. 다음은 <만상의 조응>이라는 시이다.

자연이란 신전이며
산나무 두리기둥은
신비로운 소리로
때로 주절주절 말씀한다.
사람은 상징의 숲을 비껴가고
숲은 낯익은 눈초리로 그를 살핀다.

아득히 먼데서 합치는 긴 메아리처럼
어둡고 깊은 속에서
하나가 되는 메아리처럼
밤처럼 대낮처럼 가없는 통일에서
향과 색과 소리는
서로 부르며 대답한다.

향기도 저마다
어린이 살결처럼 싱싱한 것
오보에 소리처럼 보드러운 것
풀에 덮인 넓은 들처럼 푸르른 것
또한 썩고 호사롭고 기승스러운 것에

만상이 피워져서 나타나는
용연향, 사향, 안식향 혹은 제향처럼
정신과 감각의 황홀을 노래한다.

만상의 조응이란 물질세계와 영혼의 세계가 마치 소리와 메아리처럼 서로 짝을 지어 부르고 대답한다는 생각을 표현하는 것이라 한다. 시에 대한 5~6페이지의 주석 중에서 다음의 구절을 주목했다.

> …… 만상은 상형문자와 같다. 그리고 우리는 다만 상대적으로, 우리가 타고난 영혼의 순수성과 성의 혹은 투시력에 따라 상징으로 헤아릴 수 있는 정도가 결정됨을 알고 있다. 그런데 시인이란 하나의 번역자 혹은 [상징의] 해석자가 아니고 무엇이랴? 훌륭한 시인의 경우에는 어느 비유·비교 혹은 형용어 치고 현실 상황에서 수학적으로 정확하게 이루어진 번안이 아닌 것이 없다. 이러한 비교 혹은 비유 혹은 형용어는 보편적 아날로지l'universelle analogie라는 무진장인 자본에서 이끌어낸 것이고 다른 데서는 얻을 수 없는 것이기 때문이다.(송욱, 『시학평전』, 일호각, 1963, pp.216~217.)

좀 어렵긴 해도 시인의 언어에 대한 지적을 잘한 구절이다.

우리나라가 세계에 자랑할 수 있는 것 중 첫 번째가 한글이라고 할 만큼 한글은 세계에서 유일한 언어이다. 한글은 유래를 찾아볼 수 없는 독특한 모양과 어순을 가지고 있다. 우리 국력이 강해지면서 중국 대학에서조차 우리나라 말을 가르치는 곳이 있고 우리나라 말을 가르치는 학원이 있으며 강사는 인기가 대단하단다.

우리는 모름지기 우리의 언어를 갈고 닦아 역사에 빛낼 의무와 권리를 가지고 있음을 명심해야 한다.

엽차 한 잔

목련이 새하얗게 피는 금년 봄에 시련이 참 많았다. 밤이 깊어지자 호남선 기차가 서대전역에 들어오는 소리가 들리고, 계룡 육교를 지나가는 자동차의 소음이 더 요란하다.

나는 이상하게도 어머니보다 아버지에게 더 큰 애정을 느낀다. 어머니에 대한 사랑은 할머니와 큰고모가 나를 많이 사랑해서 빼앗아 갔기 때문이라고 막연히 생각해 본다.

아버지는 유달리 자식에 대한 애정이 강한 분이시다. 아버지는 무학이나 다름없는 분이셨지만, 자식들은 대학까지 가르칠 정도로 교육열이 높았다. 재산이 많아서가 아니었다. 맨주먹으로 대학까지 가르치신 것이었다. 맨주먹으로 대학까지 가르친다는 것은 쉬운 일이 아니었다.

아버지에 대한 첫 기억은 내가 네댓 살 때인 것 같다. 어머니와 아버지가 장난감 총을 가지고 있는 나에게 파리 좀 잡으라고 하셨다. 그러더니 아버지가 몰래 다가와 엄마에게 총을 쏘라고 하셨다. 두 분이 장난을 치신 것이다.

그리고 어머니에 대한 첫 기억은 어머니를 따라 옆집에 물을 길러 갔는데(우리 집에는 우물이 없었다.) 그때 아랫바지를 벗고 간 것이다. 아랫바지를 벗고 이웃집에 갈 정도였으니 아주 어린나이였을 것이다. 옆집 아줌마가 분명 나와 어머니에게 무슨 말을 했는데 그것은 기억에 없다. 또 조기를 구어 내라고 떼를 써서 이웃집에 가서 조기를 빌려다가 구어주신 것도 기억난다. 그때 내가 얼마나 울며 떼를 썼는지 모른다.

이러한 것들이 내게 까마득한 유년의 추억으로 남아 있다. 지금 생각하면 재미있는 시절이었다.

간병을 한다는 것이 정말 어렵다. 옛날 관리들은 부모가 아프거나 돌아가시면 벼슬을 내놓고 집에 가서 봉양을 하거나 상복을 입고 삼년상을 치렀다는데 산업사회가 된 요즈음은 조퇴나 결근 하루 하는 것도 너무나 어렵다.

자정이 넘은 시간 병실 문을 열고 나선다. 긴 복도는 소등이 되어있고 비상등만이 희미하게 비치고 있다. 벽에 기대어 놓여있는 벤치에 앉는다. 이 벤치가 없다면 어디 가서 휴식을 취할까?

소독 냄새가 섞인 피 냄새, 고름 냄새가 역겹다. 그리고 땀 냄새, 음식 냄새, 다양한 사람 냄새, 냄새, 냄새. 차 한 잔이 생각나는 시간이지만 그런 사치를 생각할 정신적인 여유가 없다. 내 손에는 갈증난 입을 축이기 위한 싸늘하게 식은 물컵이 들려져 있을 뿐이다. 일기변동이 아주 심하다. 꽃샘추위에 상처받은 목련잎이 눈에 띄었다. 밤이 병자들의 고통도 다 삼켰는지 주위는 조용하다. 가끔 하얀 모자를 쓴 간호사들이 복도를 지나 병실을 들락거렸다.

아버지가 녹색십자가가 선명하게 켜진 이 종합병원의 병실에 입원한지도 일주일이 흘렀다. 평생 크게 아파보지 않은 분인데. 92년간의 가시밭길 같은 인생살이에 결국 아버지도 쇠약한 병자로 전락했다.

새벽 3시에 어머니가 깨우셔서 나가 보았다. 어머니는 척추를 다치셔서 한 달여를 앓고 있다.

"야 너거 어른 오줌이 안 나온단다. 밤새도록 들락거리신다."

어머니의 걱정 어린 말씀이었다. 솜처럼 피곤한 몸이었지만 그 말을 듣자 긴장된 몸에서 전기가 흐른다. 쇠붙이가 몸에 닿으면 새파란 불이 번쩍인다. 사람의 몸에서 발전이 되는 것을 알 수 있다. 전기를 일으키는 메기도 있다는데 그것들도 나와 같은 고민에서 발전이 되는 것일까?

아버지를 모시고 허둥대던 그날 밤 일이 뇌리를 스친다. 당직병원을 어렵게 찾았을 때 의사는 진찰도 하지 않고 종합병원 응급실로 가 보라고 말했다. X병원 응급실에서는 담당의사가 없다고 거절했다. 오줌보가 터지는 환자를 거절하는 강심장은 어디에서 오는 것일까? 또 택시를 타고 다른 병원으로 가야 했다. 신문에 보도되던 의료진들의 무성의와 무관심을 실감했다. 중환자를 이 병원 저 병원 끌고 다니다가 결국 죽고 말았다는 기사를 여러 번 읽은 일이 있는데, 그것이 나에게도 적용되는 순간이었다. 두려움과 고독이 엄습해 왔다. 이 밤에 혼자이다. 부모를 모신다는 것이 이래서 어려운 것이다.

다행스럽게도 T종합병원에서 흰 가운을 입은 젊은 의사가 오줌을 빼주었다. 오줌 색깔이 콜라빛이었다. 입원을 해야 한단다. 의사가 이 깊은 밤에 나와 있을 리가 없고, 그녀는 실습을 하고 있는 수련의였다. 그 수련의에게 마음속 깊이 감사한다.

진찰 결과는 예측한 대로였다. 방광암이란다.

눈물이 하염없이 흘렀다. 흘러도 흘러도 끝이 나지 않는 눈물. 내 속에 있는 수분이 전부 빠져 나가는 것 같았다. 아버지는 미수 잔치를 할 때도 건강하셨고 90세가 되어서야 귀가 어두워지기 시작하실 정도로 건강하셨다.

동생은 서울 유명 병원에 가서 "세컨드 오디션을 받아보아야 한다."고 강력히 주장했다. 막내 동생의 의견도 같았다. 형제 간의 의견 일치를 본 즉시 서울 강남에 있는 한 종합병원으로 갔다. 마치 한밤에 군사작전처럼 이동했다. 서울에 올라올 때 아버지는 잠시 집에 들러 어머니와 상면하셨다.

서울 입원실에서 천식으로 고생하시고 계신 고향 어른을 만났다. 그 어른은 아버지보다 열 살 이상 어렸다. 천만 명이 넘는 이 도시에서 고향 이웃집에 살던 이를 이렇게 만난다는 게 기이하기까지 했다. 그 어른은 얼마 안 있다 그 병원에서 돌아가시고, 출세한 그 아들도 병으로 죽었지만, 아버지는 무사히 수술을 마치시고 퇴원했다.

나는 거의 매일같이 학교를 조퇴하고 서울에 가서 아버지를 뵙고 오는 열성을 보였다. 효자소리를 듣고 싶었는지도 모른다. 한 번은 수업 시작종이 울렸는데 눈물이 멈추지 않아 도저히 교실에 들어갈 수 없어서 P 선생에게 대신 좀 들어가 달라는 부탁한 일도 있었다.

딸꾹질

갑자기 15년 전에 경험했던 일이 생각났다. 대단할 것도 없는 '딸꾹질'에 대한 경험이다. 왜 그 일이 생각났는지는 모르겠다.

남이 딸꾹질을 하는 것은 예사로 보기가 쉽다. 애 어른 할 것 없이 딸꾹질을 할 때 등을 갑자기 쳐주면 멈춘다. 아니면 설탕을 먹어 딸꾹질이 멈추는 수도 있다. 그러나 그런 딸꾹질은 가벼운 증상이고 세상에는 중증인 딸꾹질도 있다는 사실을 그해 봄에 체험할 수 있었다.

기네스북에는 60년 동안이나 딸꾹질을 한 사람이 있었다는데 그렇게나 오래 딸꾹질을 하고도 사람이 살 수 있을까? 무슨 병이든 고통을 수반하기 마련이지만 딸꾹질도 대단했다. 하여튼 나는 2주간 딸꾹질을 하고는 녹초가 되었다. 숨을 쉬는 것과 비슷하다고 할 수 있는 딸꾹질이 그렇게까지 힘들 수도 있다는 것은 경험해 본 사람만이 알 수 있다.

딸꾹질이 시작된 것은 전날 밭에 가서 무리하게 일을 좀 하고 출근한 월요일 아침이었다. 직원조회 때 시작된 딸꾹질을 '조금 있으면 낫겠지.'하고 가볍게 생각했지만 그렇게 되지 않았다. 점심시간이 되어도 멈추질 않아 약국에 가서 약을 사 먹었다. 약을 먹자 조금 뜸해지는가 싶더니 어느샌가 다시 딸꾹질을 하고 있었다. 그나마 집에 돌아와서 피곤하기도 하고 조금 울적해서 잠을 잤더니 괜찮아졌다. 그러나 이튿날 찬바람을 쏘이자 딸꾹질은 또 재발했고, 결국 병원에 갈 수 밖에 없었다.

해가 뉘엿뉘엿 넘어가는 4월의 저녁 기온은 퍽 싸늘했다. 모든 것이 귀찮아서 집 근처에 있는 조그마한 개인병원에 들렀다. 의사는 귀찮은 듯 약을 주고는 지압을 해 보라고 말하며, 그래도 안 나으면 이비인후과에 가 보라는 설명을 덧붙였다. 병원에 갔다 온 후 의사의 지시대로 지압을 열심히 하고 약도 다 먹었으나 허사였다.

난생처음으로 이비인후과에 갈 수밖에 없었다. 그곳에 갔더니 의사는 입을 벌리게 한 후 목젖 있는 데 약을 칠하며 숨을 참아보라고 했다. 숨을 참아보라니 죽으란 말인가? 이래도 낫지 않으면 큰 병원에 가 보라고 말했다.

딸꾹질은 낫지 않았다. 그 다음 코스인 대학병원에 갈 수밖에 없었다. 겁이 났다. 그러나 다른 방도는 없었기에 대학병원에 가서 종합 진찰을 받았다. 대학병원 의사는 간이 부어 횡격막을 치받으면 딸꾹질이 날 수 있다고 말하면서 정밀검사를 해보자고 말했다. 순간 긴장이 되었지만 진찰 결과에는 아무 이상이 없다고 했다. 다행히도 간이 부은 것은 아니었다.

천만다행이었던 것은 밖에 있다가 집에 와서 따뜻한 방에 있거나 잠을 자거나 하면 딸꾹질이 멈춘다는 것이었다. 그러다가도 찬바람을 쏘이면 당연하다는 듯이 재발하였다. 수업을 할 때도 쉼 없이 딸꾹질이 나서 견딜 수가 없었다. 아이들에게 민망하기도 해서 '교직을 그만 두어야 하나.'라는 생각이 들 정도였다. 그런 모습으로 교단에 서기가 부끄러웠다.

참으로 이상했다. 왜 딸꾹질이 멈추지 않을까? 내게 현대 의술로도 진찰할 수 없는 죽을병이 들은 것 같았다. '아직 할 일이 많은데.'라는 생각이 들었다. 그러던 중 일전에 P씨가 한 말이 떠올랐다. 그는 딸꾹질은 양약으로는 절대로 치료가 안 된다며 보문산 아래 있는 한의사가 잘 고친다고 했었다.

그에게 전화를 걸었더니 자세한 위치를 알려 주었다. 병가를 내고 보문산 아래 있는 초라하기 짝이 없는 한약방에 갔다. 한의사는 일흔이 훨씬 넘어 보이는 노인이었다. 하얀 한복을 입은 모습에 우선 안심되었다. 진맥을 하더니 천장에 매달아 놓은 먼지가 뽀얗게 앉은 봉지를 내다가 약을 지었다. 그것이 무엇이냐고 물었더니 고염 씨라고 말했다. 그것이 약이 될까 의심스러웠다. 그래서 한의사에게 "이 약을 먹으면 낫습니까?"하고 물었더니, "글쎄, 먹어 봐야 알지요. 찬 공기를 쏘이지 말고 푹 쉬어야 합니다."하고 대답했다. 한의사는 약을 황토 흙물로 다리라고 덧붙여 말했다.

"흙물이라니요."하고 깜짝 놀라서 되물었더니, 산에 가서 땅을 깊이 파고 속에 있는 오염되지 않은 황토를 퍼다가 흙물을 내서 약을 달이라는 것이었다.

의사가 시키니 안 할 수도 없어서 말한 대로 하였다. 어쨌든 그 약을 먹고 나는 딸꾹질이 나았다. 현대의술도 못 고치는 병을 고염 씨로 고치는 한방술은 과연 신비의 의술이었다. 동양의 위대한 힘은 바로 이런 곳에 있는 것인지!

그런데 내 몸뿐 아니라 사회도 병이 들면 딸꾹질을 한다. 요즈음 우리 사회의 이곳저곳에서 딸꾹질 소리가 심심찮게 들린다. 이 병든 사회의 딸꾹질은 무슨 요법으로 치료를 해야 하나? 어딘가에 비법은 틀림없이 있을 것이다.

베란다의 백합꽃

고층 아파트 베란다에 화분들이 올망졸망 놓여 있다. 베란다의 화분들은 도시인들의 자연에 대한 마지막 갈망 같아 처량하기조차 하다. 시멘트로 밀폐된 공간 속에서 화초들은 살려달라고 아우성을 치는 것 같기도 하다. 그들은 도시생활에 찌든 인간들보다 더한 절규를 토해내고 있는 듯하다. 이런 화분들 가운데 한 화분의 백합은 문자 그대로 명맥만 유지한 채 생존해 있었다.

몇 년 전부터 악조건의 환경임에도 봄이면 가까스로 싹을 틔워 육칠월이 되면 꽃조차 피우지 못하고 소리 없이 사라지는 백합 한 포기였다. 아내는 이 화분을 버리지 못했다. 이 백합은 우리가 단독 주택에서 아파트로 이사 올 무렵 오죽 분재에 더부살이로 심겨져 있었는데, 관리부족으로 고층 아파트에 적응하지 못하고 그만 오죽이 죽어버리자 화분의 주인이 된 셈이었다. 그러나 주인이라고 해도 백합은 이미 중병을 앓고 있어 희망이 전혀 보이지 않았다.

아내는 아파트로 이사 온 후 처음 몇 년간은 백합꽃을 기대하는 눈치였지만 결국 포기하고 그냥 두었다. 백합은 대가 점점 가늘어져서 누가 봐도 꽃을 피울 수 없다는 것을 알아차릴 정도였다. 7월 이후의 분은 가을걷이를 한 빈 뜰처럼 잡초가 두어 포기 자랄 뿐이었지만 아내는 가끔 물을 주었다. 백합 분은 아내가 주는 물을 가끔 얻어먹은 덕택인지 봄이 되면 싹이 틔웠지만, 이내 이름 모를 민초처럼 소리 없이 사라지기를 몇 년 동안 되풀이 했다.

화분에 물을 주는 일은 아내 몫이었는데 작년 봄 어느 날 내가 모처럼 화분에 물을 주다가 비로소 이 백합을 발견하고 커다란 충격을 받았다. 이 백합이 아내를 닮았다는 생각이 들었기 때문이었다.

아내가 스물세 살의 꽃다운 나이에 처음 우리 집에 왔을 때, 백합꽃 한 아름을 안고 왔다. 아내는 백합을 가장 좋아한다고 말했고, 화단에 키우던 백합이 마침 활짝 피어서 조금 가지고 왔노라고 말했다. 백합을 많이 닮은 아내는 커다란 꽃병에 백합을 꽂아 주었고, 며칠 동안 내 방에는 백합 향기가 진동했다. 그 후부터 나도 순결, 신성, 희망이라는 꽃말을 가진 백합을 덩달아 좋아하게 됐다.

우리는 일 년 반 동안의 약혼기간 후에 결혼을 했고, 아내는 자기가 키우던 백합 몇 포기를 우리 집 화단으로 옮겨 왔다. 처가와 환경이 비슷한 우리 집에서 아내가 잘 적응했듯 백합도 매년 5월이 오면 향기로운 꽃을 피웠다. 백합은 왕성하게 번성을 해서 백합밭을 만들었다.

그러나 그 후 우리는 직장 따라 이사를 했고, 그때마다 백합도 옮겨 심어져서 이곳 아파트까지 오고 말았다. 백합은 단독 주택으로 이사할 때는 구근 꽃답게 아무런 불평 없이 잘 자라 꽃을 피워 주었다. 그러나 아파트에 당첨되어 잠시 전세에 살 때 하는 수 없이 백합을 화분에 옮겨 심었고, 그때부터 백합은 꽃을 피우지 못했다.

고층 아파트의 베란다에서는 식물이 지심을 못 받아 잘 자라지 못한다고 한다. 이곳 아파트로 이사하기 전에는 분재라던가 화초가 제법 있었다.

느티나무, 소나무, 단풍나무, 오죽 분재가 있었고 난분도 좀 있었다. 손바닥만한 화단이었지만 나름대로 온갖 꽃을 심어서 집안이 화사했다. 구석구석에 감나무, 목련, 석류, 대추, 오동나무도 심었다.

그러나 이곳으로 이사 온 후부터, 분재들이 하나 둘 죽기 시작해서 지금은 관음죽과 문주란, 선인장 등 생명력이 긴 것들만이 조금 남아 있다. 고급 한란도 좀 있었는데 물주는 법을 몰라 전부 다 죽여 버렸다. 고층 아파트이기도 하지만, 아내나 나의 화초를 가꾸는 솜씨는 형편없어서 그렇게 되지 않았나 싶다. 나는 화초가 죽을 때마다 말할 수 없는 서운함을 느꼈다.

그러나 백합은 아직도 살아 있었다. 다만 꽃을 피우지 못하는 것이 아쉬울 뿐이었다.

돌이켜 생각해 보면 아내의 처지도 백합과 비슷하다. 중년기를 지난 아내의 모습도 저 백합처럼 쓸쓸한 기분이 든다. 아내뿐만 아니라 나 역시 그렇다. 베란다의 백합과 아파트에 갇힌 아내나 나의 생활이 무엇이 다르단 말이냐? 크고 작은 병마에 시달려 시들대로 시든 육체와 노년의 쓸쓸함은 인생의 황혼을 실감하고 있다.

아내는 늘 푸른 하늘과 시내, 넓은 들판과 산이 있는 전원생활을 동경했다. 백합꽃이 필 수 있는 언덕이 있으면 더 좋다. 그러나 우리는 삶의 고삐에 매여 도시생활에 꼼짝 못하고 있다.

어느 날 나는 아내에게 화분의 백합을 아파트 화단에 옮겨 심자고 말했다. 아내도 그러자고 했다. 우리는 비가 촉촉이 오는 봄날, 아파트 꽃밭에 화분의 백합을 옮겨 심었다.

긱코에 대한 추억

대학을 졸업한 지가 벌써 30년이 넘었다. 대학에 입학한 것이 1959년이고 졸업한 것이 1963년이니까 까마득한 옛날 이야기가 된 것이다. 이미 추억의 늪 속에 잠겨버린 그 시절은 갈 수 없는 고향처럼 그리움의 대상이 되었다.

그 당시는 4.19와 5.16이 연달아 일어났던 정치적 격변기라 사회의 불안은 말할 것도 없고 경제적으로도 궁핍해서 인생에서 가장 꿈 많고 낭만적이었어야 할 대학생활을 우울 속에 보낼 수밖에 없었다. 하기야 언제 우리나라 대학생들이 데모와 최루탄으로 얼룩진 캠퍼스에서 참다운 대학생활을 영유할 수 있었던가? 이 또한 분단국에 살고 있는 젊은이들의 공통된 고통일 수밖에. 그 당시 학생 대부분은 군복에 검정물을 들여 입었고 군화를 신었다. 하지만 토마스 하디의 시 <국가가 붕괴하는 시기에>에서와 같이,

국가가 붕괴하는 시기에

홀로 쟁기질을 하는 사람이
천천히 침묵의 걸음걸이로 밭을 간다.
그들이 걸어 갈 때에
선잠에 꾸벅이는 늙은 말이 비틀거린다.

불꽃없는 한가닥 연기가
쌓여져 썩은 풀더미에서 피어오른다.
비록 왕조가 지나갈지라도
아직도 이들은 변함없이 진행된다.

저 건너 처녀와 그녀의 애인이
휘바람을 불며 지나간다.
그들의 이야기가 끝나기 전에
전쟁의 기록은 어둠속으로 사라진다.

전쟁 중에도 밭갈이와 젊은 남녀 간의 사랑이 이루어지는
것처럼 우리들에게는 젊음 그 자체로 낭만과 꿈이 있었다. 우
리들의 꿈과 낭만은 모든 학생들이 공감하듯이 초거목의 두
그루 은행나무와 전통에 빛나는 명륜당의 고색창연한 건물
과 석조본관에서 비롯했다. 은행나무는 봄이 되면 무수한 잎
들을 피웠고, 여름이면 신록의 푸른 잎들을 펄럭였고, 가을이
면 노란 은행과 은행잎으로 온 캠퍼스를 뒤덮었다. 그 광경은
웅장한 아름다움을 유감없이 발휘했다. 우리는 그러한 분위

기에서 역사와 전통을 배웠고 선비 정신을 양성할 수 있었다.

지금은 어떤지 모르지만 그 당시 우리 과 학회지의 제자題字가 깅코였다. 우리 과에서 깅코라고 제자를 지었을 때 다른 과 학생들의 시샘을 받은 걸로 기억한다.

당연하지만 깅코에 대한 추억은 우리 과 교수들과 강의, 그리고 같이 공부하고 탐구했던 동창들에 대한 것이다. 이미 세월이 30년 이상 흘렀기 때문에 기억이 변색되었을 위험성이 매우 높다. 그래도 역시 깅코에 대한 추억은 아름다운 것이었기에 한번 더듬어 보고자한다.

영국 낭만주의 시대 대표 시인들의 시를 가르쳐 주시던 장익봉 교수. 빨간 넥타이를 즐겨 매시던 장 교수님으로부터 낭만주의의 대표적인 시인들인 워즈워스, 바이런, 셸리, 키츠의 주옥같은 시들을 배웠다. 장 교수님은 그 당시 환갑이 다 되도록 결혼을 하지 않고 혼자 사시며 글을 발표하지 않는 분으로 유명했고 특히 학점이 짰다.

아서 밀러의 <All my sons>를 가르쳐 주신 김우택 교수. 김 교수님은 여러 편의 희곡을 가르쳐 주셨는데 그 당시 축농증으로 고생하셨는지 무슨 약을 가져와서 막히는 코를 틔워가며 열강하시던 모습이 지금도 눈에 선하다.

우리 학교 교수는 아니지만 셰익스피어의 햄릿과 맥베스를 가르쳐 주신 오화섭 교수, 현대영시를 가르쳐 주신 피천득 교수. 나는 피 교수님으로부터 엘리엇의 <J. A. 프루프록의 연가>와 <황무지>를 읽는 법을 배웠고, 특히 <J. A. 프루프록의

연가>를 부족하지만 열심히 암기했다.

"Let's go, you and I가자, 너와 나"하는 시구는 우리들에게 그 당시 발표된 이범선의 <오발탄>에 나오는 구절처럼 많은 의미를 던져 주는 구절이었다.

영문학사를 가르쳐 주신 송욱 교수. 송 교수님은 유명한 시인이셨고 졸업 후에도 그 분의 역작인 『시학평전』과 『문학평전』 두 권을 열심히 읽었다. 그리고 초급독어를 가르쳐 주신 전혜린 교수. 그분의 자살 소식을 들은 것은 내가 푸른 제복을 입고 강원도 골짜기에 있던 때였다. 학점도 잘 주셨고 보기 드문 재원으로, 검은 스카프를 쓰고 딸아이의 손을 잡고 계단에 서 있던 모습이 지금도 눈에 선하다.

타임지를 가르쳐 주신 김진만 교수. 김진만 교수는 중세 영어의 권위자라는 소문이 났으나 내가 2학년 때 고려대학교로 가 버렸다. 우리한테는 어디 가지 말라고 해놓고 자신이 먼저 가서 빈축을 샀다.

가난한 대학생이 사귀었던 친구들은 사실 몇 명 되지 않는다. 졸업앨범도 가지고 있지 않아서 얼굴들은 떠올라도 이름들은 영 기억나지 않는다. 시골에 묻혀 살다보니 졸업 후에 한 사람도 만난 일이 없다. 소식도 모른다. 그래도 아직까지 기억나는 친구들의 이름은 후중과 윤중, 길만, 규만, 인상, 순표, 용종 등이다.

키 큰 용종은 시도 쓰고, 사진도 찍어 교내 활동을 자주 했는데 군대에 갔다 와서 지금은 모 신문사 미국 특파원으로

가 있다고 했다. 근년까지 결혼도 하지 않았다는데, 지금도 독신인지 궁금하다.

후중과 윤중은 나와 4학년 때 삼선교 산꼭대기에서 하숙을 같이했던 친구들이다. 4학년 때 학사고시 시험이 있어서, 공부를 한답시고 저녁을 먹고 학교 도서관까지 걸어 다닌 일이 기억에 남는다. 후중은 그 당시 실향민으로 어머니를 북에 두고 와서 심적으로 무척 괴로워했다. 성격이 퍽 활발하고 활동적이었던 길만은 성대에 들어오기 전 EMI 때부터 알았는데 그는 부친이 모 대학 교수라 집안 수준이 차이가 나서 그렇게 친하지는 않았다.

규만은 연극에 관심이 있는 멋쟁이로 공부를 무척 잘 했다. 인상은 3학년 때 학과 대표였던 것 같다. 순표는 공부벌레라고 불릴 만큼 공부를 열심히 해서 대학원에 들어갔다는 이야기를 들었다.

새삼 이 친구들이 지금은 어디서 무엇을 하고 사는지 그리워진다. 우리가 입학했을 때는 딱 두 명의 여학생이 있었던 것 같다. 만년 여고생 타입의 박은혜와 허리가 개미허리 같던 김 아무개였다. 그러나 2학년 때부터 여학생들이 많아지면서 3학년 때부터는 군대 갔다 와서 복학한 사람이나 전입생들이 늘어나 우리 과의 학생들을 잘 구분할 수 없게 되었다.

삼선교에 살 때 우리는 허름한 술집에서 막걸리를 마시며 불안한 미래와 군 문제, 특히 문학에 대하여 진지한 이야기를 나누었다.

영문과 동문들과 더 질긴 인연을 맺은 것은 행문회에 나가면서부터였다. 행문회는 모교 출신 문인들의 모임이다. 제일 처음에 만난 선배가 동호 사백이다. 김 선배는 모교에서 시학을 가르치는 교수이다. 나는 김 선배를 형님이라고 부른다. 김 선배를 제일 처음 만난 것은 대학 4학년 때로 조교로 근무할 무렵이었던 것으로 기억된다. 동호 선배의 글과 시를 『현대문학』을 통해서 읽은 적은 많았지만, 개인적으로 처음 뵌 것은 내가 늦게나마 시단에 데뷔하고 태극당에서 뵌 것이다. 물론 내가 뵙자는 서신을 보낸 후였다.

김 선배와는 20년 이상을 왕래하면서 한결같다. 김 선배가 우이동 사실 때는 내가 서울에 가면 언제든 전화를 해서 구용 선생님댁에 같이 갔다. 구용 선생님은 하시를 막론하고 반겨주셨고 태극당 근처의 술집에서 막걸리를 마셨다. 김 선배가 대전에 오시면 전화를 주셨고 우리는 소주를 마셨다. 김 선배는 충북 출신답게 지조가 있으셔서 한번 친교를 맺으면 변함이 없으시다. 그 다음으로 이성훈 형을 만났다. 성훈 형은 과묵하고 신중하며 소설을 쓰는데 나이도 같고 졸업년도도 같다. 전에 그의 장편 <광풍>을 보내줘서 잘 읽었다.

후배로는 시인들이 많은데 강석관 씨, 안동의 김원길 씨, 이지엽 씨, 설태수 씨 등이다.

김원길 씨는 안동에서 창작 집필실을 경영하고 있는데, 90년도 여름에 구용 선생님과 사모님을 동호 형과 모시고 갔다 왔다. 그때 도산서원과 하회마을, 퇴계 선생 묘소, 종가까지 다녀왔다. 밤에는 밤이 새도록 가용주를 마시며 이야기를 나누었던 추억은 절대로 잊히지 않을 것이다.

이지엽 씨와 설태수 씨는 대학에서 교수로 근무하고 있다. 그러나 정작 내가 살고 있는 대전에는, 특히 교육계에는 대학의 동문들이 거의 없다. 그러므로 때때로 외로움을 느낀다.

가끔 많이 달라진 명륜동 캠퍼스에 가면, 그때 가르쳤던 교수들도, 친구들도 없지만 옛 추억이 되살아나 쓸쓸함이 더해진다. 그러나 아직도 발전하고 있는 대학과 우리 과에 대한 기사를 읽을 때면 빙그레 미소가 지어진다.

· · ·

<변신>의 작가 카프카

가을은 누군가를 만나고 싶은 계절이다. 이렇게 낙엽지는 계절에는 사람이 그리워진다. 파란 가을하늘을 쳐다 볼 때면 무심한 하늘이 유혹의 손짓을 하는 것 같다. 산에 가서 왜 가을에 낙엽이 지는지, 또 왜 가을 강은 그리 맑고 깨끗한지 물어보고 싶다. 그러나 자연은 아무 말이 없다. 따라서 누군가에게 물어 봐야 한다. 그래서 우리는 누군가 만나기를 원한다.

가을은 대화가 그리워지는 계절이다. 조용한 술집이나 찻집, 공원에서 대화가 통하는 사람과 이야기를 하고 싶다. 도란도란 나누는 이야기는 마음을 편하게 해준다. 철저하게 실패를 경험한 사람과 만나서 이야기를 하고 싶다. 삶에 지친 사람과 이야기를 나누고 싶다. 아무런 경험이 없어 인생을 그저 장밋빛으로만 생각하는 그런 사람과 만나고 싶다. 많은 사람을 만나고 싶다.

또한 잠 안 오는 한밤중에도 누군가를 만나고 싶다. 어두운 밤과의 대화는 그런대로 멋이 있다. 그러나 자기주장만 내세우는 너절한 인간과는 만나기조차 싫다. 대화가 통하지 않는 사람이 내가 가장 싫어하는 사람이다. 대화란 말로만 하는 것은 아니다. 눈으로도 할 수 있고 가슴으로도 할 수 있다.

오늘은 프란츠 카프카를 만나고 싶다. 하고많은 문인 중에서 왜 하필이면 프란츠 카프카를 만나고 싶을까? 그는 우리나라 사람도 아니고 외국인인데. 그 이유는 간단하다. 그는 내가 알기로는 가장 고독한 문인이었기 때문이다.

카프카만큼 훌륭한 문인은 많지만 그보다 더 고독한 문인은 없을 것이다. 그래서 그를 만나고 싶다. 고독한 예술가만이 진정으로 예술을 사랑하고 그곳에 모든 영혼을 바쳐 몰두할 수 있기 때문이다. 그렇게 해야만 훌륭한 예술이 나올 수 있다.

별나라에는 빼어난 문인들만 모여 사는 그런 빌리지가 있을 것이다. 단테의 불후의 명작 <신곡>에도, 불교에서 말하는 극락에도 이런 비슷한 곳이 있다.

프란츠 카프카도 아마 별나라에 가 있을 것이다. 그는 하늘에서 반짝이는 별처럼 고운 영혼의 소유자였으니까. 그러나 그가 태어나서 평생을 산 프라하에 가더라도 그를 만날 수는 없다. 그는 이미 1924년 폐결핵으로 죽어서 프라하에 있는 유대인 묘지에 한줌의 흙으로 묻혀 있기 때문이다.

그러니 그를 이 세상에서 만날 생각은 하지 말아야 한다.

그와 만나서 밤을 새워가며 이야기를 하고 싶지만 아무도 그를 만나볼 수가 없다. 그의 초라한 묘지를 찾는 문학비 순례자들만을 만날 수 있을 뿐이다. 아니 그가 살아있다 해도 그와 같은 천재를 과연 내가 만날 수 있을까? 만난다고 해도 무슨 말을 한단 말이냐! 독일어로 말하면 내가 못 알아듣고, 한국어로 말하면 그가 못 알아들을 것이 뻔하다. 이러니 만나면 무엇을 한단 말이냐?

그렇다고 해도 그를 한번만 만나보고 싶다. 부득이한 경우 대통령들처럼 통역을 대어서라도 그의 어디가 어떻게 생겨서 그런 작품들을 쓸 수 있는지 그 얼굴이 보고 싶다. 얼굴에서 풍기는 첫인상은 중요한데 그의 첫인상은 어떨까. 아마 신비한 무언가가 있을 것이다.

언젠가 유대계의 과학자 아인슈타인이 우리나라를 방문한 일이 있었다고 한다. 그때 그 위대한 과학자를 보기 위해서 우리나라의 지성인들이 구름처럼 모여들었다고 한다. 그러나 그는 그렇게 잘생긴 인물은 아니었다. 어찌 보면 그저 평범한 인물일 뿐이었다. 어떤 분의 말씀이 그에게는 어린애 같은 천진함이 있었다고 한다. 새와 같은 이미지라고나 할까, 그런 첫인상을 받았다는 이야기를 들었다.

41세의 짧은 생애를 살다간 프란츠 카프카. 문학에 대해서 유독 자존심이 강하기로 유명한 프랑스의 실존주의 작가들인 사르트르와 카뮈로부터 실존주의 작가의 선구자로 극찬을 받은 카프카. <변신>, <성> 등 불후의 명작을 남긴 그는 영원히 살고 있다. 그가 살아있을 때 생각지도 못한 이 한국에서도 살아 숨 쉬고 있다.

왜 훌륭한 근대의 작가들은 폐결핵으로 요절했는지 모르겠다. 존 키츠와 D. H. 로렌스가 일찍 죽었다. 이상과 김유정도 아까운 나이에 죽었다. 그들은 하나같이 천재라는 호칭을 받은 인물들이었다. 그들의 재주를 하느님이 시기하는 것일까? 그들을 여러 사람이 만나면 절대로 안 되는 것이기 때문일까? 한 인간으로서 사명이 너무 일찍 끝났기 때문일까? 카프카도 그가 이 세상에서 할 일을 다 마쳤기 때문에 데려간 것이리라.

만일 그가 제2차 세계대전까지 살았다면 그의 운명은 어떻게 됐을까? 살아서 유대인이 나치에게 혹독하게 처형당하는 것을 보았다면 어떠했을까? 실 나이로는 60세가 조금 넘었을 것이다. 그의 실 나이는 그렇게 중요한 것이 아니다. 그는 어떤 인간의 상황을 그렸을까? 유대계의 독일인 작가인 그는 잡혀서 처형되었을 것이다. 처형되지 않았다면 훨씬 좋은 작품을 썼을 것이다. 아니, <성>보다 더 좋은 작품을 쓰지는 못했을 것이다. 이미 그는 인간의 잔혹성을 꿰뚫어 보고 있었다.

이런 형편이니 그의 영혼과 만날 수밖에 없다. 그의 영혼은 찾는다면 어디에나 있다. 그는 찾는 자에게 인색하지 않다. 문호를 개방하고 있다. 그는 평생을 고독하게 살았기 때문에 고독한 자의 슬픔을 누구보다도 잘 알고 있다.

나는 그의 문학을 좋아한다. 그의 소설 <변신>을 좋아한다. 문학 이전의 그가 산 생애를 좋아한다. 그의 약혼자와의 이별을 좋아하고, 그의 고독을 좋아한다. 그가 본 인간에 대한 깊은 통찰과 진실을 보는 정신을 좋아한다. 그의 성실성을 좋아한다.

내가 그를 만난다면 그의 문학을 좀 더 배울 수 있을 것이다. 그에게 문학 이전의 인생을 좀 더 배울 수 있을 것이다.

하기는, 난 그와 종종 만난다. 그의 정신이 담긴 문학과 만난다. 마음이 쓸쓸하고 인간의 추한 면과 직면할 때 주로 그와 만난다. 차 한 잔, 술 한 잔 없이 내 좁은 서재에서 그가 작품을 주로 쓰던 한밤중에 그를 만난다. 잠 안 오는 한밤중에 일어나 아파트 창문 밖으로 별을 바라보며 명상에 잠겨 있으면 어느새 카프카가 내 서재로 내려온다. 그의 작품을 읽고 있는 나에게 미소를 짓기도 하고 더러는 내 너절한 시와 글을 보고 심하게 꾸짖기도 한다. 좀 더 깊이 있는 작품을 쓰라고. 내가 실의에 잠겨 있을 때는 용기를 잃지 말라고 타이르기도 한다. 이렇게 그는 나의 스승으로, 선배로 인생과 문학을 가르쳐준다.

<정읍사>를 읊은 백제 여인의 가슴으로 그를 기다리고 싶다. 이런 낙엽이 지는 가을이 오면 그가 더욱더 그리워지리라.

나는 그가 살던 프라하를 좋아한다. 그가 살면서 소설을 쓴 곳이기 때문이다. 그가 거닐던 프라하의 거리는 어떠했을

까? 프라하의 뒷골목은 어떠했을까? 그가 숨 쉬던 프라하의 하늘은 어떠했을까? 그가 늘 바라보던 블타바강은 어떠했을까? 그가 다닌 프라하 대학 캠퍼스에도 낙엽이 지고 있을 것이다. 이 가을에.

학 마을 기행

일본 나무 시비

일본이 미우니까 일본자가 붙은 것은 모두 미웠다. 지금은 좀 수그러들었지만 일본 나무에 대한 나쁜 감정은 우리 국민 모두가 가지고 있다.

광복 직후에는 많은 벚나무가 베어지는 수모를 당했다. 벚나무는 일본 사람들이 심은 일본의 국화였기에 제일 먼저 수난을 당한 것은 당연한 일이었다. 내가 다닌 소학교(현재는 초등학교로 바뀜)에도 아름드리 벚나무가 많았는데 광복이 되자마자 전부 베어 버렸다. 그들이 우리 민족에게 한 악랄한 짓을 생각하면 무슨 짓인들 못하겠는가. 분노에 찬 군중들은 분풀이를 나무한테 했다. 마침 땔나무도 부족하던 시절이었다. 그러나 나무 입장에서 보면 이보다 더 억울한 일은 없는 노릇이다.

이제 광복이 된지 60년이 넘었다. 아마 이제는 일본 사람이 심은 벚나무는 우리나라에 없을 것이다. 그런데 어찌된 영문인지 일본 국화라고 미워했던 벚나무 꽃길이 참 많이 생겼다. 봄철이 되면 벚꽃축제가 사방에서 열린다. 이러한 현상은 잊어버리기를 잘하는 민족성 때문인지, 나무를 사랑하고 용서하는 너그러움 때문인지 나로서는 잘 모르겠다.

도로나 호수가, 강변에 심어진 왕벚나무가 제주도의 한라산이 원산지라는 주장을 텔레비전에서 대대적으로 계몽한 일도 있었던 것 같다.

그러나 일본 나무 수난은 지금도 이어지고 있다. 일전에는 박정희 전 대통령이 현충사와 칠백의총에 심은 금송이 일본 나무라 해서 "거봐 박정희는 친일파야."하고 몰아 붙였다. 금송은 물론 일본 원산이며 세계 삼대 공원수 중 하나이다.

칠백의총 뒷산에 있는 리기다소나무가 일본 소나무라 해서 전부 벌목하고 조선 소나무인 적송으로 교체했다. 잘한 조치이다. 적송이 리기다소나무보다는 더 아름답고 쓸모가 많은 우수한 나무이다. 그런데 리기다소나무는 일본 소나무가 아니고 북미가 원산인 소나무이다.(이영노 저, 『원색한국식물도감』, 교학사, 2002, p. 27.)

아마 리기다소나무는 나무를 땔감으로 사용하던 시기에 일본에 들어온 것이 일제강점기 때 우리나라에도 붉은 산의 수해를 막기 위한 방편과 화목용으로 도입된 것 같다. 게다가 리기다소나무는 성장이 빠르고 베어낸 자리에서 소나무 싹이 터 다시 자라는 유일한 소나무로 그 당시로는 쓸모가 있었다. 그러나 지금은 화목이 필요 없고 돼지우리도 질 수 없는 비경제림이라 교체하는 것이 좋은 것은 사실이다.

일본에서 들어온 정원수들은 이외에도 많이 있다. 특히 영산홍 계통의 꽃과 향나무의 일종인 가이즈카이부키, 금송 등이 대표적인 수입 나무이다. 이들 나무들은 우리나라 방방곡곡의 공원이나 정원에 퍼져 있다. 이들 나무들이 일본 나무라고 교체한다면 수조 원의 비용이 들 것이다. 사실 정원이나 공원에 심겨진 일본 나무는 우리 국민 누군가가 심은 나무이고 그 나무들은 아름다움을 주었을지언정 해를 끼치지 않는다.

나무는 그렇고 종묘는 어떠한가? 벼 종자에서부터 채소 종자, 꽃 종자까지 일본이 우리보다 앞서가기 때문에 많은 로열티를 지불하는 것으로 알고 있다. 이 점도 우리 국민의 분노의 대상이다. 운동도 이겨야 하지만 지적인 면에서도 일본과 경쟁해서 이겨 봤으면 좋겠다.

이제 시대가 글로벌 시대라 한류 열풍이 일본을 강타해 배용준과 최지우를 만나러 일본 관광객이 일 년에도 수만 명씩 한국을 찾아오고 있다.

우리에게 해를 끼치는 외래식물과 외래동물들이 더러 있다. 황소개구리와 개망초, 달맞이꽃 등이다. 이들은 해를 끼치고 있으니 조치를 취해야 하는데 번식력이 워낙 강해 잡을 수 없단다.

일본이 저지른 모든 일을 다 잊어서는 안 되지만 구분할 필요는 있다. 특히 나무는 이제 그만 미워하는 것이 좋을 듯하다.

송추 기행

며칠 전 김동호 선배로부터 모교 출신 문인들의 모임인 행문회杏文會 모임이 4월 21일 오전 10시에 있다는 연락을 받았다. 나를 시단으로 이끌어 주신 구용 선생님의 말씀도 있었고, 또 문단에 늦게 데뷔해 외롭던 터라 신입회원으로 서울에 가기로 했다. 대전에서 서울은 두 시간이 걸리는 거리지만, 전국이 일일생활권이 된 지금에는 당일도 가능하다.

아침 6시 20분 열차를 타기로 하고, 다섯 시 반에 일어났다. 일요일에 이렇게 일찍 일어난다는 것은 어려운 일이지만 눈이 저절로 떠졌다. 지난밤은 어느 때보다 잠을 설쳤다. 훌륭한 선배들을 만난다는 감격에 젖었기 때문이다.

8시 20분에 서울역에 도착해서 먼저 구용 선생님께 전화를 드렸다. 언제 들어도 부드러운 선생님 특유의 저음이 흘러 나왔다. 불편하신 몸인데도 선생님은 나오시겠단다. 곧이어 김동호 선배에게도 전화를 드렸다. 김 선배는 모교에서 후배들에게 영시를 가르치시는 중진 교수이시다. 김 선배도 곧 나오시겠단다.

사실 늦게 문단에 나온 위축감에 휩싸여 이 모임에 온다는 것은 여간 망설여지는 것이 아니었다. 용기 없이는 올 수 없었다. 그러나 이왕 문단에 나온 이상 나이를 따질 필요는 없다는 생각을 하면서 마음을 굳게 먹었다.

사람들로 법석였던 창경원 정문이 한산한 것부터가 예전과는 달랐다. 명륜동에서 버스를 내려 대학 입구로 들어가자 많이 변했다는 느낌은 더욱 짙어졌다. 좁던 대성로는 넓혀졌고 한 쪽이긴 하지만 인도와 차도가 구분되고 포장이 잘 되어 있었다. 옛날 즐겨 찾던 떡집은 없어졌다. 그 당시의 학생들은 하숙집 밥이 적어서인지, 평소에 못 먹어서인지 떡집을 자주 찾았다.

대학 정문을 들어섰다. 20여 년 만에 와보는 모교! 교내에 들어서자 최루탄 냄새가 독하게 풍겼고 여기저기 대자보들이 눈에 띄었다. 시계를 보니 약속시간이 한 시간 이상 남아서 캠퍼스를 구경하기로 했다. 개나리가 온통 노랗게 핀 캠퍼스는 옛 추억을 회상하게 했다. 23년 전의 친구들은 지금 무엇을 하고 있을까?

연노란 나뭇잎들과 이름 모를 꽃들, 까치소리, 명륜당의 은행나무는 더욱더 거목이 되었고, 석조본관은 고색이 더해졌다. 건물이 몇 동 더 세워졌다. 휴일인데도 도서관으로 향하는 학생들이 많았다. 벤치에 쌍쌍이 혹은 끼리끼리 앉아서 소곤대거나 웃고 떠들어대는 학생들도 눈에 띄었다. 대학은 조용했지만, 그 조용함 속에서 무엇인가 활발하게 살아 움직이는 듯했다.

교문 쪽으로 나와 보니 구용 선생님께서 벌써 나오셔서 의자에 앉아 있었고 옆으로는 대선배들이 동석하고 있었다. 나는 그곳으로 분주히 걸어갔고 선생님도 일어나서 내 쪽으로 오셨다.

인사를 마친 후 옆에 있는 선배들을 소개해 주셨는데, 귀공자 풍모인데 키가 작고 목이 아프신지 부자연스러워 보이는 분이 평론가이신 윤병로 선배이시고, 키가 크고 얼굴이 검게 탄 건장해 뵈는 분이 시인이신 성춘복 선배이셨다. 성 선배님은 경상도 악센트가 그대로 남아 있었다. 두 분의 이름은 지면을 통해서 안 지 25년도 훨씬 넘었는데 이제야 상면하니 감개무량했다. 잠시 후에 김동호 선배도 오셔서 교문 앞에 있는 다방으로 갔다. 거기서 여러분을 뵈었는데, 소설가이신 최남백 선배, 시인 김여정 선배, 시인 강계순 선배, 소설가 이정호 선배, 박서혜 시인, 설우웅 시인, 오늘 모임을 주관하는 총무인 조건상 소설가, 조병기 시인 등이었다.

약속시간이 한참 지나 차가 막 떠나려는 순간, 『설연집』雪戀集으로 뜨고 있는 강우식 시인도 왔다. 강우식 씨는 20여 년 전 사행시로 미당의 지극한 찬사를 받으며 시단에 화려하게 등단했다. 또 거의 동시에 사상계로 화려하게 등단한 윤태수 시인도 만났다. 지훈 선생의 심사평과 <선언>이라는 시를 지금도 생생히 기억하고 있다. 신입회원은 나를 포함해서 세 사람, 즉 박재화 시인과 한영옥 시인이었다. 둘 다 나보다 열 살 이상 연하로 보였다. 박재화 시인은 동향이라 한성기 선생 추천으로 『현대문학』으로 등단한 것은 알았지만 한영옥 시인은 오늘 처음 만났다.

버스는 대학 후문으로 해서, 삼청공원을 빠져 송추를 향해서 떠났다. 송추에 있는 월탄 선생 묘소 참배가 행문회의 중요 사업이란다. 매년 이맘때 후학들이 묘소를 찾아 분향재배하고 하루를 즐기는 것은 퍽 뜻있는 일이라고 생각되었다. 우리 문학 여명기의 대가 월탄月灘 박종화朴種和 선생은 우리 대학의 교수였다. 타과 학생인 나는 선생의 강의는 많이 듣지는 못했다.

날씨는 이보다 더 좋을 수 없는 화창한 봄날이었다. 구용 선생님이 총무가 날을 잘 받는다고, 아주 일관이라고 말씀하셔서 우리는 모두 맞장구를 치며 웃었다. 말과 글을 다루는 문인들이라 대화가 풍부했다. 특히 구용 선생님과 최남백 회장의 위트와 유머가 풍부한 말솜씨에는 배를 움켜쥐어야 했다. 웃지 않고는 못 배길 장면들이 너무 많았다. 차는 서울 시내를 벗어나 교외를 달렸다. 오른쪽으로 북한산의 웅자가 보였다. 오랜만에 보는 대단한 광경이었다.

차는 비포장도로 진입로에서 멈춰 섰고, 일행은 차에서 모두 내렸다. 작은 개울을 건너 흙길을 걸었다. 밭과 둔덕에 봄나물들이 눈에 띄었다. 좁은 산길을 따라 묘소로 올라갔다.

넓은 산자락에는 철쭉이 붉게 물들어 있어 산이 붉게 보였다. 한참을 올라가니까 커다란 묘가 나타났는데 산세도 좋고 방향도 좋았다. 묘 아래로 월탄 선생의 문학비가 서 있었다. 문학비는 저절로 감탄사가 튀어나올 정도로 훌륭했다. 문학비는 월탄 선생의 호를 상징하는 만월이 지평선에서 떠오르는 형상이었다. 윤병로 선배의 글에다 구용 선생님의 정성을 다한 글씨가 더욱더 문학비를 빛나게 했다.

간단한 예를 올린 후 묘소 앞 잔디에 앉아 가져간 막걸리를 마셨다. 어디서나 마찬가지로 음식을 차린다든가 하는 자질구레한 일은 여자들이 애를 많이 썼다. 누구보다 이정호 선배가 애를 많이 썼다. 최남백 회장의 재담은 끝날 줄을 몰랐다. 주흥이 한참일 때 소설가인 최인영 선배가 왔다. 고향이 대전이라고 말씀하셔서 반가웠다.

산에서 내려와 민가에서 점심을 들며 막걸리를 마셨다. 구용 선생님은 수술을 하셔서 밤잠을 못 주무시고 식사도 잘 못하시는 삼중고에 시달리면서도 술을 많이 드셨다. 어디서 그렇게 힘이 솟는지 모를 일이었다. 한시도 가만히 있지 않으셨다.

처음으로 와본 향문회에서 술에 취하고 말에 취하고 분위기에 취해서 정신이 없었다.

보길도 기행

전남학생교육원이 금년의 당번 교육원이라 그곳으로 연찬회를 가기로 되어 있었다. 2박 3일의 예정으로 전남학생교육원, 식영정, 소쇄원, 다산초당, 녹우당, 보길도까지 갔다 올 계획이었다. 전남학생교육원은 대나무로 유명한 담양에 있었다. 전라남도 쪽은 여행을 해본 일이 없었기 때문에 한 번쯤은 가 보고 싶었기에 잘된 일이었다.

이번에는 버스가 아니라 승용차로 가게 되었다. 세 대에 나누어 타고 아침 일찍 길을 떠났다. 학생교육원 교육연구사로 근무하면서 가장 좋았던 것은 여행이었다. 나는 여행을 퍽 좋아하지만, 이런저런 이유 때문에 여행을 많이 다니지 못했다.

송강의 식영정과 조선시대 정원의 원형인 소쇄원은 전남학생교육원에서 얼마 떨어져 있지 않아 교육원에 들리기 전에 구경하기로 했다.

달과 그림자도 쉬어간다는 식영정은 광주호 호반에 있었다. 광주호는 원래 강이었지만 지금은 댐으로 막아서 담수호가 되었다고 한다. 그 유명한 성산별곡이 탄생한 식영정은 정자라면 어디서나 볼 수 있는 노송이 특히 멋있었다. 조선시대 최고의 문장가의 풍류가 짙게 깔려 있었다. 식영정과 얼마 떨어지지 않은 곳에 송강기념관을 지을 계획이라고 주민들이 말했다. 늦은 감은 있지만 이런 계획을 하고 있다니 다행이었다.

조광조의 문하생인 양산보가 지었다는 소쇄원은 규모는 작지만 자연미를 그대로 살린 아기자기함과 곡선미를 최대한도로 살린 곡선미가 돋보이는 정원이었다. 조선 정원의 특징 중 하나는 곡선미라고 한다. 사시사철을 잘 나타내는 수목들도 잘 배치되어 있었다. 어느 학술단체에서 발굴 작업을 하고 있었다.

점심 식사를 하는데 닭 생회를 내놓아 기겁했다. 닭 간이라면 몰라도 생고기를 내놓는 것은 처음 보았다. 음식문화는 이렇게 지방에 따라 다르다.

오후에는 전남학생교육원에 가서 공식 연찬회 일정을 마쳤고, 자유시간이 된 이튿날 강진을 향해서 출발했다. 가는 도중 도선국사의 탄생 설화가 있는 구림을 지났다. 영암 월출산에 있는 무위사를 잠깐 들르기로 했다. 차창 밖으로 보이는 월출산은 굉장했다. 이런 암봉은 처음 보았다. 바위의 형상이 진지를 구축하고 있는 병사들의 칼날 같았다. 정상에 있는 모든 바위가 푸른 하늘을 향한 창검이었다.

도로는 월출산 오른쪽으로 돌고 있었다. 그 덕에 월출산을 앞에서, 옆에서, 뒤에서 보는 영광을 가졌다. 월출산은 800미터가 조금 넘는 산인데 더할 수 없는 청명한 날씨라 그 웅자를 유감없이 발휘했다. 월출산을 뒤로하고 바다가 보이는 해변으로 차는 달렸다.

도자기로 유명한 강진, 만덕산 다산초당에 도착한 것은 정오 무렵이었다. 다산초당은 조그마한 산중턱에 있었다. 산을 오르면서 보니까 참나무를 능가하는 키가 큰 왕대나무가 산 전체에서 자라고 있었다. 산에서 참나무와 소나무, 대나무가 어우러지며 자라고 있는 광경 역시 처음 보는 장관이었다. 왕대나무는 다산의 곧은 절개를 보는 듯 했다. 조그마한 산막 앞에 작은 연못이 있는 것이 특이했다. 멀리 바다도 보였고 포구도 보였다. 포구는 갈대밭으로 뒤덮여 있었다. 다산이 저 바다를 보면서 명상한 그 결과들이 많은 저술로 남았다고 생각되었다.

조선 전체를 두고 봐도, 아니 우리나라 역사를 통틀어 봐도 다산보다 더 많은 저술을 남긴 이는 없다. '이곳으로 유배와서 그 많은 저술을 남겼구나.'하고 생각하니 절로 고개가 수그러들었다. 기념사진첩을 하나 사서 배낭에 집어넣었다.

오후에 해남 제일의 사찰인 두륜산 대둔사에 도착했다. 주차장에 차를 세워두고 산문까지 긴 길을 걸어 경내로 진입했다. 해남지방은 대전과는 나무들이 판이하게 달랐다. 아열

대림이라고 해도 좋을 듯 했다. 우선 동백나무가 많았다. 동백나무가 경제림인지는 잘 모르지만 보기에는 좋았다. 빤질빤질한 잎과 나뭇등걸이 좋아 보였다. 대둔사, 일명 대흥사는 조그마한 절이었다. 규모는 작아 보였지만 다른 절들과는 달리 한적해 보였다. 계곡의 물도 맑았다. 두륜산은 700미터가 조금 넘는 산으로 육산이지만 정상에서 바라보는 남해와 수목이 일품이라고 했다. 꼭 다시 와보고 싶다는 생각이 들었다.

해남 읍내에 있는 이름이 기억나지 않지만 유명한 식당에 가서 저녁 식사를 마치고 냇가에 있는 여관으로 향했다. 다음 날 여행을 위하여 잠을 푹 자는 것은 중요하기에 일찍 잠자리에 들었다.

다음날 역시 맑은 아침이었다. 오늘은 녹우당을 먼저 보고 땅끝마을을 거쳐 보길도를 구경할 계획이었다. 녹우당은 해남읍에서 멀지 않은 곳에 있었다. 고산고택인 녹우당은 그가 얼마나 부유하고 유복한 가정에서 태어났는지를 말해 주기에 충분했다. 안으로 들어갈 수가 없어 잘 보지는 못했지만 밖에서만 보아도 궁궐 같았다. 집 뒤로는 비자나무 숲이 있었는데, 비자나무와 소나무, 다른 거목들의 크기는 역사를 말해 주고 있었다. 그리고 그 집 앞으로 전개되는 넓은 평야지대가 전부 고산의 소유였다니 대단했다.

퇴계 이황이나 서애 유성룡은 가난한 선비였다. 퇴계는 부친이 일찍 돌아가셔서 숙부에게 글을 배웠고, 서애도 퇴임

후 돌아가실 때까지 오두막에서 살았다고 한다. 또한 중국의 시성 두보 역시 가난과 불운으로 비참하게 죽었다. 모름지기 위대한 문학은 온실에서 태어나지 않는다. 그러나 괴테나 타고르, 톨스토이처럼 부유한 집안의 문학가도 있다. 문인은 아니지만 추사 김정희 역시 유복한 집안 출신이다.

땅끝마을을 구경하고 보길도로 향했다. 보길도는 가기가 어려웠지만 원장님께서 허락하셔서 갈 수 있었다. 어부사시사의 산실인 보길도는 꿈에 그리던 곳이었다. 여기까지 와서 그곳을 구경 못하면 퍽 서운할 것 같았다. 화물선에 차도 싣고 사람도 탔다. 푸른 바다는 언제 보아도 마음이 확 트이는 것 같았다. 바닷바람이 시원하게 불어 땀을 식혀 주었다.

보길도의 고산 윤선도 유적지는 인공 연못으로 수초 사이에서 고기들이 노닐고 세연정, 세연지, 판보석 등이 잘 보존되어 있었다. 고산은 이 한적한 곳에서 14~5년을 보내면서 <어부사시사>와 <몽천요>등 32편의 주옥같은 작품을 지었다. 그러나 유감스럽게도 주위가 정리되지 않아, 유적지의 아름다움을 훼손하는 것 같았다. 시간이 없어 더 자세히 보지 못하고 예송리 상록수림에 들렀다. 해변의 수마된 검푸른 조약돌과 고목들이 인상적이었다.

돌아오는 길에 달마산 미황사를 잠시 구경하고 사진촬영도 하고 서둘렀다. 달마산도 500미터도 안 되는 산이었지만 기묘한 바위가 장관을 이루었다.

이번 여행은 나에게 참 뜻깊은 여행이었다.

임희재 선생 추모 문학제

며칠 동안 이어진 동장군의 내습으로 몹시 추웠지만 하늘은 맑고 햇빛이 따사로운 토요일 오후였다. 오늘 나는 대둔산 태고사로 가는 초입에 있는 저수지 뚝 아래 '차마실'에 갈 일이 있었다. 그곳에서 금산문협이 주최하는 임희재 선생 추모 문학제가 있었기 때문이다.

임 선생은 금산 출신의 유일한 문인으로 55년 단막극 <기항지>가 조선일보 신춘문예에 당선되어 문단에 데뷔해, <꽃잎을 먹고 사는 기관차>로 현대문학신인상을 수상한 희곡작가였다. 대표작으로는 <고래>, <잉여인간> 등이 있다. 특히 방송극을 많이 썼으며 그 중 <아씨>는 인기가 하늘을 찌를 듯했다. 그러나 과로로 56세에 돌아가셨다.

나는 차가 없어 어제 김 부장에게 같이 가줄 것을 부탁해 보았는데, 그는 교장인 나를 위해서 서비스하겠다고 흔쾌히 승낙했다. 나는 미안하고 또 감사했다.

나는 그의 차에 몸을 싣고 대전을 떠났다. 김 부장은 사진 작가이며 문학에 대해서도 깊은 이해를 갖고 있었다. 떠나기 전에 그에게 오늘의 행선지와 일과를 설명해 주었다. 그에게도 좋은 경험이 될 것 같았다. 가는 도중 복수에 있는 '푸른하늘 모퉁이'라는 옥호의 차와 식사를 파는 카페에 가 보기로 했다.

며칠 전, 한 문학행사장에서 만난 소설가이자 대전대학 문창과 교수인 이 교수가 푸른하늘 모퉁이에 내 시가 걸려 있다고 했다. 나는 도대체 무슨 시가 걸려 있는지 보고 싶었고, 나의 어설픈 시를 좋아하는 사람이 어떤 사람인지 알고 싶었다.

두 시쯤 되자 퇴근시간이 겹쳐 차가 앞으로 나갈 수가 없었지만, 교외로 빠져나오자 형편이 좀 나아졌다. 신대초등학교를 지나 유등천의 상류인 조그마한 내를 건너자 비바람에 빛이 바랜 나무판자에 '푸른하늘 모퉁이'라고 적힌 간판이 나타났다.

한눈에 봐도 멋을 제법 부린 음식점이라는 것을 알 수 있었다. 실내에는 감미로운 음악이 흐르고 있었고, 주위의 자연을 그대로 살리고자 한 고심의 흔적이 역력했다. 시골 곳간의 문짝 같은 문을 열고 안으로 들어갔다. 생활 한복을 입은 40대 초반의 주인인 듯한 남자가 반겨 주었다. 나는 우선 실내에서 내 작품을 찾아보았다. 꽤 넓은 실내는 알맞게 따뜻했고, 시골 마루를 이용한 식탁과 통나무 의자가 놓여 있었다. 한 무리의 여자 손님들이 음식을 먹으면서 음악을 듣고 있었다. 차림으로 보아 분위기를 선호하는 손님들 같았다.

많은 시들이 한지에 달필로 써져 판지에 붙여 세워져 있
었다. 시들은 액자에 넣어져 있지 않고 식탁 옆에 꾸미지 않
은듯이 세워져 있어 시에 가까이 다가갈 수 있게 해주는 듯
했다. 그곳에는 김광규, 고정희, 이현옥 시인의 시도 있었고
또 내가 모르는 분들의 시도 몇 편 있었다. 내 시는 <집순례>
였는데 동남쪽 유리창 곁에 놓여 있었다.

집순례

볏짚으로 이은 초가에 살았다
유년에서부터 청년까지
다음은 양철집에서 살았다
비 오면 몹시 시끄러운
여름이면 찜통이 되는 양철집
다음에는 기와집에서 살았다
옛 벼슬아치들이 살던 고래등 같은 기와집
다음에는 양옥집에서 살았다
고래등보다 더 좋은 양옥집
그리고 지금은 종착역 39평 아파트
13층 허공에 매달려 산다.
요즘 들어 초가집이 그리워진다
낮잠자기 좋은 초가집
전원이 보이는 초가집에 살고 싶다.

유리창 너머 개울가 갈대밭이 보였다. 토요일 오후의 따
사로운 햇빛이 개울물에 비치어 번쩍였다.

나는 주인에게 내가 누구인지 밝히고 내 시를 어떻게 구했는가 물어 보았다. 주인은 반갑게 맞아주며, 경향신문에서 내 시를 보고 참 좋은 시 같아 이렇게 써 놓았다고 말했다.

한 달 전에는 청주에 사는 제자가 찾아와서 대화 도중에 내 시가 그곳 교차로에 실린 것을 보았노라고 말해서, 나와 같이 보잘것없는 시인의 시도 좋아하는 사람이 더러 있구나 하는 생각이 들었다.

점심식사를 주문해 먹으면서 주인이 공짜로 주는 술 한 잔을 마시는데 안주인이 홀에 나왔다. 사십 이쪽저쪽의 아름다운 여인이었다. 아마 나를 특별손님으로 배려하는 듯했다. 그 여주인도 향기로운 차를 가지고 와서 인사를 했다. 시를 사랑하는 그분들이 참 고마웠다. 언젠가 교육감이 이곳에 들려 내 시를 보고 아는 사람이라고 말했으며, 또 여러 사람이 내 시를 보고 아는 것 같이 말하더라는 이야기도 했다.

아쉬웠지만 그곳에서 마냥 있을 수는 없었기에 점심 값을 지불하고 금산읍에 있는 청산회관에 잠깐 들렀다. 청산회관의 별관 전시실에 임희재 선생의 문집과 향토 문인들의 작품집, 금산 출신 문인들의 작품집들, 지역 발행 참고문집, 희귀 도서들을 전시해 놓았다는 이야기를 들었기 때문이다. 시계를 보니까 네 시가 조금 넘었다. 관람객들은 한 사람도 보이지 않았으나 조촐하게 전시해 놓은 자료들을 보고 이 일을 추진한 금산문협 임영봉 지부장이 대단하다고 생각했다.

대둔산 기슭에 있는 차마실까지 가야 했다. 차마실에 도착한 시간은 5시 5분 전으로, 시작 시간 5분 전에 도착한 셈이었다. 도착하자 중학교 제자인 임영봉 지부장이 반겨 주었다. 그곳에는 몇몇 아는 분들과 장월근 선배가 있었다.

두어 번 와본 차마실에는 짙은 한약차 향기가 났고 촛불이 켜져 있어 실내는 어두운 편이었다. 페치카에선 통나무 장작이 불이 붙지 않아 매운 연기를 내뿜고 있었다. 오랜만에 맡아보는 연기는 오히려 친근감이 느껴져 좋았지만, 얼마 지나지 않아 나무에 불이 붙자 더 이상 연기가 나지 않았다.

시작 시간에서 반 시간쯤 지난 후에야 유족들 몇 분과 사람들이 모이기 시작했고, 식이 시작되었다.

회장의 인사말, 장월근 선배의 격려사, 금산문협 총무의 임 선생의 약력과 행사추진 경과보고. 다음은 이런 행사에 의례히 있는 문학 강연인데, 이미 막걸리를 많이 든 청중들은 듣지 않는 것 같았다.

유족대표의 인사, 특히 <아씨>의 실제 모델인 임 선생의 형수가 나와 눈길을 끌었다. 형수께서는 주로 임 선생의 집필 태도와 문학에 대한 열정을 이야기했다. 꽃가마 타고 온 그분은 이제 여든이 되셨다고 한다.

이어서 기타 반주에 의한 음악공연이 끝나자 임영봉 회장이 한마디 하라고 자꾸 재촉을 해서 하는 수 없이 마이크를 잡았다.

안녕하십니까? 선배들이 많은데 이렇게 나와서 죄송합니다.

저는 분위기에 취해서 아무 준비 없이 나왔습니다. 막걸리에 취하고, 모닥불과 촛불에 취하고, 음악에 취했습니다. 그리고 무엇보다도 문학하는 열기에 취하고 말았습니다. 꼭 파리에 있는 카페에 앉아 있는 것 같군요.

그리고 여러분들을 만나서 기쁩니다. 특히 아씨의 실제모델을 뵙게 되어 정말 기쁩니다.

사실 현대문학의 원류가 다다이즘이나, 큐비즘, 쉬르리얼리즘, 모더니즘, 상징주의, 실존주의, 포스트모더니즘이라고 볼 때, 다다의 태동이 스위스의 바로 차마실과 같은 카페에서 있었다고 합니다. 따라서 우리나라 21세기 문학의 시발점이 이곳에서 비롯하기를 바랍니다.

금산의 현대문학은 임희재 선생에게서 비롯됐다고 볼 수 있습니다. 물론 고려 말과 조선시대 야은 선생 같은 큰 어른이 있었지만, 그분은 고전에 속하는 분입니다.

15년 전 85년인가, 금산의 충청은행 2층에서 시림동인회의 시화전이 있었을 때 와보니 열기가 대단했습니다. 그리고 오늘 하나의 결실, 획기적인 사건이 이루어졌습니다. 바로 임희재 선생의 추모문학제지요.

아무쪼록 열심히 공부해서 선배에 못지않은 훌륭한 문학가가 됩시다. 그리고 이 일을 감행해 주신 지회장과 회원 여러분께 감사를 드립니다.

이렇게 말해 보았지만 이미 문학이 어떻고 시가 어떻다는 이야기는 먹히지 않을 듯 했다. <아씨>의 실제 모델 어른께 술을 한 잔 올리고 조금 있다가 서둘러 대전으로 왔다. 아무래도 김 부장에게 부담이 갈 것 같아서였다. 모처럼 문학의 세계에 젖을 수 있었다.

학 마을 기행 1 - 동경

내가 학 마을에 간 것은 작년 8월이었다. 여름이 막 기울어가고 초가을이 조심스럽게 문을 두드리는 그런 시기였다. 때마침 지루한 장마가 그쳐서 대기는 상쾌했다.

학 마을에 간 것은 순전히 아내의 성화에서였다. 나도 학 마을에 가 보고는 싶었지만 막연한 생각만 가지고 있을 뿐이었다. 아내는 지금도 그렇지만 그 당시 건강이 무척 좋지 않았고, 나 역시 그다지 좋은 건강은 아니었다. 우리 집에는 환자들이 너무 많아서 나 정도의 환자는 내색조차 할 수 없었다. 이미 아이들은 다 커서 성혼을 시키지 않았을 뿐 성인이었고, 우리 부부는 나이도 오십이 넘었고 결혼한 지도 30년 이상이 됐기 때문에 세파에 시달려 몸과 마음이 망가질 대로 망가졌다.

아내와 나는 늘 학 마을에 가고 싶다는 생각을 막연히 하곤 했다. 심지어 아내는 꿈속에서조차 그곳에 가는 꿈을 꾸었다는 말을 언젠가 했었다. 그 간절한 바람은 종교인들의 그 것과 같았는지도 모른다.

하지만 우리 부부는 종교를 믿지 않는다. 그렇다고 무신 론자는 아니다. 신은 있다고 믿지만 제도권과 같은 기존 종교 를 믿지 않을 뿐이었다. 그렇다고 무속신앙을 믿는 것은 아니 었다. 단지 자유로운 사람이었다. 그러니 학 마을에 관한 그 리움은 실향민이 고향을 그리워하는 것과 비슷하다고 보는 게 맞을 것이다.

그 마을을 처음 본 것은 청년시절이었다. 꾸불꾸불한 국 도를 따라 차가 느리게 달리고 있었다. 산모퉁이를 돌자 갑 자기 나타난 경이로운 광경, 그것은 한마디로 '놀라움' 그 자 체였다. 오른쪽 야산 밑의 옹기종기한 마을. 그 뒤의 푸른 소 나무 숲. 거기에 일 만이 넘는 학이 하얀 신선 같은 자태를 마 음껏 뽐내며 무리 지어 있었다. 무리 지은 학이 만드는 흰 빛 깔의 우아하고 고상한 자태는 눈이 부시는 장면이었다. 한마 디로 그림 같이 아름다운 풍경이었다. '아' 하고 입이 벌어져 서 다물어지지 않았다. 여름 햇살은 푸르다 못해 검은 볏잎에 작렬했다. 한가로운 학 마을은 고요와 평화에 휩싸여 있었다. 마을 앞에는 몇백 년도 더 자란 느티나무가 두어 그루 서 있 었는데 그 아래에 촌로들이 한가로운 시간을 보내고 있었다.

직행버스의 차창으로 보았던 이러한 광경은 순식간에 지 나갔다. 그러나 그 광경은 순간이었기 때문에 더욱더 깊게 뇌 리에 각인되었다.

이렇게 학 마을을 차를 타고 지나기도 하고 또 멀리 두고 바라보기도 했지만 직접 학 마을을 찾아가 본 적은 한 번도 없었다.

　아내도 나와 똑같이 학 마을에 대한 강한 인상을 갖고 있었다. 차창을 통해서 처음 그 마을을 보았다고 했다. 우리는 결혼 전 우연히 같이 차를 타고 이곳을 지나치다가 이 마을에 대한 첫인상을 말하고 공통점을 발견한 것처럼 환하게 웃었다. 순간 나는 아내의 처녀 시절을 생각했다. 막연한 그리움과 기대에 찬 상상 속의 아내의 모습은 신선한 충격을 주었다. 학의 날개와 흰 빛깔에 희망을 걸 수 있는 사람이라면 무언가 꿈을 가진 사람이라고 생각했기 때문이다.

　그 후 학 마을에 가고 싶다는 생각을 늘 갖고 있었다. 아니, 늘 갖고 있었다는 것은 과장된 말이고 그것을 잊을 때도 더러 있었다. 그러나 부부싸움이라도 한다던가, 생의 험준한 준령 앞에 서면 자주 학 마을을 떠올렸고, 그때마다 그곳에 가자고 말했지만 이런저런 이유로 해서 그것을 미루어 왔었다. 상투적인 이유는 시간이 없다든가 바쁘다는 것이었지만, 실은 그곳에 가기를 두려워하고 있었다. 가고 싶다는 감정과 두려워하는 심리의 공존은 세상을 살아가면서 맞이하는 중대한 문제에서 흔히 일어나는 현상과 마찬가지였다.

　어느새 세월이 머리카락 사이를 스치고 지나가 연륜만큼이나 뚜렷한 흔적을 남겨 놓고 있었다. 머리카락이 많이 희었다. 아내도 여자로서의 자신을 추스르느라고 무척 애를 쓰고 있었다. 우리는 서로가 내부에서 무엇인가가 하나씩 무너지는 것을 느끼고 있었다. 나는 아내에게 두려워하지 말라고 말했지만, 어쩌면 그것은 자신에게 하는 말이었을지도 모른다.

학 마을에 갈 준비를 하기 시작했다. 준비라고 해봐야 간단한 것이었다. 학을 관찰할 망원경 두 개와 그것들의 우아한 자태를 사진에 담아 둘 성능이 좋은 카메라, 점심 도시락과 음료수를 준비하는 일이 고작이었다.

아침 일찍 시내버스를 탔다. 학 마을로 가기에는 시내버스가 제격이었다. 직행버스는 마을 앞에서 쉬지 않기 때문에 탈 수가 없었다.

학이 살고 있는 마을은 조그마한 야산 아래 평화로이 있었다. 옛날 신선들은 학을 타고 다녔다고 한다. 그런 전설들을 이 마을도 가지고 있을 법했다. "어떤 도사가 있었는데 학을 타고 경성을 아침저녁으로 다녔다."는 이야기라던가, "한 장수가 학을 타고 적진을 살피고 돌아와서 전쟁을 승리로 이끌었다."는 이야기 말이다. 그러나 학 마을에는 그런 전설들이 기록으로 남아 있지도, 구전되지도 않았다.

학 마을이란 이름은 다른 마을과는 어딘가 좀 다른 뉘앙스를 풍기고 있었다. 학 마을이라고 해서 학만 사는 마을은 결코 아니었다. 그곳에는 언제부터 서식했는지 모를 학과 인간들이 살고 있었다. 하긴 학만 살았다면 그곳을 학 마을이라고 하지 않고, 구태여 말해 본다면 '학의 서식지'라고 말했을 것이다.

마을은 시대의 흐름을 어쩔 수 없었는지 퇴락해 보였다. 현대는 학이나 바라보고 사는 시대가 아니었기 때문이다. 이러한 시류를 외면하고 무엇 때문에 우리가 학 마을을 찾아가는지 모를 일이었다.

냇둑에서는 개를 잡고 있었다. 커다란 솥에서는 개고기를 삶는 냄새가 진동했고 마늘을 까는 아낙네들, 얼굴이 개기름으로 번들거리는 중년사내들의 무리가 보였고, 개 막사들과 굵은 개 줄에 목덜미가 매인 송아지만한 여러 마리의 개들이 지친 듯 땅바닥에 누워 있었다. 우리는 그곳을 개에게 물릴까봐 재빨리, 그러면서도 조심스럽게 통과했다. 그러나 개들은 두어 번 '컹컹'하고 짖었을 뿐 이미 산다는 의욕을 상실하고 있는 듯했다.

마을이 보이는 냇둑의 정결한 곳을 골라 자리를 잡고 앉았다. 앉은 주위에도 여러 가지 폐비닐들이 나뒹굴었다.

학은 기지를 찾아 돌아오는 비행기들처럼 한두 마리씩 날아들었다. 마을에서는 저녁 연기가 피어 올랐다. 아직도 나무를 때서 저녁을 짓는 집들이 있는 모양이었다.

이곳까지 왔지만 우리는 학 마을에 들어가지 않았다. 그곳은 금단의 땅인지도 모른다. 어둠이 학이 있는 숲을 삼키듯 내려 덮고 있었으나 아직도 흰 빛깔의 학의 자태는 희미하게 나마 보였다.

학 마을 기행 3 - 별 헤는 밤

몇 년이 지난 후, 밤의 학 마을에 가기로 했다. 여름밤을 냇둑에서 텐트를 치고 보내기로 했다. 나와 아내는 철저히 준비했다. 저녁 무렵에 학 마을에 도착해서 텐트도 치고 저녁도 해먹고 학 마을을 바라보았다.

밤인데도 학 마을은 잘 보였다. 물론 학도 어둠 속에서 희끄무레하게 보였다. 아내와 나는 학 마을을 바라보며 보드라운 잔디가 잘 자란 언덕에 앉아 있었다. 어린 시절을 떠올리며 잔디에 드러누웠다. 오랜만에 누워 보는 잔디는 담요처럼 푹신했다. 그러나 땅의 열기가 아직 식지 않아 찐득찐득한 무더위를 느끼게 했다.

눈을 하늘로 돌렸다. 찬란한 별들이 보석처럼 박힌 하늘이 눈에 들어왔다. 그 하늘에는 은하수가 강처럼 흐르고 있었다.

우주는 무엇인가? 우주는 불가사의하다. 우주론은 시대

마다 인식을 달리하고 있는데 "현대우주론은 아인슈타인의 일반 상대성이론에 의하여 확립되었다고 한다. 이에 따르면, 우주는 약 100억 년 전의 폭발(대폭발)로 시작되었고, 폭발의 여파로 팽창을 지금도 계속하고 있다."고 백과사전에 쓰여 있다.

우주에 비하여 나는 무엇인가. 100억 년의 시간과 60년의 시간, 가늠이 잘 안 된다. 이럴 때 인간은 공포와 소름을 느낀다.

여울물 소리가 들렸다. 풀벌레 소리도 들렸다. 별들이 하늘에 총총히 박혀 있는 아름다운 밤이었다. 윤동주의 <별 헤는 밤>을 생각하게 하는 밤이었다. 아내도 나와 똑같은 생각을 하고 있었던 것 같다.

별 하나에 추억과
별 하나에 사랑과
별 하나에 쓸쓸함과
별 하나에 동경과
별 하나에 시와
별 하나에 어머니, 어머니,

어둠이 완연해지자 별들은 더욱더 선명히 밝아졌다. 아름답다는 말 말고는 더 할 말이 없었다. 여름 하늘은 겨울 하늘과는 달리 물기가 있었다. 지상의 열기가 높은 하늘까지 올라간 것일지도 모를 일이었다. 그래서인지 별들의 윙크는 어딘가 육감적이었다. 버림받은 여자의 눈빛처럼 애절한 사연을 은연중에 간직하고 있었다.

별은 여름밤의 것이다. 여름밤의 별이 가장 아름답다는 게 아니라 사람들이 여름밤에 별을 가장 많이 본다는 뜻이다. 어렸을 때 누나들과 마루에 누워 은하수가 장지문 앞까지 돌아가면 추석이 온다고 말했다. 추석이 온다는 것은 송편과 부침을 먹을 수 있다는 말이고, 바로 가을이 와서 쌀밥을 먹을 수 있다는 말이었다. 배고픔을 경험해 보지 않은 사람은 이 말의 뜻을 잘 모를 것이다.

괴테는 "눈물 젖은 빵을 먹어보지 않은 사람은 인생을 모른다."고 말하지 않았던가. 그런데 유복한 집에서 태어난 그가 어떻게 이런 말을 할 수 있었을까? 아마 괴테의 '눈물 젖은 빵'은 간접 경험이거나 짧은 기간의 체험이었을 것이다.

별은 겨울밤의 별이 가장 밝고 깨끗하다. 다만 겨울밤이면 사람들이 추위에 밀려 방으로 기어들어가기 때문에 별을 감상할 수가 없을 뿐이다. 나는 겨울밤 변소에 오줌 누러 갔다 오면서 본 겨울밤의 별을 잊을 수가 없다.

그래서 우리는 별을 바라보면 추억에 잠기는지 모른다. 시인이 아니더라도 유년시절에 보았던 이웃집 여자애의 눈빛을 기억하게 되는 것은 별과 그 애 둘 다 영원히 갈 수 없는 먼 곳에 있다는 공통점 때문이리라.

흐르는 별이 있었다. 하늘을 가로질러 천천히 가는 별은 아무래도 인공적인 별 같았다. 아무 소리가 들리지 않는 걸로 보아 비행기는 아니었다. 별똥별 같으면 그렇게 오래 하늘에 머물 수가 없었다. 인공위성이 대기권 밖에 수없이 많이 있음을 우리는 알고 있다.

시간이 흘러 어둠은 점점 더 짙어졌다. 밤이 깊어지자 두려운 생각이 들었다. 확실히 어둠은 악령의 세계인 것 같았다. 어둠을 쫓는 수많은 불빛이 있다고 하지만 낮의 태양을 당할 도리는 없었다.

열시가 되자 남녀가 손을 잡고 나타나기 시작했다. 시원한 둑으로 나오는 것이다. 여름밤은 사람을 유혹한다. 집에 그냥 머물게 하지 않는다. 마을 사람들도 있는 것 같았고 도시에서 온 사람들도 있는 것 같았다. 그중에는 내에 가서 옷을 벗고 목욕을 하는 사람도 있었다. 지금도 이 정도로 깨끗한 물이 있다니 놀라운 사실이었다.

우리가 어렸을 때는 목욕탕이 집에 없던 시절이라 여름밤이 되면 내에 가서 목욕하는 남녀들이 많았다. 달밤에는 목욕하는 여자들의 몸을 훔쳐보는 아이들도 많았다. 그 당시 노인들은 돌아가는 세태를 보고 말세라고 개탄을 금치 않았었다.

수석 이야기 3

. . .

내 나이 육십 초반이니 이제는 정리할 때도 됐다. 금년에는 평생을 바쳐온 교육직을 정년으로 마감했다. 이것은 나에게는 가장 큰 정리였다. 이제는 원고를 정리할 단계이다. 그동안 습작 삼아 써놓은 원고를 정리해야 한다. 그러나 이 작업은 아마 내가 죽을 때까지 해야 할 작업일 것이다.

그러니 다른 정리도 해야 하는데 그 첫 번째로 택한 것은 수석이었다. 바라볼 것을 찾다가 우리 집에 제멋대로 팽개쳐 있는 돌을 택했다. 나는 대전 집을 수석전시장으로 만들 작정이다. 오롯한 나만의 공간으로 만들고 싶다.

나는 집을 대전에 한 채, 서울에 한 채, 총 두 채를 가지고 있다. 아파트로 난리를 치는 지금, 집이 두 채라니까 눈이 휘둥그레질 독자가 있을 것이다. 청빈을 으뜸으로 삼아야 할 시인이 아파트가 두 채라니! 세상에 믿을 사람 없다고 할 것이 뻔하다. 하지만 여기에는 그럴만한 이유가 있다. 대전 집이 진짜 내 집이고 서울에서 기거하는 집은 아들이 사 준 집이다. 그러니 엄밀히 따지면 서울 집은 내 집이 아닌 아들의 집이다.

우리 집은 거꾸로다. 아버지가 아들에게 집을 사 주는 것이 올바른 것일텐데, 아들이 돈을 벌어 아버지에게 집을 사 주었으니 말이다. 그 점이 좀 떳떳하지 못한 것 같다. 그러나 어떻게 하겠는가, 내 아들이 똑똑한 것을.

요즈음 내가 돌에 대한 관심이 더 커진 것은 구용 선생의 시를 보면서부터였다. 선생의 시에는 돌에 대한 수수께끼 같은 시구들이 참 많이 있다. 처음 읽었을 때는 무슨 말인지 전혀 알 수 없었으나 이제는 차츰차츰 조금씩 알게 되었다.

그 돌은 그냥 단순한 돌이 아니다. 물론 길바닥에, 발부리에 채이는 돌에서부터 세계적인 문화유산으로 남겨진 돌까지 다양하다. 돌은 때로는 여자들이 좋아하는 보석일수도 있다.

누구나 돌아보는 동안
아무도 모르는 돌石이
반면反面 강江을 본다.
나를 부른다.
　　_ 김구용 시 송108-24

우리는 돌石에서
피어나는 뭉게구름 소리
　　_ 김구용의 시 송108-37

본의本意 아닌 나뉨

집중集中하는 빛은

나뉘어도 하나일세

귀찮아서

돌石은 흐르는 물이다

　　_ 김구용의 시 송108-66

　내가 가지고 있는 돌들은 직접 단양군 제원면에 가서 주워온 돌들이다. 그때가 80년대 초, 돌 수집 붐이 요원의 불길처럼 일어나던 때였다. 우리는 80년대를 돌밭에서 돌이나 주우며 보냈다. 20년도 더 지난 일이다.

　우리 학교의 수석 마니아들이 새벽에 승용차를 몰고 단양에 갔었다. 충주댐이 완성되면 이 황금 같은 돌밭이 수몰된다고 해서 전국의 수석 애호가들이 구름처럼 모이는 곳이었다. 같이 간 사람 중에 수석을 오래한 경력자가 있었는데, 그는 이 지역이 수몰되면 단양 돌은 구경도 못한다면서 모양을 가리지 말고 오석에다 강도가 높으면 무조건 가져가라고 해서 많은 돌을 가져 왔다.

　나는 탐석은 처음이라 그쪽 방향에 백지였다. 그래도 열심히 강바닥을 돌면서, 돌들을 쇠붙이로 때려가며 고르고 골라 많은 돌을 가져 왔다. 힘에 부쳐 보따리를 세 개만 만들어서 차까지 날랐다. 나만 많이 가져온 것이 아니고 모두가 많이 가져 왔다. 단양 탐석은 그때가 처음이자 마지막이 됐다. 기억은 희미하지만 그때 차는 봉고차였던 것 같다. 누구누구와 갔는가도 희미하게나마 남아 있다. 갔다 와서 우리는 막걸리로 축배를 들었다. 돌이켜보니 아름다운 추억이었다.

그 후에도 옮긴 학교마다 돌 수집광들이 있어서 금산과 무주, 진안으로 호피석을 찾아다닌 일이 있다. 그러나 그렇게 좋은 돌은 수집하지 못했다. 이미 다른 사람이 다 주워간 후였기 때문이었다.

수석 이야기 5

그날 나는 친구에게 무늬석 20여 점을 얻어 왔다. 그 돌들은 냇가에서 주운 돌이 아니고 산에서 직접 캐온 돌이라고 했다. 그 돌들은 내가 가지고 있는 돌들과는 전혀 달랐다. 그는 그 돌들을 주면서 좌대를 짜서 진열하면 괜찮을 거라고 말했다.

그 다음날 나는 단양 오석을 배낭에 짊어지고 수석집을 찾았다. 그렇게 흔하던 수석집이 눈을 씻고 찾아도 찾을 수가 없었다. 수석의 붐이 사라진 마당에 수석은 돈벌이가 되지 않았고 탐석할 장소도 마땅찮은 형편이다. 중국 수석도 이제는 끝났다고 하는 판이니, 진짜 수석을 좋아하는 사람만 남았다.

해가 질 무렵 집으로 돌아오다가 옥호가 '호피수석'이라는 가게를 찾을 수 있었다. 신장개업한 듯한 그 가게에 들어가자 내 나이 또래의 주인이 반겨 주었다. 주인은 부인과 같이 차를 마시고 있었는데 그렇게 다정해 보일 수가 없었다.

나는 가져간 돌을 꺼내서 좌대를 부탁했다. 그는 2주 후에 오라고 말했다.

그때가 늦가을이었다. 가로수가 단풍으로 물들고 낙엽이 계절의 여운을 드러낼 시기였다. 나는 서울로 올라와서 2주를 보냈다. 서울에서 보낼 때는 국립중앙도서관이나 국회도서관에 가서 프로스트의 시를 읽거나 중국 고대 시를 읽었다. 고등학교 시절에 배운 두시언해가 생각나서 읽다가 빠져 버렸다. 중국 고대 시에 비해서 현대 중국 시는 몽롱주의朦朧主義라고 한단다. 중국의 문학은 모택동의 문화대혁명으로 된서리를 맞아 망한 것 같다. 짧은 고대 시 한 편을 소개한다.

古原草 고원초
　　白居易 백거이

離離原上草이이원상초　一歲一枯榮일세일고영
野火燒不盡야화소불진　春風吹又生춘풍취우생
遠芳侵古道원방침고도　晴翠接荒城청취접황성
又送王孫去우송왕손거　萋萋滿別情이이만별정

봄풀
　　허세욱 역주

언덕 위 짙푸른 풀[1]
해마다 돋고 시드네.[2]

사나운 들불로도 다 태울 수 없어

봄바람 불어오면 또 눈을 뜨네.

멀리뻗은 들풀[3]은 옛길을 덮고
푸르른 연기 빛이 황성을 연잇네.

다시 그대를 보내노니
초원도 슬픔 머금었네.

호피수석 주인으로부터 연락을 받고 대전에 내려와 수석과 좌대를 찾아 집에 진열했다. 수석은 전문가가 잘 만든 좌대에 진열되었고, 동백기름을 발라 검정색으로 아름답게 빛났다.

두 번째 맡긴 돌을 찾아오면서 세 번째 돌을 맡겼다. 세 번째 돌을 찾아오면서 네 번째 돌을 맡겼다. 이렇게 맡기고 찾아오는 것이 이듬해 여름까지 이어졌다. 허 선생에게 가서 단양 돌을 좀 더 얻어오기까지 했다.

앞 이야기를 좀 더 구체적으로 해보면, 두 번째 돌을 맡길 때는 단양 돌을 열 점 맡겼다. 내가 가지고 있는 돌 중에서 가장 좋은 돌들이었다. 한 점은 큰 청오석이고, 두 점은 중간 크기의 새까만 오석이었다. 나머지 돌은 소품에 속하는 돌들이었다. 단양 돌은 우리나라 수석 중에서 최고로 친다. 돌의 강

---

1) 이이離離. 무성한 모양
2) 고영枯榮. 성쇠
3) 원방遠芳. 멀리 이어진 한 무더기의 풀
* 백거이가 불과 16세 때 지어 세상을 놀라게 한 시다.

도가 강하고 수백만 년 동안 급류에 수마되어 표면이 무척 매끄럽다.

그 다음 번에는 무늬석 십여 점을 가지고 호피수석으로 갔다. 이번에는 보름 정도 만에 호피수석에서 전화가 왔고, 그 수석을 찾아서 TV 주위에 진열해 놓고 보니 마음이 흐뭇했다. 이제 바라볼 것이 생긴 것이다.

비로소 나는 돌에 눈이 뜨이기 시작했다. 이렇게 되자 그동안 베란다 화분 옆에서 잠자고 있던 돌들을 물에 씻어 거실에 신문을 깔고 진열해 보았다. 지금까지 수집하거나 친구에게 얻은 돌이 백여 점이 넘는 것을 알았다. 개중에는 골무만한 소품도 많았고, 내가 들기에 힘이 부칠 만큼 큰 단양 돌도 두어 개 있다.

나의 돌 수집에는 20년이라는 세월과 역사가 담겨져 있었다. 돌 하나하나에 담긴 추억과 이야기들은 내 삶의 흔적으로 남아 있었다. 그리고 그것들이 내 삶의 편린으로서 가치 있음을 알았다. 이백여 점의 돌에 생명을 불어 넣는 것도 다른 사람이 아닌 나임을 알았다.

유년의 살구나무

금년에도 환한 꽃 소식이 찾아왔다. 꽃 소식이 오면 젊은
이가 아니라도 어쩐지 마음이 설렌다. 이란 전쟁 보도, 북한
의 핵위협이 있건 말건, 반전 반미 시위가 세계를 온통 벌집
을 쑤셔놓은 것같이 만들어 놓아도 꽃 소식은 그냥 온다. 섬
진강가의 매화 마을, 지리산 기슭의 산수유 마을이 TV 화면
을 통해서 아름답게 펼쳐진다. 개나리도 피고, 진달래도 피
고, 살구꽃과 벚꽃, 조팝나무도 필 것이다. 봄은 참 아름다운
계절이다. 천국도 이렇지 않을까 생각해 본다.

마침 켜놓은 라디오에서 살구꽃에 대한 노래가 흘러 나온
다. '살구꽃이 필 때면 돌아온다던 ……' 어쩌고 하는 오래전
유행했던 노랫가락이다.

나는 살구꽃을 좋아한다. 아담한 나무와 연분홍색 색감의
다섯 장 꽃잎은 벚꽃과 거의 구분이 안 될 정도로 더할 나위
없는 화사함을 준다. 이유미의 『우리 나무 백 가지』에서 '복

사나무는 매년 봄이 되면 대지를 뒤덮는 봄기운에 왠지 들뜨는 과년한 여식의 마음을 한 가득 피어나는 복사꽃의 화사함이 자극하여 바람 들까 걱정한 부모의 마음이 함께 움직여 울안에 심지 않았을까.'하는 생각이 든다고 쓰고 있다. 참 재미있는 표현 같다.

게다가 살구꽃은 벚꽃이 갖고 있는 민족의 아픈 그늘을 갖고 있지 않다. 언젠가 벚나무 심기가 한창이었을 때 한 원예가가 벚나무를 심지 말고 살구나무를 심자는 캠페인을 벌린 것을 기억하고 있다. 왜색 냄새에 찌든 벚나무보다 우리의 정서가 묻어있는 살구꽃이 벚꽃에 못할 것이 없다는 주장이었다. 그러나 도로마다 벚꽃 길은 늘어만 간다.

광복 전이나 6.25 전 시골집에는 살구나무가 많았다. 옛 어른들은 복사나무의 화려한 색깔 때문인지 귀신 붙는 나무라고 해서 울안에 심지 않았다. 살구나무는 이런 염려가 없어서인지 집안에 많이 심었다. 내가 살구나무를 좋아하는 이유도 어린 시절 마을에 있던 살구나무에 얽힌 유년의 추억이 있기 때문이다. 남이 보기에는 유년의 추억이라야 별 것도 아니겠지만, 적어도 나에게는 슬프도록 아름답기만 한 추억이다.

광복 전이고 내가 아직 초등학교에 들어가기도 전이었으니까 대여섯 살이었을 때였다. 내가 태어난 곳은 읍내의 동쪽 변두리의 조그마한 마을이었다. 마을 뒤쪽에는 조그마한 냇물이 있었는데, 마을 뒤에 있다고 해서 이름이 뒤꾸내였다. 뒤꾸내는 많은 논들이 통과하는 내라 물이 흐려 지금 내 나이쯤 되는 사람들이 술국으로 좋아하는 추어탕을 끓일 미꾸라지가 많았다.

마을 앞쪽에는 많은 논들이 이어진 끝자락에 위치한 신작로에 붙어있던 제법 큰 내가 있었다. 그 내는 마을의 앞에 있다고 해서 앞내라고 불렀다. 앞내는 시내의 중심부를 통과하는 내였으나 환경이 오염되지 않고 수량이 풍부해서 물이 맑고 자갈도 많아 메기와 붕어, 미꾸라지 같은 물고기가 많았고 깨끗한 물에만 사는 피라미나 갈겨니, 기름종개 등도 있었다.

마을은 초가가 올망졸망하게 붙어있는 평화로운 곳이었다. 초가의 대부분은 기둥을 통나무로 지은 집이었고, 기둥을 사각으로 깎아서 지은 집은 기와집이거나 부잣집이었다. 그리고 그 두서너 개의 부잣집 중 한 집에 퍽이나 낭만적인 살구나무가 있었다. 마을에서 '높은 집'이라고 불렀던 집이었다. 왜 그 집을 마을 사람들이 높은 집이라고 불렀는지는 모르겠다. 높은 사람이 그 집에 살아서 그랬는지, 집터가 조금 높은 곳에 있어서 그랬는지, 지금 생각하면 두 가지 모두 조금씩 작용했었을 것이다.

그 살구나무는 마을에서 가장 컸다. 그보다 더 큰 나무는 마을에 없었다. 나는 지금까지 살아오면서 그보다 더 큰 살구나무를 본 일이 없다. 가지도 무성해서 그 집 지붕의 반을 덮고 옆 터를 벗어나 골목길까지 나왔고 북쪽으론 영수네 집 마당의 반을 덮었다.

영수네 집에서는 그 점이 불만이었다. 농사짓는 집에서

빨래나 곡식을 말릴 수 없기 때문이었다. 그러나 그 집의 기세에 눌려 말을 못하는 형편이었다. 그렇다고 해서 항상 나쁜 점만 있는 것은 아니었다. 잎들 사이에서 몰래 열매를 맺은 살구가 노랗게 익으면, 그 집은 영수네 집에 많은 살구를 나눠주곤 했다.

봄이 와서 나무에 살구꽃이 피면 마을 전체가 환했다. 벌들도 분주하게 일을 했다. 어린 내 눈에는 벌과 나비의 잔치가 참 신기하고 아름다웠다. 산들바람에 꽃잎이 떨어질 때면 마치 눈이 내리는 것 같았다.

그 큰 살구나무 아래 길바닥에 박힌 널찍한 바위가 있었다. 그 바위는 소꿉놀이하기 딱 좋은 장소였다. 소꿉놀이는 주로 나와 영수가 했지만, 가끔은 살구나무 집의 외딸인 연이가 낄 때가 있었다. 연이는 유난히 눈이 큰 아이였다. 연이의 아버지는 마을의 어른들과 달리 농사를 짓지 않고 관청에 다닌다고 했고, 연이 어머니는 백지 같은 얼굴로 항상 마을에서 제일 좋은 옷을 입었고, 곁에 있을 때면 늘 화장품 냄새가 풍겼다.

연이와 내가 단 둘이 소꿉놀이를 할 때는 나는 신랑이 되고 연이는 각시가 되었다. 꼬마들의 신랑신부놀이는 해본 사람은 알지만 꽤 재미있는 놀이다.

풀을 뜯어 찧고 곤 흙으로 사금파리를 주워다가 밥상을 차리고, 어른들의 대화를 흉내내며 시간 가는 줄 모르게 재미있게 놀다보면 어디선가 훼방꾼이 나타나곤 했다. 우리 동네의 여자애들에게 인기 없는 악동들이었다. 난폭한 그 애들이 쳐들어올 때면, 어김없이 시비를 걸며 밥상을 엎었고, 그것은 기어이 싸움이 벌어져 한쪽이 울어야 끝이 났다.

어려서부터 평화주의자인 나는 그렇게 번번이 침략을 당했다. 침략자들을 퇴치할 방법이 없을까도 생각해 보았지만 별 뾰족한 수가 없었다. 그들은 나보다 나이가 두세 살은 많은 힘이 센 여럿이었지만, 나에게는 그 침략군들을 막을만한 형도 없었다.

그래도 항상 침략자가 있는 것은 아니었다. 그럴 때면 사이렌 소리가 울리더라도 우리는 그 소리를 듣지 못하고 점심이 되건 저녁이 되건 어머니가 데리러 올 때까지 소꿉놀이는 계속되었다. 가끔은 흙장난으로 손등이 터져 피가 날 때도 있었지만, 우리의 소꿉놀이는 멈출 줄 몰랐다.

살구가 노랗게 익는 6월에 비가 오고 바람이 불 때면 다른 아이들이 눈치 채지 못하게 조심해서 살구나무 밑으로 갔다. 이럴 때는 유독 잘 익은 살구가 많이 떨어지기 때문이었다. 비를 맞는 것은 안중에도 없었다. 과일뿐 아니라 먹을 것이 부족했던 그 시절, 떨어진 살구의 맛은 기가 막혔다.

그러나 그 추억들의 끝은 갑작스레 찾아왔다. 광복이 되자 연이네가 무슨 이유인지 쫓기듯 이사를 가고, 시골에서 부자라고 소문난 사람이 이사 온 후 살구나무가 무참히 베어졌기 때문이다. 새로 이사 온 그 집에는 내 또래의 여자애도 없었다.

이렇게 해서 유년의 살구나무는 추억 속의 살구나무로 묻히고 말았다.

5

추억 속의 강경 젓갈 여행

베란다의 난꽃

난은 동양난이든 서양난이든 간에 물을 자주 주지 말아야 한다는 것이 상식이다. 그래서 향간에는 게으른 사람이 난을 잘 키운다는 이야기도 있다.

대전에 있는 비워둔 조그마한 아파트에 난분이 몇 개 있다. 동양 난분 10여 개, 서양 난분 20여 개 된다. 모두 승진을 하면서 또는 정년을 하면서 받은 난분들이다.

정년을 하면서 거주지를 서울로 옮겼다. 아들딸들이 자기들 가까이 있어야 한다고 해서이다. 친지들은 비워둔 아파트를 처분하라고들 하지만 내 삶이 배어 있는 아파트를 팔기 싫었다. 그곳은 이 세상에 없는 아내와 마지막까지 산 집이다.

서울에 있다가 대전에 있는 친구들이 보고 싶거나 조용한 곳에서 글을 쓰고 싶을 때, 울적한 마음으로 금산 선산에 있는 부모님과 아내의 묘소를 찾을 때 대전의 아파트에 가서 좀 있다가 올라오는 생활이 계속되고 있다.

그래서 베란다의 난에 물을 자주 줄 수가 없다. 그럼에도 의외로 난은 잘 자라 꽃을 피우는 것이 신기하기만 했다. 지금도 이 추운 겨울에 서양난이 피어있어 감동적이다. 대전에 가서 텅 빈 아파트 문을 열면 화려한 난꽃이 나를 반겨준다. 이 얼마나 흐뭇한 일인가! 자주 물을 주어야 하는 보통 화분이라면 이미 말라 죽었을 것이다. 매일 보살펴야 하는 애완견은 말할 것도 없다. 난분이기 때문에 가능한 것이다.

아무도 보아주지 않아도 꽃을 피워 주는 난을 보면서 나는 부끄러움을 느꼈다. 나는 나를 챙겨 주지 않는다고 불평한 일은 없었는가? 내 보잘것없는 글을 읽어 주지 않는다고 투덜댄 일은 없었는가?

베란다의 난은 그저 내가 오는 발자국 소리에 귀 기울이며 허송세월을 보낸 것은 아닌 것 같다. 아무도 없는 아파트에서 보문산의 능선도 보고, 아침에 뜨는 태양과 햇빛도 보고, 앞에 있는 고층 빌딩들과 빌딩을 찾는 사람들도 보고, 새벽에는 서대전성결교회에 기도하러 가는 사람들의 발자국 소리도 듣고, 초저녁에는 백화점에서 비추는 불빛과 사람들의 이야기도 듣고, 한밤중에는 달님과 별님이 주고받는 이야기를 들으면서 개화를 준비했을 것이다. 그래서 이렇게 아름다운 꽃을 피웠을 것이다.

겨울철은 베란다는 춥다. 여름철은 무덥다. 이 무더위와 추위를 난은 참고 견디었다. 나도 아무도 보아주지 않아도 꽃 피우는 난 같은 사람이 되고 싶다.

추억 속의 강경 젓갈 여행

여행이라고 해도 될지 모르겠다. 아내와 같이 강경에 가서 젓갈을 사 가지고 배낭에 넣어 짊어지고 오는 것뿐이니까. 엄밀하게 말한다면 여행이라기보다는 장보기가 맞을 것이다. 그럼에도 이 단순한 장보기를 여행이라고 고급스럽게 포장해서 말하는 의도는 단지 미화하기 위해서가 아니다. 그것은 이미 내 생애에서 슬프도록 아름다운 추억 속의 그림이 되었기 때문이다. 멀지도 않은 오륙 년 전까지 근 10여 년간 나는 아내와 같이 매년 강경 젓갈 여행을 했다. 좀 체통이 안 서는 일이지만 우리는 연중행사로 그 여행을 즐겼다.

먼저 젓갈을 사러 가자고 한쪽은 물론 아내였다. 그해 가을 아내는 나에게 조심스럽게 강경에 젓갈을 사러 가는데 같이 가서 가져올 수 있겠느냐 물었다. 힘이 부쳐 혼자는 가져올 수 없다고, 다른 부부들도 많이들 그렇게 한다면서 도와달라고 했다.

나는 늙어가는 아내가 측은하게 느껴져 그렇게 하겠다고 말했다. 어머니에게 말씀을 드렸더니 갔다 오라고 허락하셨다.

처음에는 창피하기도 했지만, 부모를 모시고 사는 우리에게 둘만이 떠나는 여행은 일종의 도피 행각처럼 느껴져 어느 순간부터 나는 은근히 그 여행을 기대하게 되었다.

코스모스가 한들한들 피는 가을이면 날씨가 좋은 일요일을 택해서 지금은 추억 속으로 사라지고 없는 통근열차를 타고 강경에 갔다. 그것도 애환이 많은 호남선 열차였다. 통근열차는 역마다 쉬는 완행열차인데 통근열차만의 낭만이 있었다. 통근열차는 특히 기적소리가 구슬펐다. 지금은 소음공해다 뭐다해서 사라졌지만 출발과 도착을 알리는 기차의 긴 기적소리는 여흥을 자극하고도 남았다. 기적소리에는 가보지 못한 미지의 세계에서 부르는 유혹의 속삭임이 있었다.

역이라는 낱말이 주는 정서도 비슷한 것이었다. 나는 우연히 서대전역 가까이서 살고 있다. 물론 이곳에서 태어난 것은 아니다. 시골에서 살다가 직장 따라 대전에 흘러와서 변두리를 시작으로 점점 교통이 편리한 도심으로 오다보니까 이렇게 된 것이다.

강경 젓갈 여행도 서대전역 근처로 이사 온 후부터였다. 호남선 기차를 타려면 걸어서 3분이면 된다. 하루에 두세 번밖에 다니지 않는 통근열차로 강경에 갔다 오려면 강경에서 점심도 먹지 못하고 서둘러 돌아와야 했다. 그럼에도 아내와 나는 그 여행을 즐겼다.

아내 말로는 새우젓은 강경 새우젓이 제일 맛이 있고 싸다고 했다. 그렇게 사온 젓갈을 한 해 동안 우리가 먹기도 하고, 동기간에게도 나누어 주고, 가을 김장을 하는데도 요긴하게 썼다.

서대전역에서 아침 통근열차를 타면 조그마한 역들을 지나친다. 가수원, 흑석, 원정, 두개, 신도, 개태사, 연산, 부황, 논산, 강경 등이다. 지금은 조그마한 간이역들이 많이 정리되었을 것이다. 선로를 따라 흐르는 맑은 개울물과 따가운 가을 햇볕에 익어 가는 논산의 넓고 풍요로운 황금 들판, 지붕 위의 빨간 고추들, 도로변에 피어 있는 야생화들을 감상하는 것도 즐거운 일이었다. 개태사와 연산을 지날 때는 아내에게 이것저것 이야기해 주었다. 내가 근무하던 연산중학교를 지나칠 때는 그곳에서 잠시 하차하고 싶은 충동에 사로잡혔다. 철도변의 들꽃 같이 많은 제자들의 얼굴이 하나하나 떠올랐다. 그리운 얼굴들이었다.

그 학교에서 우리 교사들은 일주일에 40시간 가까운 수업을 했다. 겨울에는 별을 보고 출근해서 별을 보고 퇴근을 했다. 3학년 입시지도로 토요일도, 일요일도 없이 학교에 출근했다. 뭘 바라고 그렇게 미친 듯이 일을 했는지 알 수가 없다. 더욱이 주당 20시간이냐 22시간이냐를 따지는 지금 교사들은 아마 어림도 없을 것이다.

그 때가 80년대 초였다. 5년간 나는 연산까지 통근을 했다. 물론 대부분을 버스로 통근을 했지만 가끔 철도를 이용하지 않을 수 없었다. 너무 늦어 버스가 없을 경우였다. 철도로 돌아가는 날이면 동료들과 회식을 하고 소주도 한 잔씩 걸친 후라 꼭 누군가가 맥주를 사서 마시며 이야기꽃을 피웠다.

연산에 근무할 때 천호산 아래에 있는 유서 깊은 개태사에 여러 번 갔다. 그곳에는 늘 역사를 연구하는 학자들이 기거했다. 개태사 못지않게 좋아한 것은 천호리 마을이다. 감나무와 밤나무, 대나무가 무성한 천호리는 한 번쯤 살아보고 싶은 마을이다. 마을 앞에는 개태사역이 있고 국도가 있어 교통도 편리하고 맑은 개울이 있는데, 그곳에는 임금에게 진상했다는 참게가 잡혔다.

연산에는 은둔하면서 학문을 하는 학자들도 더러 있었다. 몇 번인가 그런 분들을 B 시인과 찾아 보았다. 내가 재직할 때만 해도 연산중학교는 면 단위의 학교지만 학급이 서른 개나 있는 대단히 큰 학교였다. 우수한 학생들도 많았다.

논산을 지나 강경에 도착했다. 강경은 우리나라 3대 시장으로 명성을 날리던 곳이었지만, 해상 수로의 교통보다 자동차 교통이 더 중요시 되면서 퇴락해 갔다. 그 유명한 강경상고도 명성을 잃어 갔다. 그러니 도시가 발전될 리 없었다. 언젠가는 우리나라에서 일제강점기의 분위기가 가장 많이 남아 있는 도시로 인식되어, 무슨 영화를 촬영했다는 이야기를 들었다.

내가 보기에도 그랬다. 그런데 이상하게 그런 도시의 풍경에 이끌렸다. 마음 같아서는 이 도시에서 술을 한 잔 마셨으면 좋겠다. 이번에는 아내에게 그 유명한 황복국을 사주리라 마음먹고 강변으로 갔다. 나도 지리를 잘 몰라 물어 물어서 찾아간 그 음식점은 그날 영업을 하지 않았다.

아내는 늘 가는 가게에 갔다. 주인 할머니가 마음에 든다고 말했다. 주인 할머니도 마치 딸을 맞이하듯이 아내를 맞이했다. 주인 할머니는 젓갈을 아끼지 않고 바가지로 푹푹 퍼주었다. 그 손길에는 장사꾼의 계산이 아닌 인정이 담겨 있었다. 다른 가게에서도 마찬가지였다. 시끌시끌한 시장이지만 분위기가 참 좋았다.

다시 가 보고 싶은 강경 젓갈 여행!

이제 가을이 돼도 나는 강경에 갈 수가 없다. 가을이 되니 아내 생각이 더 난다.

생명의 신비

지상의 모든 현상 가운데 생명 현상만큼 아름답고 신비한 것은 없다. 만일 생명 현상이 지상에 없다면 지구는 다른 별들처럼 죽음의 위성으로 전락해 무서운 정적과 공포, 밑 모를 무無만 존재할 것이다.

그러므로 생명 현상은 모든 것의 기초이며 근본이다. 우리가 어머니를 그리워하고 아버지를 존경하는 것도 원초적인 생명에 대한 희구인 것이다. 우리가 자연을 사랑하는 것도 마찬가지이다. 자연은 살아있는 생명의 보고이기 때문이다.

봄이 되면 씨앗에서 싹이 트고 메마른 가지에서 파릇한 잎들이 피어나고 꽃이 피며, 여름에는 열매를 맺고 가을의 낙엽과 성숙한 과일, 삭막한 겨울 산의 침묵 등은 바로 생명 현상의 사이클이다.

도대체 생명이란 무엇인가? 우선 백과사전을 찾아볼 수밖에 없다.

생명은 생물이 기본적으로 가지는 속성으로 주로 추상적, 이론적 개념에 근거한 몇 가지 정의가 사용되어 왔는데 생리학적, 물질대사학적, 생화학적, 유전적, 열역학적 정의로 나누어 볼 수 있다.

학자들이 즐겨 쓰는 현학적인 학술 용어로 되어 있어서 골치가 아프니 접어 두자. 도서관에 가서 『생명의 신비』라는 책을 빌려 보았다. 하나는 우리나라 교수들이 집필한 책이고 다른 하나는 외국 학자가 집필한 책인데 둘 다 과학의 분야에서의 생명을 다루기에 재미가 없었다.

생명을 연구하고 규명하는 분야는 크게 두 분야로 나뉘어진다는 것은 주지하는 사실이다. 하나는 철학적이고 종교적인 접근 방법이고 다른 하나는 과학적이고 진화론적인 접근 방법이다.

근래에 유전학과 생명공학의 발달로 생명의 근원에 접근해 보려는 시도가 활발하다. 실제로도 몇 가지 연구 실적이 나왔다고 매스컴이 시끄러웠다. 그것은 '유전자 지도'라던가, '복제양 둘리', '복제인간', '아버지가 없는 쥐'의 탄생 등이다. 이러한 연구 업적이 과학적으로 상당한 성과라고 하지만 그 정도로는 거대한 생명 현상의 너무나 미미한 부분에 지나지 않는다고 본다.

또, 이러한 연구로는 영원한 철학적 명제인 "도대체 나는 누구이며, 어디서 와서 어디로 가는가?"라는 질문에 아무런 대답을 줄 수 없다는 것도 사실이다.

자연을 잘 관찰해 보면 생명 현상은 다양하고 풍부하다. 또 생명을 유지하는 기상천외하고 다양한 방법도 존재한다. 그러므로 그런 것을 관찰하다 보면 신비하다는 생각이 절로 드는 모양이다. 그래서 의외로 훌륭한 과학자 중에 종교를 믿는 사람이 많다. 심지어는 사교邪教의 유혹에 떨어지는 사람들도 더러 있다.

앞에서 말한 것 같이 생명은 아름답고도 신비하다. 아름다움과 신비함의 속성은 시간과 긴밀한 관계가 있다. 꽃이 펴서 영원히 지지 않는다면 꽃의 아름다움은 뚝 떨어질 것이다. 마찬가지로 생명이 태어나서 성장하고 열매를 맺고 사라지는 것을 반복하지 않는다면 생명의 아름다움과 신비는 형편없이 격감할 것이다.

이 세상에서 시간은 과연 무엇인가라는 문제도 영원한 수수께끼이다. 그러니 시간과 결합되어 있는 생명은 더욱더 신비한 존재일 수밖에.

천내강변 1

불현듯 천내강에 가서 그 조용히 흐르는 강물이 보고 싶
었다. 우리는 초·중등학교 때 천내강에 소풍을 자주 갔다. 뭐
특별한 추억이 있는 것은 아니다. 강이 갖고 있는 정취가 그
강에도 있었다. 맑은 물과 둥글둥글하게 수마된 자갈밭, 깨끗
한 모래밭, 맑은 물에 노닐던 고기떼들, 봄이면 물새들의 노
래. 그것들이 눈에 선했다.

일기예보에서 겨울비가 100% 온다고 했다. 이상 난동으
로 기온이 따뜻했다. 새벽에는 비가 정말로 내렸다. 겨울비를
맞으며 흐르는 겨울강의 강물이 보고 싶었다.

우수가 엊그저께라 며칠 전 들에 나가 보니 벌써 개울가
에 버들개지가 솜털처럼 피었었다. 버들개지가 피면 겨울은
곧 떠난다.

금산읍에 도착, 천내강에 가는 버스가 없어서 제원 가는
시내버스를 탔다. 제원에서 천내강까지는 1킬로미터가 조금

넘겠지만 걸어가기로 했다. 제원에서 내려 산책을 하듯 천천히 길을 걸었다. 도로를 쏜살같이 달리는 차량의 행렬이 신경을 건드렸지만 그것도 삶의 한 모습이라고 받아들였다.

드디어 천내강에 도착했다. 강물은 흐르지 않았다. 그 강은 추억 속의 강이 아니었다. 많은 것이 바뀌었다. 물은 오염됐고 깨끗했던 모래밭과 자갈밭은 물에 잠겼다. 취수장이 다리 위쪽에 있어 다리 아래쪽을 모래 둑으로 막아놓았기 때문이었다. 그래서 강은 흐름을 멈추고 호수가 되었다. 그 호수에 수많은 겨울 철새들이 자맥질을 하며 놀고 있었다. 퍽 한가로웠다.

우리가 고등학교에 다닐 때까지도 이곳에는 나룻배가 있었다. 다리가 없었기 때문이었다. 나룻배는 영동 가는 버스를 실어 건네주곤 했다. 나무로 만든 배가 쇳덩어리인 버스를 실어 건네주는 광경은 신기하기만 했다.

다리 위쪽 200미터 지점에는 이무기가 산다는 커다란 소가 있었고 강변에는 깊은 굴도 있었는데 어떻게 된 것인지 없어졌다. 강물이 빙빙 도는 그 소는 무시무시했다. 깊이를 모르는 시퍼런 소에서 해마다 사람들이 빠져 죽었다. 소에서 사람이 죽어 강바닥에 가라앉으면 시체를 건져야 했는데 잠수부도 아무 기구도 없던 시절이라 들어갈 사람이 없었다. 다만 강변에 살던 한 어부만이 그 일을 할 수 있었다. 그 어부도 아마 죽었을 것이다.

그랬던 소를 없앤 것 같았다. 물길을 돌리고 돌출부를 불

도저로 깎아내고 제방을 쌓아 물이 똑바로 내려오도록 해서 사람들이 죽지 않도록 만든 것 같았다. 행정책임자로서는 당연한 처사일지도 모르지만 우리는 좋은 경치를 잃었다.

비가 내리지 않아 비를 맞으며 흐르는 강물은 볼 수 없었다. 그래도 강물을 더 가까이 보려고 다리 위로 갔다. 낚시 금지라는 푯말이 있는데도 다리 난간에 매어져 있었던 수많은 낚싯줄의 흔적으로 사람들이 말을 듣지 않았다는 점을 알 수 있었다. 물때가 낀 강바닥은 노숙자의 속옷처럼 더러웠다.

옛날에는 강가에서 야영을 할 때면 강물을 떠서 밥을 짓고 국을 끓였는데 지금의 오염된 강물로는 어림도 없을 것 같다.

강변에는 음식점이 많았다. 옛날에는 나루터에 주막이 고작이었다. 마이카 시대가 되면서 식당은 전국 방방곡곡으로 퍼졌다. 그중 한 식당을 골랐다. 간판에는 KBS, MBC, SBS 맛자랑 식당이라는 선전 문구가 뚜렷했다. 음식점 안으로 들어가 강을 바라볼 수 있는 식탁에 자리를 잡았다. 어죽 한 그릇을 사 먹었다. 비릿한 냄새가 나는 것이 옛 맛이 아니다. 허울 좋은 맛 자랑 식당 같았다.

• • •
천내강변 2

권종순절비는 음식점 뒤에 있었다. 전에는 산기슭에 있었 는데 낮은 지대를 흙으로 채우다보니 지대가 높아져 권종순 절비는 천덕꾸러기가 되었다. 흙으로 채운 곳은 금산 제2취 수장 사무실이 자리 잡고 있었다. 이 사무실 때문에 비석의 체면이 말이 아니었다. 우리나라는 이런 유물 보존에 너무도 무신경하다. 가는 곳마다 비슷한 현상이 일어난다.

조그마한 비석에는 '증정헌대부이조판서익충민공행금산 군수안동권공휘종순절유허비'贈正憲大夫吏曹判書謚忠愍公行錦山郡守 安東權公諱悰殉節遺墟碑라고 써 있었다. 임진왜란 때 이곳 천내강 싸움에서 금산군수 권종이 순절한 곳임을 새긴 비다. 안내판 에는 다음과 같은 글귀가 있다.

권율의 사촌형인 금산군수 권종은 1592년 6월 24일 영동을 거쳐 호남으로 가는 일본군을 막기 위해 제원찰방 이극경과 함께 600명의 병사로 강을 방패삼아 진을 쳤다. 고바야카와 다카카게의 휘하 10,000명의 적과 싸웠으나 적은 병력으로 상대하기 어려워 그의 아들과 함께 장렬히 전사하였다. 정헌대부이조판서로 추존되었다.

나라와 백성을 위하여 목숨을 바친 이의 전적비는 내 키보다도 작고, 뒷전의 한 평의 땅에 버려져 있었다. 순간 봉황교 옆에 있던 호화스런 유지의 비석이 생각났다. 조금 더 올라갔더니 닥실 나루비가 서 있었다. 금산군에서 세운 비인데 이런 구절이 있다.

왜적이 강가에 이르러 흙탕물이 흐르니 강의 깊이를 몰라 오랜 시간을 지체하던 중 지각없는 한 여자가 뽕을 따서 머리에 이고 강 하류를 치마를 걷은 채 유유히 건너는 것이었다. 이것을 본 왜군이 그 얕은 물길을 따라 쉽게 강을 건너 저곡산성은 무너졌…….

위의 기록이 사실인지 아닌지 모르겠으나 전쟁의 패인을 연약한 여자에게 돌리는 듯했다. 조총을 든 만 명의 대군과 600명의 싸움이다. 패인이 명확한 것이다. 눈벌 싸움에서도 700명이 다 전사하지 않았는가. 천내강 싸움은 관군이고 눈벌 싸움은 의병의 차이이다. 물에 익숙한 섬나라 왜병들이 이런 산골강을 두려워했을 리가 만무하다. 이런 믿을 수 없는 전설을 비석에 기록한 것은 생각의 부족 같았다. 그리고 국민 정서에도 아무런 도움이 되지 않는다.

또 하나 권종순절비는 칠백의총과 너무 차이가 났다. 영웅도 토정비결이 좋아야 되는지, 어째서 조헌 선생과 700명이 죽은 칠백의총은 그렇게 대우를 받는데 조국을 위해서 순국한 권종과 그 휘하의 장졸들은 이렇게 푸대접을 받는가? 이해할 수 없다.

천내강변에는 역사적인 유물이 꽤 있다. 강 건너에는 용호석이 있다. 옆 산에는 봉황대가 있고 시인묵객들이 풍류를 즐겼던 정자가 있었다고 한다. 저곡리산성도 있다. 야은 선생의 묘도 있다. 닥실나루가 있다. 강이 있다. 강 가운데에 버드나무 숲이 있었는데 무슨 이유에서인지 없어졌다. 이런 문화유적을 복원하면 좋은 관광 상품이 되지 않을까.

나는 소가 있던 강물을 바라보면서 생각에 잠겼다. 소는 없어졌지만 짙푸른 물빛으로 봐서 아직도 물은 깊은 것 같았다. 역사도 사람의 마음도 저 강물처럼 깊이를 알 수 없는 것인가.

고물 시계

이 도시에는 시계를 수리하는 기술자가 없었다. 100만이 넘게 사는 도시에 말이다. '사람이 참 귀하구나.'하고 생각했다. 사람들은 집을 새로 사면 부엉이 시계를 걸었다. 그리고 구닥다리는 전부 쓰레기가 되었다. 그러니 옛 것은 남아돌지 않았다.

부엉이 시계는 장식용으로 정교하게 만들어 젊은이들이 선호했다. 부엉이 시계는 백신이 만들어지기 전 전염병균처럼 전염되며 유행을 누렸다.

아버지가 사 주신 고물 시계를 고향집에서 찾아 왔다. 몇 십 년이나 처박아 두었던 그 시계의 태엽은 녹이 슬어 있었다. 서울에서는 고칠 수 있을 거라고 막연히 생각했다.

내가 살고 있는 도원동에서 그리 멀지 않은 공덕동 로터리 근처 골목길에 시계를 전문적으로 수리하는 가게가 있다. 시계 명인이라는 글자를 간판에 버젓이 써 놓은 가게의 주인은 팔순이 가까운 할아버지였다.

　나에게는 아내가 미국 여행을 갔다 오면서 사준 스위스제 고급 손목시계가 있다. 여행 경비를 아끼고 아껴서 사다준 레이몬드라는 상표의 시계이다. 그런데 그 시계 분침이 고장 났다. 층계에서 넘어지는 바람에 시계 유리가 깨져 분침이 휘어지고 1/3이 부러진 것이다. 당연히 그 시계를 고치기 위해서 백방으로 노력했지만, 시계를 수리하는 곳은 거의 없었다. 혹시 수리하는 곳을 발견해도 고칠 수 없다고들 했다. 그 많던 수리공들은 이미 저세상으로 사라졌거나 은퇴했다. 그러던 중 그 시계 명인 할아버지를 찾아 레이몬드를 가지고 갔더니 삼일 만에 감쪽같이 수리해 놓았다. 기가 막힌 일이었다.

　그렇기에 나는 목제 시계도 그 집에 가져다 맡겼다. 사실 나는 그 나무가 무슨 나무인지도 모른다. 보름 만에 찾아온 그 시계를 벽에 걸었다. 일주일에 한 번씩 태엽을 감아 주어야 겨우 가는 그런 시계이다. 새끼 손가락만한 전지를 넣어놓으면 일 년은 끄떡없는 그런 시계가 아니다. 조금 귀찮아서 그렇지 밥만 잘 주면 시계는 잘 간다. 새벽에 깨어나면 시계는 째깍째깍 종을 4번 친다. 내가 일어나는 시간이다.

　그러나 딸은 시계 소리가 너무 커서 TV 보는데 방해가 된다며 고의로 시계를 죽인다. 표면적인 이유는 아파트의 위아래층에 미안하다는 이유였다. 개도 애견이라며 사람이 사는 아파트에서 키우는데 시계도 마음대로 못 거느냐고 항의를 하고 싶었지만, 꾹 참으며 거실의 목제 시계를 내 방으로 옮겼다. 아직도 그 목제 시계는 잘만 가고 있다.

손자 손녀와 같이 살게 되었다. 너댓 살된 준이와 린이는 시계 종소리를 참 좋아해서 하루에도 수없이 종을 울린다. 그러다보니 시침이 떨어지고 고장이 났다. 결국 목제 시계는 부서져 버려 준이와 린이의 장난감이 되고 말았다. 그 시계점도 노인이 은퇴했거나 돌아가셨는지 다른 가게가 들어섰다.

• • •
부처님 마음

내 서재에는 '부처님 마음'이라는 글을 새긴 조그마한 판자가 책상의 바로 앞에 걸려 있다.

성 안내는 그 얼굴이 참다운 공양구요. 부드러운 말 한 마디 미묘한 향이로다. 깨끗해 티가 없는 진실한 그 마음이 언제나 한결같은 부처님 마음일세.

글귀가 참 좋다. 어떤 불교 경전의 한 구절인지 어느 큰스님의 어록인지는 알 수 없으나 내 수양의 지표로 삼고 싶다. 음각으로 쓴 해서체도 마음에 든다. 글의 끝에는 붉은 낙관이 찍혀 있는데 내 실력으로는 누구인지 알 수가 없다.

마음의 평정을 잃을 때 나는 이 구절을 읽고 뒤틀린 심사를 다스린다. 두어 번 이 글을 읽으면 봄바람에 눈 녹듯이 응어리진 마음이 달래진다.

이 판자는 월정사 경내에서 사 왔다. 불교서적을 한 권 사고 싶어 기념품상에 들렸다가 글귀를 보고 사게 되었다. 정년을 코앞에 둔 해였으니까 2001년도 여름이었을 것이다.

오대산 월정사는 여러 번 가본 절이었지만, 가면 갈수록 좋은 절이었다. 명찰이란 바로 그런 곳이다.

솔직히 말해서 우리나라에 불교가 없었다면 문화재가 70%는 줄어들 것이라는 생각이 든다. 그만큼 불교는 우리 문화에 지대한 영향을 주었다.

그 해 전방을 구경할 기회가 있었다. 1박 2일의 짧은 여행으로 학생교육원에서 같이 근무한 유 교장이 연락을 해서 가게 되었다. 일행은 초·중등 교장들로 대부분이 정년을 코앞에 둔 사람들이라 정년 위로 출장이라는 말이 나돌았다.

맨 처음 코스는 판문점이었다. 전쟁의 상처를 그곳보다 뼈저리게 느낄 수 있는 곳은 없다. 첨예하게 대치하고 있는 남북 군인들의 경직된 모습은 소름을 끼치게 한다.

다음은 철의 삼각지 중 하나인 철원에 가서 민통선을 구경하고 백마고지도 가 보았다. 친척 형이 6.25때 전사한 곳이다. 휴전을 코앞에 두고였다. 내 고향 금산에서 인물이 났다고 할 정도인 형이었는데 조국을 지키다가 전쟁의 희생물로 산화했다. 전쟁에 산화한 젊은이들이 형뿐이랴!

'기차는 달리고 싶다.'라고 쓰여있는 폭격 맞은 기관차도 보았고 이북에서 철원 쪽으로 흐르는 임진강도 보았다. 그날 밤은 그 근처 군부대 내무반에서 잤다. 매스컴에서는 군대가 좋아졌다고 말하지만 내가 보기에는 하나도 변한 것이 없다. 근 40년 전과 똑같다. 그러니 병영에서 사고가 속출하는 것은 이상할 것이 없다. 조국을 지키는 군인들을 위해서 더 투자해야 한다. 잠이 올 리가 없었다.

이튿날은 동부전선인 화천 양구 쪽으로 버스가 달렸다. 파로호 위쪽에 있는 평화의 댐을 구경했다. 평화의 댐 드라이브코스는 구절양장의 고갯길의 연속이었다. <비목>이 탄생한 곳이기도 했다. 비목노래비가 비목처럼 보였다.

휴전선 견학의 마지막 코스로 해안분지편치볼와 제4땅굴, 을지전망대를 구경했다.

해안분지는 1,000미터 이상의 고산으로 둘러싸인 분지인데 원래는 호수였다고 한다. 어느 해인가 비가 많이 내려 산 일부가 터져 습지가 됐고 그 습지에 하도 뱀이 많아 사람이 살 수 없게 되었다. 그러던 어느 날, 그곳을 지나가던 한 스님이 돼지를 키워 뱀을 없애 보라고 하였고, 그 말을 따라 돼지를 기르며 농사를 지어보니 대성하여 마을 주민들이 부자가 됐다고 한다. 그래서 돼지 해猰자에 편안할 안安자를 쓴 해안분지가 되었다고 한다.

그리고 해안분지의 다른 이름인 '펀치 볼'이란 이름은 6.25전쟁 때 주발 모양의 소분지라는 뜻의 punch bowl이라고 유엔군이 명명한 이름이란다.

안보교육장인 제4땅굴과 모 사단의 을지전망대로 향했다. 분단의 비극이 피부로 느껴졌다. 땅굴과 전망대는 분단의 비극을 일깨워 주었다. 곧 총탄이 날아올 것만 같았다. 이곳에서 근무하는 장병들이 너무 고맙고 고마웠다.

돌아오는 길에 오대산 국립공원 월정사에 들렸다. 월정사를 구경하고 목판을 사 가지고 내려 왔다. 에어컨이 있는 시원한 음식점에서 점심을 먹고 태양이 강렬하게 내리쬐는 밖으로 나오다 그만 빈혈로 쓰러졌다. 수술한 몸이라 철분 섭취가 부족한데다 힘겨운 여행에 체력이 받쳐 주지 못해 일어난 일이었다. 같이 간 동료들이 놀라 부축해 주었다. 침을 놓아준 교장도 있었다. 참 창피한 노릇이었다. 미안해서 얼굴을 들 수 없었다. 집에 와서도 아내에게 그 말을 하지 못했다.

그 이후부터 철분 부족으로 많이 쓰러졌다가 또 일어나기를 반복하고 있다. 그래도 이렇게 살아있다는 것이 얼마나 축복인가!

바람 뚫고 파도 넘어 찾아간 섬, 독도

- 5,000년 만의 허락

국토의 동쪽 끝 독도에 가기로 했다. 독도사랑 시낭송 예
술제가 한국시인협회 주최로 독도에서 열릴 예정이라고 했
다. 협회의 이메일을 보고 무조건 신청했다. 지금 가지 않으면
평생 못 갈지도 모르고, 또 지금처럼 일본이 독도가 자기네들
땅이라고 우기고 있는 이 시기에 시인들이 떼 지어 독도에 간
다는 것이 조금이라도 의미가 있을 것 같았다. 4월 2일 밤 11
시에 출발하니 30분 전까지는 나와 달라는 연락을 받았다.

준비는 간단하게 했다. 여행을 할 때는 되도록이면 짐은
간단하게 하는 것이 좋다. 상용약과 비상금, 카메라가 필수이
고 양말이나 칫솔, 내의 여분이면 된다.

약속시간보다 30분이나 빨리 갔는데, 이미 많은 분들이
와 있었다. 아는 얼굴도 눈에 띄었다. 공간시낭독회, 행문회,
문학아카데미, 인사동 보리수시낭송회에서 만난 분들이었
다. 항상 친절한 전경배 시인이 버스의 자리를 잡아 놓았다.

우리 일행은 96명의 시인과 10여 명의 예능인, 10여 명의 보도진들로 구성되었다. 5시간을 달려 새벽 4시에 포항 선착장에 도착했다. 부두에 있는 음식점에서 아침을 먹고 잠시 눈을 붙인 후 10시에 울릉도행 배를 탔다.

독도에 가는 것은 쉬운 일이 아니었다. 처음 난관은 울릉도에 가는 일에서 생겼다. 파도가 점점 높아져서 2시간 40분이나 달렸는데 포항으로 회항한다는 방송이 나왔다. 돌아오는 일도 쉽지 않았다. 파도는 점점 더 거세져서 3층 갑판 위에까지 바닷물이 올라와 1층 선실 천장에서 물이 뚝뚝 떨어졌다. 구토를 하는 사람이 많았고 자리를 옮기려면 거의 모두가 비틀거려야만 했다. 근 6시간의 항해 끝에 부두에 닿았다. 포항으로의 회항은 일 년에 한두 번 밖에 일어나지 않는 일이란다. 일정이 엉망이 되었다. 부둣가의 모텔에서 자고 내일 다시 시도해 보겠단다.

만재晩才 선생의 말씀대로 나는 성찬경, 고은 선생과 같이 포스모텔에서 자게 되었다. 시단의 까마득한 원로들과 한 방에서 잔다는 것에 겁이 났다. 성 선생님이야 잘 아는 분이지만 그 유명한 고은 선생과는 첫 대면이었다. 우리는 모텔을 찾아갔는데 방이 너무 좁아, 방을 한 개 더 얻었다. 결국 나는 만재 선생을 모시고 바다가 보이는 방에서 둘이 자게 되었다. 그것은 행운이었다. 선생은 내가 진실로 존경하는 원로 시인이신데, 인사동 시낭독회에서 요 근래 매월 뵈어 어느 정도는 친분이 쌓였기 때문이다. 우리는 저녁을 먹고 밤바다를 거닐었다. 그리고 백세주를 사 와서 섬의 시인, 섬을 가장 사랑하는 시인과 술을 들며 섬에 대한 이야기를 진지하게 나눈 것은 이번 여행 중 가장 값진 시간으로 남아 있다.

만재 선생은 우리나라는 3,000개의 섬이 있는데, 그 중 1,000개는 가 보았다고 말씀하셨다. "위험하지 않으셨어요." 했더니 간첩으로 오인된 일이 더러 있었단다. 그런 일을 했다는 것은 선구자로서의 신념과 참용기 없이는 할 수 없는 일이다.

선생의 시는 바다와 섬이라는 뚜렷한 소재와 외로움과 그리움이라는 주제가 있다. 다른 사람이 보지 못하는 사소한 것에서 시를 발견하고 그것을 정직하게 기술하는 탁월한 재능을 지녔다. 그렇기에 그 시들은 감동을 준다. 발로 쓴 정직한 시이기 때문이라고 나는 생각한다.

"선생님, 어떤 이들은 우리나라가 손바닥만 하다고 하는데 3,000개의 섬과 바다가 있고 명산대천이 있으니까 그렇게 작지 않지요."했더니 선생 말씀이 "큽니다. 크고 아름답습니다. 아름답고 말고요. 우리나라가 세계에서 제일 아름다운 나라입니다." 선생의 나라를 사랑하는 마음이 참 크다는 것을 느꼈다.

선생은 죽을 때까지 섬에 갈거라 말씀하셨다. 선생이 섬에 가신다는 이야기는 섬 시를 쓰시겠다는 말씀과 다르지 않았다.

나는 선생의 작품인 <떠나던 날>을 참 좋아한다.

떠나던 날 구름은

수채화처럼 가볍고

나는 해변의 조가비처럼

남아있고 싶었네.

물밀려 올적마다

발밑까지 따라와

밟히고 싶어 하던 치마 자락

정든 여자만큼이나

떼어놓기 어려워

나도 빙~빙

바닷가만 돌았네.

선생의 시에 대한 일체의 행동은 대단한 것이었다. 나는 내일을 대비해서 일찍 잤는데, 선생은 밤 1시에 일어나서 샤워를 하고 1시간 반 정도 시를 쓰고 주무셨다. 그리고 6시에 기상을 하고는 6시 30분에 바닷가로 산책을 나갔다. 나보다 꼭 열 살이 많으신데 걸음을 따라갈 수가 없었다.

아침식사를 하고 10시에 배를 타고 울릉도로 향했다. 먼 바다는 오늘도 파도가 거칠었다. 2시간이면 닿는 길을 1시간 10분이나 초과하여 도동항에 도착했다. 하늘로 가버린 아내와 마지막 여행을 했던 울릉도라 감회가 착잡했다.

섬을 바라보며 좋아하던 아내의 얼굴이 뇌리에서 영 떠나지 않는다. 그때는 눈이 참 많이 내렸다. 우리는 눈 속에 갇혀 이틀을 더 머문 후에야 돌아올 수 있었다. 아내와 나는 갇혀 있던 여관에서 나와 눈길을 참 많이도 걸었다.

울릉군수의 배려로 우리 일행만 독도행 배를 탔다. 2시 40분에 출발했다. 드디어 독도에 가는 것이다. 주최 측에서 각자 독도에 관한 일행시를 지으라고 해서 나도 한편 썼다. 그것이 바로 이 글의 제목인 <바람 뚫고 파도 넘어 찾아간 섬, 독도 - 5000년 만의 허락>이었다.

독도행 배는 105톤의 작은 배였다. 독도까지는 88킬로미터의 길이다. 수심 약 3,000미터 위를 이 작은 배로 파도와 싸우며 목숨을 걸고 독도에 가는 것이다. 파고는 약 4미터. 허연 너울이 주위 바다에서 일었다.

5시 넘어서 바다 가운데에 독도가 보였다. 그 환희! 그러나 접안이 안 된단다. 실망! 선장 말로는 이런 기상조건에서는 접안은커녕 배를 띄울 수조차 없단다. 우리는 이산가족처럼 배에서만 독도를 바라보고 손을 흔들며 사진을 찍었다. 선상에서 시낭송회를 약식으로 했다. 흐뭇하지만 아쉬운 마음을 안고 울릉도로 돌아왔다. 7시 50분에 도동항에 들어가지 못하고 저동항으로 갔다. 버스로 도동에 있는 회관에 가서 독도사랑 시낭송 예술제를 끝마치고 저녁을 먹고 숙소인 대아 호텔에 온 것은 11시가 넘어서였다. 전쟁을 수행하는 군인들과 다를 바가 없는 강행군이었지만 별 불평이 없었다.

이튿날은 울릉도 일주 여행과 나리분지에 갔다. 기사의 재미있는 설명과 재치 있는 말솜씨는 우리를 기쁘게 했다. 아내와 왔을 때는 눈이 너무 많이 내려서 나리분지에 갈 수 없었다. 나는 마음속에서 이번에야말로 나리분지를 눈에 가득 담아 천상에서 당신을 다시 만나면 자세히 이야기해 주겠다고 다짐했다. 해발 800미터가 넘는다는 나리분지는 분화구였다. 분지를 둘러싼 봉우리에는 4월인데도 흰 눈이 덮여 있었다. 울릉도의 최고봉인 성인봉은 말잔등봉 뒤에 있다고 했다.

그곳에서 우리 일행은 끼리끼리 나물을 안주삼아 막걸리를 마셨다. 여류 시인들도 한 잔씩은 다 마셨다. 성찬경 선생님이 기념사진을 촬영하자고 제안해서 사진을 찍었다. 공간 시낭독회 회원이 대부분이었고, 그 사진은 기록으로 남았다.

호텔로 돌아오면서 만재 선생은 버스에서 일어나셔서 "독도는 낭만이 아니라며 절대로 빼앗겨서는 안 된다며, 그들이 우리에게 한 짓을 잊어서는 안 된다."고 누누이 말씀하셨다. 순수시만 쓰시던 노 시인의 진심 어린 애국충절이 눈물겨웠다.

호텔에서 점심을 먹고 도동항에서 퍼포먼스를 하고 4시 배를 탔다. 오늘도 여전히 파도는 거칠었다. 연일 술과 불면으로 체력이 바닥나 일찌감치 선창에 누워 쉬었다. 잠은 오지 않고 정신만 또렷해졌다. 다시는 독도에 가기 어려울 것 같았다. 가게 된다 해도 충분한 여유를 가지고 가야 할 것이다. 서울 집에 도착한 것은 새벽 2시가 넘어서였다.

손자와 같이 떠난 일본 여행

준이의 티 없이 맑은 눈을 바라보노라면 '이 애가 어떠한 인연으로 나에게 온 것일까?' 참 신기한 생각이 든다. 이 부처님처럼 잘생긴 얼굴, 생글생글, 방실방실 웃어주는 웃음을 보면 그저 감사의 마음이 우러나옴과 동시에 이 아이를 낳은 내 아들과 며느리가 그렇게 자랑스러울 수가 없다. 아버지, 나, 아들, 손자는 어떠한 인연으로 이렇게 만난 것일까. 아니, 가족의 만남은 어떠한 인연에서인가. 신은 정말로 존재하는 것일까. 죽음의 유한 앞에 버려지는 인간에게 신은 정말로 존재하는 것일까.

내 손자들의 얼굴을 바라보면 돌아가신 부모님 얼굴이 떠오른다. 아내 얼굴이 아른거린다.

준이의 웃음은 모든 것을 잊고 사랑하게 한다. 이 아이를 위해서라면 모든 것을 주어도 아까울 것이 하나도 없을 것이다. 생글생글, 방실방실 웃음박사! 우리 사랑스러운 서준이.

준이보다 먼저 사랑한 손자들이 있다. 외손자인 건하와 산하이다. 건하가 태어났을 때도 준이 때와 비슷한 감정이었다. 건하는 손자로는 처음이었다. 오랜만에 가져보는 새 생명의 경이는 가슴을 벅차게 했다. 여름이지만 봄처럼 따사로웠던 그때 이마에 구슬 같은 땀방울을 달고 침대에 누워 있던 딸이 참 대견스러웠다. 생명을 탄생시킨 만족과 자애가 딸의 얼굴에 충만해 있었다. 어머니는 그래서 위대한 것이다. 건하는 보다 예술적이고 영리하고 때로는 영악하기도 하고 언어 구사력이 뛰어난 아이이다. 말할 때면 아직 유치원생임에도 논리가 정연하다.

그리고 이어서 우리 산하의 탄생! 엉뚱한 짓을 잘하는 산하는 아마 훌륭한 과학자가 될 것이다. 기억력이 아주 뛰어나고 순발력도 있는 산하는 남의 간섭을 싫어하며 독립심이 강하고 기계를 만지작거리는 것을 좋아하는 아이다.

아! 이래서 우리는 밀려나나 보다. 나는 건하와 산하가 외손자라는 것을 의식하지 않고 사랑했고, 그 애들보다 잘생긴 아이들은 이 세상에 없다고 생각했다. 그런데 사람은 내리 사랑이라 했던가. 이제는 서준이에게 사랑이 옮겨가는 것 같다. 그것은 외손자와 친손자라는 구분 때문이 아니라 단지 서준이가 더 어리기 때문이다.

준이에 대한 나의 사랑은 맹목적이다. 부모에게 느낀 사랑, 아내에게 준 사랑, 아들딸에게 준 사랑과도 다른 것 같다. 색깔 없는 무색의 사랑이 아닌가. 그저 건강하고 울지 말고 잘 자라주었으면 좋겠다. 더 바랄 것이 없다. 준이가 이 세상에 존재한다는 그 사실만으로 나는 만족한다.

이런 손자들과 작년 여름 방학과 이번 3월에 일본 여행을 다녀왔다. 작년에는 외손자인 건하와 산하, 애들 아빠사위, 엄마딸, 내 누님 두 분, 딸 수진이 등 8명이 일행이었다. 금년에는 서준이, 아들, 며느리, 수진이와 나 이렇게 5명이었다.

건하가 만 5세, 산하가 만 3세라 85%의 여행비를 지불하고 3박 4일의 패키지여행을 무사히 다녀왔다. 여름방학 때라 무더웠지만 가장 어린 산하도 별 탈 없이 잘 따라 다녔다.

여행 중에는 애들 아빠와 엄마가 많이 안아 주었지만 나도 더러 안아 주었다. 믿음직스러운 내 사위와 딸들은 건하와 산하를 못 안아 주게 한다. 다 큰 애를 안아 주다 내가 다치면 안 된다는 것이다. 그러거나 말거나 나는 내 귀여운 손자들을 틈틈이 안아 주었다. 산하에 비해서 건하는 다 큰 애였다. 새로운 음식도 잘 먹고 눈은 항상 호기심으로 반들반들했다.

오사카와 교토, 나라, 페리선을 타고 규슈의 후쿠오카, 벳푸로, 아소산의 활화산과 끝없이 이어지던 삼나무와 편백나무 숲들은 신선한 충격을 주었다. 편백나무는 피톤치드가 나무 중 최고라 한다.

어려운 일이 전혀 없었던 것은 아니다. 산하가 사탕을 잘 못 먹어 숨이 막혀 놀란 일이 있었고, 규슈로 가는 배를 탔을 때 배 위에서 손자 놈들이 어찌나 장난을 심하게 치는지 다칠까봐 조마조마했었고, 원숭이 공원과 사슴 공원에 갔을 때는 짐승에게 해코지를 당할까 걱정스럽기도 했었다.

서준이와 간 이번 여행은 외손자들과 간 여행과는 완전히 달랐다. 이번 여행은 아들이 시켜준 여행이었다. 나는 돈 한 푼 내지 않았다. 서준이는 8개월 된 애기로 아직 앉지도, 걷지도 못하고 말도 못한다. 따라서 가지고 가야 할 짐이 참 많았다. 카시트와 유모차, 기저귀가 200개, 갈아입을 옷, 우유와 물병, 또 자질구레한 준비물들에다 어른들의 옷가지와 카메라까지 다 챙기고 나니 큰 가방이 2개, 배낭이 3개 또 작은 가방이 2개나 되었다. 일정도 배가 넘은 8박 9일의 특급호텔로만 다닌 호화 여행이었다.

아들은 "아버지, 돈 벌어서 무엇해요. 죽으면 싸가지고 갈 것도 아니고, 이럴 때 써야지요."라고 말했다. 사실 아들이 젊은 나이에 돈을 많이 벌었기에 돈 걱정은 안 해도 됐다. 나는 아내 생각이 났지만 말하지는 않았다. 제 엄마에게 시켜주지 못한 호강을 나에게 배로 해주려 한다는 것을 나는 알고 있었다.

우리 일행은 나리타 공항에서 차를 렌트했다. 그리고 GPS를 보면서 9일 동안을 아들이 혼자 운전을 했다. 1,700킬로미터 이상을 달렸다고 했다. 운전은 그 애 말고도 며늘아기와 딸애도 할 수 있지만, 며늘아기와 딸애는 국제 면허가 없었고 운전석이 우리와 달리 오른쪽에 있어 안전을 위해 아들 혼자 할 수 밖에 없었다. 1인 3역을 하는 아들이 안쓰러웠다.

우리의 일정은 도쿄에서 2박, 하코네에서 1박, 나고야에서

1박, 오사카에서 2박, 교토에서 1박, 요코하마에서 1박을 보내는 적당한 자유 여행이었다.

아들 내외는 두어 달 전 서준이를 외가에 맡기고 외국여행을 갔다 온 일이 있었는데, 그때 은근히 내 속을 썩였다. 아무리 외할머니가 아이를 잘 본다고 해도 안 될 일이었다. 그래서 이번에는 데려 가는 것이다.

서준이는 비행기를 타고 돌아올 때와 차로 장거리를 달릴 때 말고는 별로 힘들게 하지 않았다. 카시트에 앉혔으나 그곳에 있기 싫어서 결국 카시트는 쓸모없는 물건이 되어 짐칸으로 보내졌고 유모차도 많이 쓰지 않았다. 준이는 그 작은 눈으로 많은 것을 보고 싶어서 잠시도 가만히 있지 않았다. 두리번거리는 작은 눈이 샛별처럼 빛났다.

여행 중 준이는 자주 웃었다. 낯선 일본 부인을 보고도 웃었다. 그러면 열이면 열이 다 준이를 예뻐했다. 나는 준이에게 '웃음 박사'라는 별명을 달아 주었다. 준이는 가끔 알 수 없는 소리도 질렀다. 노래 같기도 하고 때로는 호령 같기도 했다. 그만큼 우렁찼다. 우리는 번갈아 가면서 사랑스런 준이를 안아 주었다.

아들과 며느리가 사이좋게 장난도 치고 때로는 다투고 스스럼없이 애정을 표현하는 것도 보기에 참 좋았다. 그 많은 여자 중에서 내 며늘아기가 되고 준이 엄마가 된 이 인연은 어떻게 설명해야 할까. 그들은 13살이나 나이 차이가 나지만, 오로지 사랑으로 그 나이 차를 극복하는 것이 내 눈에 비치었다.

우리 준이는 오전부터 시작해서 밤 12시 가까이까지 한 여행에도 잘 견디었다. 참 튼튼한 아이임을 알 수 있었다. 도쿄 디즈니랜드에서는 바닷바람이 세차게 불어 노파심에 준이가 감기에 걸릴까 봐 걱정이 태산이었지만, 다행히도 준이는 감기에 걸리지 않았다.

고산 지대인 하코네의 겨울이나 다름없는 기온에도 우리는 무모하게 공원으로, 호숫가로 관광을 이어갔다. 그곳에 있는 어린 왕자 박물관은 2번이나 갔다. 처음 갔을 때는 오후 5시가 넘어서 문을 닫아 못 들어가고, 이튿날에야 구경을 할 수 있었는데 정작 우리의 어린 왕자인 준이는 잠에 들었다. 박물관은 참 잘 꾸며져 있었다. 우리나라에도 그런 곳이 있으면 좋겠다는 생각이 들었다.

나는 좋은 여행보다도 준이와 같이 보낼 수 있는 이 시간이 더 소중했다. 준이를 가슴에 안고 있으면 세상을 다 안고 있는 것 같았다. 준이는 차가 달릴 때 앞자리인 나한테 오려고 떼를 썼다. 위험해서 안 된다고 해도 막무가내다. 앞을 보고 싶어 했다. 그래서 앞으로 안아주면 더 좋아한다.

디즈니랜드와 하코네의 어린 왕자 기념관을 구경하면서 자란 일본 아이들이 앞으로 일본의 지도자가 될 것이다. 사실 그 점이 두려웠다. 문화를 아는 지도자가 세계를 더 잘 이해하고 어울리는 지도자일 테니까.

일본을 돌아다녀보니까 환경 미화 심사를 대비한 교실 같다는 생각이 들었다. 국토가 잘 정리되어 있고 문화가 있다. 국력이 피부로 느껴졌다. 우리가 뒤진다는 고백이 솔직한 심정이다. 그러나 내 손자 또래들이 우리나라 주역이 될 때 일본을 따라 잡아 주리라 믿는다. 사랑스러운 내 손자들!

손녀 서린이

외손자 둘, 친손자 하나. 거기다 친손녀도 탄생했다. 나는 참 복이 많은 할아버지라고 생각한다. 손자, 손녀는 아들딸과는 다르다.

준이보다 약 15개월 늦게 태어난 손녀의 이름은 서린이로, 우리는 그냥 린이라고 부른다. 외손자, 친손자해서 손자만 셋인데다 손녀가 태어났으니 얼마나 기쁜 일이냐. 아들과 며느리도 딸을 원했고 나 역시 바라던 바였다.

서린이는 10월에 태어났다. 10월 6일이 생일이다. 며느리는 서준이 때와 마찬가지로 세브란스병원 산부인과에서 몸을 풀고 산후조리원에서 몸을 추슬렀다.

며느리가 몸을 풀 때면 제일 아쉬운 것이 아이들에게 할머니가 없는 점이다. 사실 나는 아이들을 키우는 것에 완전히 문외한이다. 아이들을 키우는 것은 아내와 어머니 담당이었으니 내가 무얼 어떻게 해 주어야 할 지 전혀 몰랐다. 아들은 이런 점을 고려해서인지 산후조리원에 애 엄마를 맡겼다. 돈은 좀 들겠지만 잘한 일이었다.

린이와의 첫 만남은 산후조리원에서 이루어졌다. 준이 때와 같이 병원으로 뛰어가지 않았다. 손녀를 낳았다는 소식만 듣고 병원으로는 찾아가지 않았다. 며늘아기가 난처해 할까 봐 손녀를 보고 싶은 마음을 꾹 눌렀다. 얼마 지나 누님과 함께 린이를 만나러 가게 되었다.

조리원 입구에서 수속을 밟고는 외부인이라고 소독을 하고 들어갔다. 태어나서 이삼 주가 지나 린이를 안아볼 수 있었다. 참 예뻤다. '태어난 지 얼마 안 되는 아이가 예뻐 봐야 얼마나 예쁠까?'하겠지만은 할아버지 눈으로 본 린이는 완전히 공주였다. 온갖 좋은 생각을 다했다.

손녀를 안아봤을 때의 뿌듯함은 이루 표현할 수가 없다. 참으로 오묘한 감정이었다. 사랑의 감정이 가슴 밑바닥에서 요동쳤다. 건강하고 예쁘게 커주기를 바라고 또 바랬다.

참 다행스럽게도 린이는 무럭무럭 잘 자랐다. 크면서 준이처럼 방실방실 잘도 웃었다. 흑진주처럼 까만 눈, 오뚝한 코, 앵두 같은 입술, 도드라진 이마 모두가 미인의 조건을 갖추고 있었다. 그래서일까 린이 때는 아들이 유난을 더 떨었다. 손을 씻지 않고는 준이나 린이를 절대로 만지지 못하게 했다. 뽀뽀도 못하게 했다. 우유는 아토피가 생긴다고 양젖으로만 키웠다. 그래서 그런지 외손자인 건하와 산하에게는 생겼던 아토피 없이 잘 자랐다.

준이와 린이는 참 다정하다. 외손자 때는 둘 다 사내아이들이라 자주 싸웠다. 작은 아이가 질 수 밖에 없었다. 그리고 형인 건하는 지배력이 강하다. 산하는 그 점을 알고 잘 순종했다. 건하가 공부를 잘하니까 산하도 따라서 잘했다. 외톨이로 혼자 크는 것보다 훨씬 잘 자랐다. 사람은 모름지기 사회적 동물이다. 형제들 사이에서 작은 사회를 배우는 것이다.

　준이와 린이는 쌍둥이처럼 사이가 참 좋았다. 오누이 사이도 잘 싸우는 애들도 있지만 준이와 린이는 그렇지 않았다. 준이가 이해가 많고 동생을 사랑한다. 린이는 오빠들의 사랑을 담뿍 받고 자라서인지 성격이 참 밝다. 건하와 산하도 린이를 무척 예뻐했다. 애들은 모처럼 만날 때면 떨어질 줄을 몰랐다.

　린이는 여자애라 그런지 모든 게 빨랐다. 가장 두드러진 점이 언어 구사력으로 말을 참 잘한다.

　린이와 나는 해외여행을 할 기회가 없었다. 린이가 태어난 후부터 내 일이 바빠서 시간을 낼 틈이 없었다. 그 점이 참 아쉽다. 언젠가 그들과 여행을 했으면 좋겠다.

엄마의 마지막 산 - K2

영국의 BBC 방송 촬영팀이 제작한 <엄마의 마지막 산-K2>를 TV에서 본 일이 있다. 앨리슨 하그리브스라는 유명한 산악인이 험난하기로 유명한 K2 등반에 성공했지만, 하산하다가 실종돼 33세의 짧은 나이에 생을 마감했다.

그녀의 남편인 제임스 발라드가 4살, 6살의 케이트와 톰에게 이 사실을 알리자 톰이 그 산을 보고 싶다고 말해서 그들을 데리고 K2봉에 가서 엄마의 마지막 산을 바라본다는 내용이다. 사실 이 영상은 책으로도 출판되었다. 책의 저자는 아이들의 아버지인 제임스 짐 발라드이다.

어딘가 가슴이 뭉클한 스토리와 아름답고 장엄한 영상미가 화면을 가득 매웠다.

그러나 의문은 꼬리를 물고 이어졌다. 두 자녀의 엄마이면서 등산가인 여자! 이런 여자는 어떤 생각과 철학을 가진 여자일까? 아이들을 사랑한 엄마인가? 엄마의 임무를 내팽

개친 여자가 아닌가? 이런 여자의 남편은 과연 어떤 사람일까? 얼마나 너그럽고 이해가 많은 남편이며, 얼마나 자애로운 아버지일까? K2의 설산을 바라보는 이 아이들의 심정은 어땠을까? 고작 네여섯 살밖에 안된 아이들이 산을 알까? 죽음의 의미를 알까? 엄마의 생명을 앗아간 산은 어떤 영상으로 남을까? 이 아이들은 앞으로 어떻게 자랄까? 어머니의 피를 받아 등산가가 될까?

"당신은 왜 그토록 위험한 산에 가려하느냐?"라는 기자의 집요한 질문에, 조지 맬러리는 "산이 거기 있으니까."라는 유명한 말을 남겼다. 앨리슨에게도 이 말이 적용될까? 유명한 말이라고 하지만 실은 알쏭달쏭한 대답이다.

사람들이 산에 오르는 일반적이고 구체적인 이유는 무엇일까? 보통 산악인들은 다음과 같이 대답한다.

첫째, 웅장하고 험한 산맥을 통해 자연의 경이를 맛볼 수 있다. 둘째, 운명과의 싸움을 통해 스릴과 희열을 맛보기 때문에. 셋째, 정상을 정복한 후에 맛보는 성취감을 위해.

생명이 2개쯤 된다면 나도 흉내라도 내보고 싶다. 그러나 불행히도 생명은 누구에게나 하나이다.

앨리슨 하그리브스는 천부적인 자질을 타고난 산악인으로 1988년에 임신한 몸으로 아이거 북벽을 등반한 것을 시작으로 1992년 마터호른 북벽을 등반하고, 이어서 알프스의 6대 북벽 등반을 무사히 끝낸다. 1995년에는 에베레스트, K2, 칸첸중가 등 세계 3대 고봉을 등반할 계획을 세우고, 5월 1일지구에서 가장 높은 산인 에베레스트를 산소통 없이 등정에 성공한다. 그러나 1995년 8월 13일 오후 K2 정상에 오르고 하산하던 중 시속 160킬로미터의 폭풍을 만나 실종된다.

이같이 화려한 등반 경력에도 불구하고 그녀의 일상생활은 불행했다. 그녀의 남편은 18살 연상의 이혼남인 제임스로, 그는 대학은 나오지 않았지만 등산장비점을 운영하는 꽤 성공한 남자였다. 그녀는 남편의 재산과 무엇보다도 등산에 전념할 수 있다는 조건으로 결혼했다.

1980년대 경제 불황기에 제임스의 가게는 점차 기울다가 결국 문을 닫는다. 마땅한 벌이가 없는 가정생활은 점점 어려워진다. 이런 형편에서 애정이 별로 없고 고집불통으로 등산만을 주장하는 어린 아내를 좋아할 남자는 세상에 흔하지 않을 것이다. 그는 아내가 말을 듣지 않자 자주 폭력을 행사했다고 한다.

따라서 앨리슨은 세계 3대 고봉을 등반한 후 남편과 이혼하고 자녀들과 같이 살 계획이었다고 한다. 경제적인 자립을 할 수 있을 테니까.

불행히도 신은 그 소망을 허락하지 않았다. 그녀는 아이들을 남겨 놓고 K2에서 잠들고 말았다. 등산가답게.

아차산성

강과 역사, 강과 문명, 강과 인간은 깊은 관계가 있다. 아차산성에 가 보면 이 점을 단번에 알 수가 있다.

본격적으로 이야기에 들어가기 전에 아차산성과 아차산에 아단산성과 아단산이라는 원래의 이름을 되찾아 주는 것이 마땅하다고 생각한다. 아차라는 이름은 조선 태조가 이곳을 순찰하다가 "아차."라고 말해서 명명되었다고 하니 아무런 뜻이 없다.

그러나 아단阿旦이란 말은 언덕의 아침이란 뜻으로, 해가 뜰 무렵 이곳에 와본 사람이라면 강물에 비치는 해가 떠오르는 아침을 보며 아단이라는 아름다운 이름이 붙은 이유에 고개를 절로 끄덕거릴 것이다.

아단산역에서 내려 고불고불한 골목길을 올라 서울동의 초등학교의 투명 울타리를 따라 얼마쯤 걸으니 광진 환경 선언비가 서 있었다. 드디어 소나무와 참나무, 아카시아가 자라고 있는 아단산성에 도착했다.

산성은 워커힐 호텔까지 쭉 이어져 있었다. 순간 왜 호텔 이름을 워커힐이라고 지었을까? 아단 호텔이라고 할 일이지. 이렇게 엉뚱한 생각을 해 보았다.

한강 유역은 과거부터 현재까지 우리 한반도의 문화가 꽃 피는 곳이며, 역사가 기록된 곳이기도 했다. 도대체 역사란 무엇인가? 역사란 과거에 사람들이 어떻게 살았는가를 연구 하고 분석해 불확실한 현재와 미래의 삶을 모색하는 학문이 라고 한다. 이보다 더 중요한 학문이 있을까? 그런데 우리나 라는 왜 국사를 이렇게 천대하는가? 이유를 알 수가 없다. 우 리나라는 국사 과목을 대학 입시에서도 빼 버리고 고등 고시 에서도 빼 버렸다.

서울특별시 광진구 광진동 해발 200미터의 아단산에 있 는 아단산성은 광개토대왕비에도 나와 있고, 문헌에 의하면 한성시대의 백제의 산성이었다고 한다. 이 성에는 다음과 같 은 슬픈 사연이 서려있다.

서기 475년에 개로왕이 한성을 포위한 고구려군 3만 여 명과 싸우다가 전세가 불리해지자 아들 문주를 남쪽으로 피 신시키고 자신은 이 산성 밑에서 고구려군에 잡혀 살해되었 고, 이로써 한성시대는 끝났다고 기록되어 있다.

개로왕은 자기희생을 아는 참 훌륭한 왕인 것 같다. 일국 의 왕으로 전쟁터에 직접 나선 것도 그렇고, 아들을 피난시키 고 자신이 죽은 부성애가 더할 수 없이 아름답다. 권력 때문에 얼마나 많은 사람이 죽임을 당하는데, 왕으로써 이런 결단을 내린 것은 현명한 왕이 아니고는 할 수 없는 일이다. 조선시대 권력 때문에 빚어진 피로 얼룩진 사건들을 감안해 본다면 이 얼마나 아름다운 것인가. 백제의 왕은 2명이 적국에 의해서 살해되었는데 둘 다 아들 때문이었다. 구진베루에서 죽은 성왕 또한 아들을 위로하러 전장에 나갔다가 매복군에 사로잡혀 죽었다. 이 왕의 자식을 사랑하는 부성애는 필부나 다를 바가 없었다.

예나 지금이나 전쟁은 참혹한 것이다. 전쟁에는 반드시 죽고 죽이는 살육이 따르기 때문이다. 일전에 본 스티븐 스필버그의 <라이언 일병 구하기>에서 미국의 남북전쟁 당시 오 형제를 전쟁에 보내 오 형제 모두를 잃은 어머니에게 링컨 대통령이 직접 편지를 써 보내는 것을 보았다. 과연 이 오 형제를 전사하도록 명령한 사람은 누구인가. 그는 신도 할 수 없는 일을 할 수 있는가? 이 어머니의 심정은 어떠했을까?

라이언 일병도 비슷한 경우이다. 이미 그의 형들 세 명은 전사했고, 아들을 세 명이나 잃은 어머니의 마음을 달래기 위해서 유일한 생존자인 막내아들을 찾아 어머니의 품에 돌려보낸다는 휴머니즘이 사탕발림으로 포장되어 있다. 우여곡절 끝에 라이언 일병은 고향의 어머니 품으로 돌아가게 된다. 그러나 작전을 지휘했던 대위와 그를 따르던 여러 명의 병사들도 전사하게 된다.

대위의 무사귀환을 손꼽아 기다리던 그의 아내는 무엇으

로 보상을 받아야 하나? 또한, 다른 전사한 아들들의 어머니들은 어쩌면 좋을까.

어머니와 아내는 사랑의 화신들이다. 죽음에 대하여 깊이 생각해본 일이 있는가. 그것도 인생의 황금기인 젊은이들의 죽음을! 죽음은 죽은 자의 몫이 아니고 산 자의 몫이다. 죽은 자는 그것으로 끝이지만 산 자는 그리움에 사무친다.

아단산성에서 바라보는 한강은 오늘도 말없이 흐르고 있고 그 아래 서울시의 사람들은 불가사한 역사를 창조하며 살아가고 있다.

하산 길을 광진역 쪽으로 잡았더니 놀라운 풍경이 전개되었다. 한강 쪽의 따뜻한 산기슭의 경사면을 야생화 꽃밭으로 조성해서 가을 들꽃이 한창이었던 것이다. 비오톱들도 군데군데 있었고 조그마한 연못을 생태 공원으로 만들어 놓았는데 그곳에 많은 소금쟁이들이 헤엄치고 있어 어린아이들이 특히 좋아했다.

이제 전쟁으로 얼룩진 아단산성은 시민의 공원이 되었다. 산성에는 초고급 호텔인 워커힐이 서 있고 야생화 생태 공원도 조성되어 있어 전쟁과는 영 거리가 먼 아침의 언덕으로 변했다. 참 반가운 일이 아닐 수 없다. 지상의 구석구석이 이 아단산성처럼 평화로 가득 찬 동산처럼 되었으면 좋겠다.

다시 오른 계족산성

계족산성을 다시 오른 것은 별 뜻이 있어서가 아니었다. 어디든 가야 하는데 마땅한 곳이 없었기 때문이었다.

오랜만에 다시 찾은 계족산성은 감회가 남달랐다. 이번에는 혼자였다. 산성 답사도 이제 혼자하게 됐다. 가을이 절정을 이룬 때였다. 수자원공사를 지나 죽림정사, 연화사, 용화사를 거쳐 산을 올랐다. 길옆에 산골 물이 쫄쫄 흐르고 있었다. 산불로 나무들이 불타 죽은 8부 능선에 오르니 시계가 확 트였다.

대전 시내가 한 눈에 보였다. 텅 빈 산비탈에 단풍나무, 산수유나무를 심어 놓았다. 잡목들을 관광수로 식목한 것은 잘 한 일이다. 청명한 하늘에는 구름 한 점 없었다. 드디어 봉황정에 올랐다. 안내판을 보니까 봉황정에서 성까지는 3.7킬로미터나 되었다. 능선을 따라 걸었다. 산봉선화가 많이 피어 아름다웠다.

나처럼 혼자 걸어가는 남녀 등산객도 더러 있었다. '역시 현대는 고독한 시대인가 보다.'하고 생각했다.

산성에 도착해서 안내판을 자세히 읽어 보았다. 아직도 성의 보수는 계속되고 있었고 모 대학의 발굴팀이 유적을 발굴하고 있었다.

몇 년 전부터 계족산성이 신라의 성이라는 주장이 나오고 있어 흥미롭다. 신라의 성이라고 주장하는 학자들은 계족산성의 축조공법이 보은의 삼년산성과 같은 축조공법과 궤를 같이 한다고 해서 신라의 성이라고 주장하고 있다.

그러나 이에 반대하는 학자들은 성내에서 백제 토기편과 와편들을 흔하게 볼 수 있다는 것을 근거로 한 발도 물러서지 않는다. 나는 와편만 가지고는 곤란하다고 생각한다. 왜냐하면 와편은 백제 와편만 아니라 신라, 고려, 조선시대의 와편도 발견되기 때문이다.

내가 성에 문외한이긴 해도 이 성이 신라의 성이라는 주장은 맞지 않을 것 같다. 이 산맥에 있는 다른 성들은 전부 백제의 성인데 유독 계족산성만 신라의 성일리는 없고, 오히려 성의 위치나 열려있는 방향으로 보아서 백제의 성일 가능성이 높다. 산성 답사를 하면서 터득한 것인데 성의 열림은 올라오는 적을 평소에도 잘 관찰할 수 있게 설계된다는 점이다. 삼년산성이나 금돌성도 백제 쪽으로 열려 있다. 북한산성을 봐도 그렇다. 서울 쪽으로 축성되어있는 것이 아니고 북서쪽 고구려군의 침략을 막기 좋게 설계되어 있다. 왜 이런 축성의 기본이 학계에서는 무시되는지 모르겠다.

어쨌든 다행인 것은 계족산성이 복원된다는 점이다. 많은 사람이 이 성을 답사할 것이다. 계족산성은 대전의 대표적인 산성이다.

점심을 성터에서 먹었다. 북쪽의 대청댐 물줄기가 한가롭다. 환산성이 지척에 있고 백화산도 보이는 듯하다. 몇 패의 여자 등산객들이 지나갔다.

내려오는 길은 장동 휴양림 쪽으로 코스를 잡았다. 수해의 바다가 계속되었다. 참나무와 밤나무들이 주종을 이루고 있었다. 숲 속을 거닐다 보니 마음이 상쾌해졌다.

식물학자 이유미는 그의 저서에서 참나무 숲의 아름다움을 다음과 같이 서술하고 있다.

> 지은이가 가장 인상 깊었던 참나무 숲은 강원도 점봉산이다. 그 깊은 산에서도 아주 외진 넙적골이라는 곳에 가면 직경이 1미터가 넘는 아름드리나무들이 숲을 이룬다. 흔히 서양의 참나무 숲을 보고 부러워하는 이들이 있지만 이곳을 구경하고 나면 그 어느 곳도 부럽지 않을 만큼 우리 숲에 대한 자긍심이 생길 것이다.

나는 아직 점봉산 넙적골에 가보지는 못했지만 상상이 간다. 그러나 이곳 계족산의 참나무 숲도 대단하다. 이곳 계족산성의 넙적골 못지않은 참나무 숲을 보고 있노라면 참 많은 것을 얻을 수 있다.

이영노의 『원색한국식물도감』에 보면 참나무 속은 북반구의 온대, 난대, 아열대에 약 200종, 우리나라에는 19종이 있다고 한다. 특이한 것은 전남과 제주도에는 상록 참나무가 있다는 점이다.

장동 휴양림을 빠져 나와 벤치에 앉아 쉬는데 해가 서산마루로 뉘엿뉘엿 넘어가고 있었다.

● ● ● ●
전원에서

내가 '전원에서'를 찾은 것은 우선 이름이 좋아서이다. 우선 이 음식점은 간판부터가 매혹적으로, 통나무를 사용한 조그마한 간판은 황량한 도시의 시멘트가 주는 피로에 지친 사람들에게 고향을 생각하게 한다. 또한 전원에서라는 이름은 청년 시절에 눈물을 짜며 읽었던 지드의 <전원 교향악>과 너무나도 유명한 베토벤의 교향곡 6번 <전원>을 연상하게 한다.

전원에서의 실내는 조용했고 분위기를 내려고 애쓴 흔적이 역력했다. 우선 공간이 넓지도 않고 좁지도 않다. 가운데에 홀이 있고 그 주위에 식탁과 등받이가 없는 의자가 몇 개 있다. 겨울에는 홀 가운데에 난로를 피워 놓았는데 그것도 정지용의 <향수>를 연상하게 했다. 칸막이 방이 열일곱 개가 있고 그 중에 10여 명의 손님이 들어 갈 수 있는 온돌방이 두세 개, 마루방이 서너 개가 있었다. 옛날 사대부의 사랑방 같은 분위기이다.

개업한 지 얼마 안 된 음식점이라 깨끗하다는 것도 마음에 들었다. 그리고 손님이 많지 않아 늘 조용했다. 마담도 성격이 조용했다. 마담은 시인들과 미술가들이 가끔 온다고 말했다.

생각해 보면 나는 많은 시인들과 지인들을 이 음식점으로 초대했다. 마치 내 집에 초대하듯이 그곳으로 오라고 하고 전화를 끊었다. 음식은 별거 아니지만 값이 쌌다. 전원에서에서 내가 가장 좋아하는 음식은 생태찌개다. 컬컬한 생태찌개에다 소주를 한 잔하면 스트레스가 가신다.

요즘 사람들은 음식보다 분위기와 고독을 잊을 수 있는 사람과 만나기를 좋아한다. 나도 예외일 수는 없다. 내가 전화를 하면 저쪽 편에서는 "아, 거기 알아요. 그럼 그 시간에 그리로 가겠습니다."라는 대화가 자연스럽게 흘러나온다. 내가 그곳과 무슨 관련이 있는가 하고 색다른 눈으로 보는 사람이 혹시 있을지 모르겠으나 전혀 그렇지 않다.

전원에서와 같은 음식점을 찾아보면 대전에 얼마든지 있을 것이다. 그런데 구태여 이 음식점을 찾는 이유는 집에서 가깝다는 점과 막다른 골목에 있다는 점이 좋아서였다.

골목 안은 호젓한 곳을 좋아하는 사람들에게 딱 좋은 장점이다. 나는 골목길을 좋아한다. 내가 살던 단독 주택들은 대부분 골목 안에 있었다. 특히 고향의 집들이 그랬다. 거리가 가깝다는 것은 또 얼마나 경제적이냐. 나의 아파트에서 5

분 거리이다. 물론 대전에 있는 아파트에서 이야기지 서울 아파트에서 거리는 먼 편이다. 서울 아파트에서 따지면 2시간 40분은 잡아야 한다.

요즈음 사람들은 휴식할 수 있는 공간을 찾기 마련인데 음식이 있고 술이 있고 좋은 친구가 있는 곳을 선호한다. 그래서 술집이 자꾸만 늘어가는 모양이다. 스트레스를 푸는 방법으로 먹기를 좋아하는 사람도 많다고 들었다.

이 음식점에 맨 처음 온 것은 나의 네 번째 시집 『라라는 블라디보스토크로 떠나고』를 냈을 때 고향 친구와 온 것이었다. 그도 조강지처를 잃은 사람이다. 그날 우리는 밤새도록 술을 마셨다.

두 번째 온 것은 그 후 며칠 안 되어 아내를 위한 추모서예전 겸 가족 추모시화전을 시민회관 제4전시실에서 무사히 마치고 애써 주신 분들을 위하여 뒤풀이 장소로 이곳을 선택해서 술대접을 할 때였다. 그 때 초대에 응해준 분들이 임강빈 원로 시인과 조남익 원로 시인, 김지은, 황희순 시인과 이정웅 수필가, 내 친구 서문완, 안현식 선생 등이었다. 나는 그날 술을 많이 마셨다. 그날따라 술을 마시고 마셔도 취하지 않았다.

그 뒤로 가끔 시를 좋아하고 마음이 통하는 시인들을 내 집처럼 초대해서 술을 들며 시를 이야기하고 시를 공부했다. 한번이라도 오신 분들은 위에 든 분 말고 정상순, 조일남, 양태의, 장덕천, 신태수, 김정희, 배능재 시인, 죽마지우 민관현

등이다. 특히 이곳에 여러 번 온 분은 조일남, 양태의, 김지은 시인이다.

어느새 전원에서는 시인들이 모이는 장소가 됐다. 서울에 있으면서도 대전 생각을 하면 전원에서가 생각난다. 1980년 대 용두동 재래시장 뒷골목에 있던 '명동'을 생각하듯이 나는 그곳에서 마음 맞는 시인 또는 작가, 예술가들과 시와 예술을 이야기하고 싶다.

내 친구 중 한 사람은 만 원짜리 서너 장만 있으면 두세 시간은 마음 맞는 사람들과 술과 음식을 들며 보낼 수 있는 것이 축복이라고 자주 말한다. 나도 그 말에 동의한다. 이렇게 우리는 '전원에서' 우리들만의 추억을 만들어 가고 있다.

'전원에서' 띄우는 편지

　　오늘이 605번째 편지입니다. 무엇이든지 오래하지 못하는 것이 장기인데, 600통 넘게 당신에게 편지한 것이 장하지 않습니까. 먼젓번 문장도 형편없고 글씨도 민주주의라 자랑도 못했다는 당신의 답장은 참으로 서운했습니다. 당신은 이런 심한 말을 한 번도 한 일이 없는데 하늘나라에 가더니 변했습니까. 어쨌든 성의를 다하는 것은 인정해 주어야 합니다. 당신마저 인정해 주지 않는다면 어떻게 편지를 계속할 수 있겠습니까.

　　며칠 추위가 계속되고 있습니다. 방송에서는 입춘 시샘 추위라며 떠듭니다. 하느님은 여전히 심술이 많습니다. 오늘은 남쪽에서부터 눈이 온답니다. 모임관계로 대전에 내려왔습니다.

　　전철역까지 내려와서 다시 아파트에 돌아갔습니다. 가스 밸브, 전기담요, 난방, 컴퓨터 등 다 재차 점검을 했는데 암만

해도 현관문을 그만 쓰레기봉투를 들고 나오다가 깜박한 것 같습니다. 아무래도 안 잠근 거 같아 다시 확인을 하러 돌아 갔습니다. 확인한 결과 잘해 놓았는데 정신이 없어서 그렇게 됐습니다. 나이를 먹으니까 깜빡하는 경우가 더러 있습니다. 늘 조심한다고 하는데 잘 안 됩니다.

수진이가 호기가 아빠 가져다 드리라며 주더라고 수첩을 가져 왔습니다. 표지가 진짜 가죽으로 된 검정색 VIP용 일기 장이었습니다. 그 애는 은행이나 보험 회사로부터 VIP 대우 를 받습니다. 400페이지가 넘는 이 노트에 시를 가득 채우겠 습니다.

오늘 새벽에도 두 차례나 깨어나 책을 읽었습니다. 구용 평전 『완화초당의 그리움』 때문이지요. 구용 선생의 산문 장 시 셋을 독파했습니다. 전부 20여 회나 읽었지만 아직도 모 르겠습니다. 선생의 시는 인내를 요합니다. 그러나 조금은 보 입니다. 보일 듯 말 듯 하니까 불철주야 그 일에 매달리게 됩 니다. 그래서 당신의 사진을 바라볼 시간이 없어 미안합니다. 그러나 당신은 늘 내 가슴에 있습니다. 어쨌든 집중력을 가지 고 늦어도 5월 말까지는 끝낼 작정입니다. 금년 말이 구용 선 생이 돌아가신지 벌써 3년 째 됩니다.

과도한 독서로 시력이 좀 떨어졌습니다. 그러나 너무 걱 정하지 마세요. 오전에 공부하고 오후에는 휴식을 취합니다. 오늘도 오전에 글을 쓰고 오후에 내려 왔습니다. 열차에서는 예쁜 아가씨가 옆자리에 앉았는데 평택인가에서 그만 내렸습니다. 그 후로는 혼자였습니다.

열차 안에서는 책을 읽었습니다. 전에는 『샘터』를 주로 봤는데 오늘은 에밀리 디킨슨의 시를 읽었습니다. 많은 시를 썼지만 사후에야 인정을 받은 시인입니다.

조치원에 왔을 때 책을 다 읽었는데 눈이 몹시 피로합니다. 이제 그만 보겠습니다. 신탄진역에서 조그마한 체구의 할머니가 내 옆자리에 탔습니다. 머리까지 잠바 모자를 써서 춥지 않을 것 같은데 춥답니다.

박 시인이 전화를 했습니다. 『대전예술』에 싣겠다며 시 원고를 보내달라는군요. 10일까지 보내랍니다. 시 원고야 100편도 더 써 놓았으니까 골라서 보내면 됩니다.

대전 아파트에 와서 화분에 물을 주고 청소를 하고 우편물을 점검하고 머리를 감고 면도도 하고 '전원에서'라는 음식점에 갔습니다. 전원에서는 내가 찾은 음식점으로 우리들의 만남의 장소가 됐습니다. 시인들도 제법 왔던 곳입니다. 조그마한 역사를 만들겠습니다. 전원에서는 분위기가 좋고 생태찌개를 잘 끓입니다. 값도 싼 편이고요. 마담도 교양 있어 보이고 깔끔합니다. 혼자 사는 주제에 아직도 결벽이 심합니다. 무엇보다도 시인을 이해하는 것 같습니다. 오늘은 잔잔한 음악까지 틀어 주었습니다. 눈이 온다는데 눈이 오면 분위기는 더 살아날 것 같습니다.

조 시인, 양 시인이 시간이 되어 왔습니다. 음식을 시켰습니다. 음식을 시키고 잠시 있으니까 김 시인이 왔습니다. 김 시인은 우리 모임의 홍일점입니다. 김 시인은 못 나올 줄 알았는데 반가웠습니다. 오늘은 작은 선물이지만 선물까지 가지고 왔습니다. 나도 가지고 간 책을 시인들에게 나누어 주었습니다. 2003년 리토피아 사화집 『내 중심은 늘 사선이다』, 성찬경의 『말 예술론』 복사본, 2004년 공간시낭독회 소시집 등이었습니다.

맨 먼저 대화는 김 시인의 신문 대담에 대한 것이었습니다. 돌아가신 어머니에 대한 회상인데 줄곧 서울에 있어서 몰랐습니다. 복사를 해서 보내 달라고 했는데 모르겠습니다.

조 시인이 자기 차례라며 백세주를 사서 그 술을 마시며 이야기를 나누었습니다. 백세주가 도수가 약하답니다.

서로의 시에 대한 이야기를 좀 하고 조 시인이 복사해서 가지고 온 조운 시인의 <구룡폭포>와 <석류>라는 시조를 낭독하고 감상했습니다.

구룡 폭포

사람이 몇 생生이나 닦아야 물이 되며 몇 겁劫이나 전화轉化해야 금강에 물이 되나! 금강에 물이 되나!

샘도 강도 바다도 말고 옥류玉流 수렴水簾 진주담眞珠潭과 만폭동萬瀑洞 다 고만두고
구름 비 눈과 서리 비로봉 새벽 안개 풀 끝에 이슬 되어 구슬 구슬 맺혔다가 연주팔담連珠八潭 함께 흘러

구룡연九龍淵 천척단애千尺斷崖에 한번 굴러보느냐.

석류

투박한 나의 얼굴
두툼한 나의 입술

알알이 붉은 뜻을
내가 어이 이르리까

보소라 임아 보소라
빠개 젖힌
이 가슴.

어때요. 당신도 좋다고 생각하지요. 당신은 늘 나의 첫 번째 독자였으니까요. 당신의 시 감상력은 내가 보증하지요. 우리는 감탄을 하며 시를 읽었습니다.

양 시인이 어느 신문사의 당선작인데, 어렵다며 한 시를 가지고 왔습니다. 가지고 온 시는 젊은 시인의 시 같은데 확실히 난해한 시였습니다. 난해한 시는 난해한 시라고 알면 된다고 하며 너털웃음을 웃었습니다. 우리는 이 모임이 기다려진다고 서로 이야기하였습니다. 우리는 다음 달에 또 만나기로 하고 음악이 조용히 흐르는 전원에서를 나왔습니다. 문밖을 나오니까 흰눈이, 흰 함박눈이 그냥 오는 것입니다. 하늘을 바라보았습니다. 하늘을 꽉 매운 채 목화송이만한 눈이 그냥 쏟아졌습니다. 천지가 바뀐 것입니다. 오늘이 입춘인데 말입니다. 그러나 우리는 헤어지고 혼자 쓸쓸히 돌아왔습니다. 그들에게는 가족이 있습니다. 그러니까 가야지요.

내 눈에 눈물이 고였습니다. 이 나이에 눈이 온다고 운다니!

맥주가 마시고 싶었지만 혼자는 맥주홀에 들어가기가 그랬습니다. 아파트에 들어갔다가 미친 마음에 다시 나왔습니다. 조금 전보다도 눈이 더 내렸습니다. 가로등과 아파트 방범등에 비친 설화는 참으로 아름다웠습니다. 느티나무와 자작나무 잔가지에 핀 눈꽃은 밤인데도 눈이 부십니다. 쥐똥나무 잔가지와 매화나무 등걸의 설화도 아름다웠습니다. 이렇게 아름답게 눈이 내리는 것은 몇 년 만인 것 같습니다.

당신과 어머님, 아버님의 묘에도 눈이 내리겠지요. 차편이 어떨지, 차편만 허락한다면 내일 당신에게 가겠습니다. 마음이야 오늘밤에 당장 당신에게 가고 싶지만 백리 밖이니 어쩔 수가 없습니다.

다시 맥줏집과 포장마차가 유혹합니다. 그러나 눈을 맞으며 거리와 아파트 경내를 걸었습니다. 날씨도 포근합니다. 술을 섞어 마시면 안 된다는데 왜 맥주는 사람을 유혹하나요. 결국 유혹을 못 뿌리치고 캔맥주를 사 가지고 아파트에서 혼자 마셨습니다. 까르프와 쎄이의 강한 불빛에 눈 내리는 정경이 확연합니다.

이제 그만 자겠습니다. 꿈속에서도 눈이 내렸으면 좋겠습니다. 그 눈 내리는 곳으로 오늘 좀 내려와 주세요. 당신과 팔짱을 끼고 눈을 맞으며 하염없이 걷고 싶습니다. 꿈속에서라도 말입니다.

배인환 수필 선집
짧지만 긴 사연

초판 1쇄 발행 | 2022년 4월 19일

지은이 | 배인환
펴낸이 | 이재호
책임편집 | 이필태

펴낸곳 | 리북(LeeBook)
등 록 | 1995년 12월 21일 제2014-000050호
주 소 | 경기도 파주시 회동길 50, 3층(문발동)
전 화 | 031-955-6435
팩 스 | 031-955-6437
홈페이지 | www.leebook.com

정 가 | 13,000원

ISBN | 978-89-97496-64-8